# 三姚人物

SANYAO RENWU

## 第一辑

杨海虹◎主编

何　平　李万福◎副主编

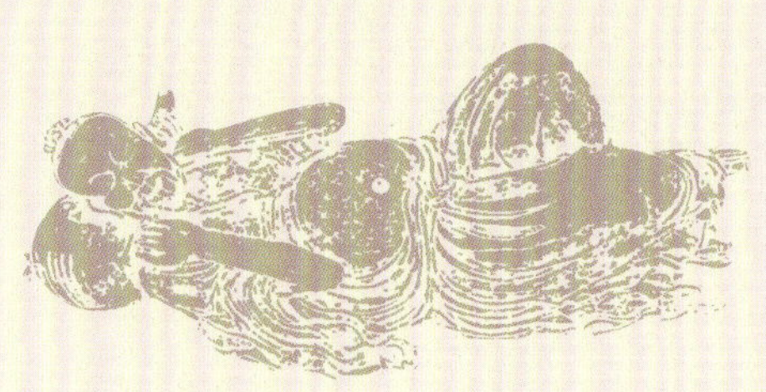

云南人民出版社

**图书在版编目（CIP）数据**

三姚人物. 第一辑 / 杨海虹主编. -- 昆明 : 云南人民出版社, 2024. 11. -- ISBN 978-7-222-23329-4

Ⅰ. I267

中国国家版本馆CIP数据核字第2024CQ2279号

**责任编辑：** 武　坤
**责任校对：** 王曦云
**装帧设计：** 常继红
**责任印制：** 窦雪松

**三姚人物**（第一辑）
SANYAO RENWU（DIYIJI）
主　编　杨海虹
副主编　何　平　李万福

**出　版**　云南人民出版社
**发　行**　云南人民出版社
**社　址**　昆明市环城西路609号
**邮　编**　650034
**网　址**　www.ynpph.com.cn
**E-mail**　ynrms@sina.com
**开　本**　787mm×1092mm　1/16
**印　张**　13
**字　数**　200 千
**版　次**　2024年11月第1版第1次印刷
**印　刷**　昆明理煋印务有限公司
**书　号**　ISBN 978-7-222-23329-4
**定　价**　49.80 元

如需购买图书、反馈意见，请与我社联系
总编室：0871-64109126　发行部：0871-64108507
审校部：0871-64164626　印制部：0871-64191534

云南人民出版社微信公众号

# 德不孤，必有邻

## ——海虹主编《三姚人物》序

尝闻黄帝画野，万国乃分，夏禹敷土，九州始划。而姚以名州，则肇于李唐。自唐代高宗以下历宋元明清季，虽几经隶属称谓之变，而是地士安于学，农安于野，工安于场，商安于市，无非寻一安字，性未迁也。旧志谓梁主开阳，则姚安亦主开阳；滇近楚越，则姚安亦主荧惑。是以吾姚，地灵人杰，其立德立功，立言立行而载之史册者，不可胜数。至光绪姚州志始设人物专志一十二门以来，举凡忠义乡贤、卓行孝友、宦迹流寓、文学方技、隐逸仙释等等，一皆纲举目张，汇成传也。

今春陬月，海虹女史以《三姚人物》皇皇一卷示余，命为之序。海虹乃一方官长，而为人仾调亲和，其勇于任事，恪守信义，直道正辞，不阿权贵，尤以倾心于桑梓历史文献、人物故实，数十年如一日，执着坚韧，业绩突出，向为余等同好者所钦佩。其新著出版，余自应为之抒发感慨。然而为此书作序，下笔却颇不易也。盖以三姚人物，大多声震遐迩，岂为吾等唇舌所敢妄言哉？使下笔无文，空空如也，又岂非有辱此中人物之大德耶？然仔细阅读全书，并至于二、至于三，方觉著述者之阵容强大，文笔老辣，所谓斐然成章者也。乃有所感，权作弁言而已。

若三姚者，素称古髳濮地，居楚洱邛笮之间，虽僻处边陲，然其在滇之开辟，却捷足为最先者也，而其事较之他邑，亦尤为多也。史籍有载，我三姚溯之周朝，已入王会，历秦汉隋唐，则互有建置。若在唐为蒙氏所据者，历十三世二百五十年；在宋为段氏所据者，历二十二世三百五十年。元明以来，始归版图，设路设府，其幅员之辽阔，兼越嶲郡而有之矣。

昔人谓我三姚，则为六诏之中分，岂三川之左辅耶？又有赞曰：朝有问牛之杰，野无歌凤之人？奉正朔而请吏，袭冠带以来王，气化日开，人文弥昌。崇武功而治乱，重文教以兴邦。是以气接中土，人才辈出。被其教化者，或矢志于道德文章，或躬行于庙堂江湖，或争奇于百业技艺，或信守于匹夫操节。虽僻处方隅，而德行高妙，立身处世，皆能深明大义，而行谊纯固，则可为乡里范也。

夫郡有良吏，邑有端人，兴国赴难，革故鼎新。所以显扬前哲而效之于后人者，正《三姚人物》之功德也。书中所列，若李善之文化启蒙，保公之舍家赎友，高明之总管军民，李贽之绝假纯真，以及陶氏、高氏、赵氏、由氏、甘氏等门第风教、家学渊源，皆金声玉振，清操勉勉者也。他们或以孝悌田樵者，或以贤良方正者，或以博学宏辞者，或以诗赋试士者，实不乏出将入相之大才者也。至若羁旅行迹，释家禅性，盟心止水，身死义成之人事，则桩桩可谓出类拔萃，生气凛然者也。

嗟呼！余尝喟然叹曰：邑中轻慢乡贤之积习也，久矣！曩者，余尝力倡有司创建楚雄乡贤馆，并作小文记之，中有句曰：设使列代弦声一任沉寂，久之则民不知滇中有史，官不知威楚有人也。今阅海虹等所著《三姚人物》，感佩之情，得无异乎？纵有千言万语，竟一时语塞而不能言说矣，只记起三字耳："德不孤"。如是而已。

曹晓宏

甲辰如月叙于小山书房

# 目录

CONTENTS


姚安学术启蒙人李善 / 001

弃家赎友的义士吴保安 / 007

第一任姚安路军民总管高明 / 014

程本立的姚州歌 / 018

杨升庵：亦诗亦咏话姚州 / 025

明代姚安知府赵恒 / 031

姚安太守李贽 / 038

与李贽“最相知”的骆问礼 / 044

姚安陶氏三杰 / 052

行走过姚安的旅者徐霞客 / 060

彻庸：德云飞锡妙峰山 / 068

前场“把使”杨仲义 / 073

文化名家高奣映 / 078

夏诏新：名播三姚万里风 / 084

“姚阳三先生”之饶乙生 / 093

高乃裕的诗意姚安 / 097

王安廷和他的诗 / 104

重文兴学的姚安甘氏 / 110

# 目录

忠贞义士曾希孔 / 119

建威将军徐联魁 / 123

“姚阳三先生”之陈廷杰 / 131

宁绍道台马驷良 / 136

艺术家赵鹤清 / 143

乡贤由人龙 / 151

剿匪大队长由化龙 / 158

翻译家由宝龙 / 162

姚安府的科举与进士 / 167

抗日将领张与仁 / 176

蛉水巾帼商娀生 / 181

抗日英烈黄人钦 / 185

禁烟县长李士厚 / 191

姚安抗日“八百烈士” / 197

后　记 / 201

# 姚安学术启蒙人李善

李 善

姚州，一个古老而神秘的地方，悠久的历史造就了它深厚的文化底蕴和独特的学术氛围。姚州学术历史久远，经过一代代先贤的长期积累，取得了丰硕的成果。特别是唐朝以来，一批先贤名流先后以各种方式来到姚安，他们在这里著书、立说、讲学，留下了很多影响后人精神与学术的思想、学说、著述。他们留下的著述学术造诣深厚，品类丰富，从经史子集到诗词歌赋，无所不包。从各类著作、文献中，我们可以窥见姚州学术的辉煌成就。文献里的这些字字句句，都是先贤们心血的结晶，他们用自己的智慧和才华，绘就了姚安文化发展的长卷。

如果不考证其历史渊源，我们就无从知晓姚安文化发展的进程，也无从知悉先贤们学术造诣之深。他们的著作和文献典籍，不仅是后人仿效、学习的重要资料，也是研究姚州文化的重要范本。这些著述中的智慧和思想，至今仍然对姚州人民产生着深远的影响。

据史料记载，姚州始为古滇国地，汉武帝元封二年（前109年）置弄栋县。在西汉元狩年间（汉武帝时期），当时著名的辞赋家司马相如奉命西征，按道侯韩说到益州授经教学，他们的到来，直接或间接地为古弄栋的文化发展播下了种子。到了汉章帝元和年间（84—87年），时任益州太守的

唐代姚州都督府张虔陀城遗址

王阜开始在各县兴办学校，以文化人，为姚州的学术发展奠定了基础。在这个时期，云南人张叔、许叔、尹珍等纷纷游学中原，从师学经，后将所学的知识带回云南，传授给乡人。唐初，姚州都督府设置在弄栋川，姚州成为中央政权治理云南的枢纽，交通的发展和经济的繁荣，使姚州的文化也得以蓬勃发展。

文献的记载表明，姚安自汉武帝置县以来，经历了长期的发展和积淀，逐渐成为了一个文化底蕴深厚的地方。这其中有着无数学人、才子的努力与传承，他们用文字在这片土地上留下了深深的烙印，为姚州学术的发展作出了贡献。他们当中，就有着以词章考据和注释《文选》而闻名于世的李善，他的到来，给姚安带来了文化的启蒙。

李善（630—689 年），唐朝著名学者，文选学的奠基人，一生历经唐朝的风雨变幻，以其卓越的学识和才华，被后人尊为一代文宗。关于李善的籍贯，历史上存在着不同的说法。一种说法是他是江都（今江苏扬州）人，另一种说法是他是江夏（今湖北武汉）人。据《新唐书·宰相世系二上》记载，李善的父亲李元哲曾经“徙居广陵（即扬州，今江苏省扬州市）”，因此史书中称李善以及他的儿子李邕为江都人。以居住地而言，李善确实在江都，但以郡望而论，李善是江夏人。在唐代，人们比较看重家世出身，因此李邕及子孙一直自称江夏李氏。同时期的李白、杜甫等诗人亦称李邕为江夏人，这是因为江夏是李氏的郡望所在。郡望代表着一个家族的荣誉和地位，因此在唐代，人们往往以郡望来标识自己的身份和出身，但无论李善的籍贯是江都还是江夏，都不影响他在文选学领域的杰出贡献。

《文选》是一部汇集前代优秀文章的经典著作，由南梁昭明太子萧统主持编撰。这部书籍在历代文人中产生过极大的影响，成为中国文学史上的一部重要经典。在李善之前，虽然已有一些学者对《文选》进行过注解，但李善的注解却是最为详细、最为精辟的。他曾经在文选学的开山祖师、扬州人曹宪的指导下，对《文选》进行了深入的研究和注解。在作注过程中，李善不仅参考了前人的研究成果，还博采众家之长，将各种注解和观点都予以采纳吸收。完善后的六十卷《文选注》上呈给唐高宗李治，高宗皇帝看后大加赞赏，认为李善的注解详尽精确，对于理解《文选》有着极大的帮助。为了表彰李善的贡献，高宗皇帝赐给他绢绸一百二十匹，并下诏将六十卷《文选注》藏于秘阁，使得这部经典著作得以流传至今。

据民国《姚安县志》记载："姚虽僻远，流寓者得三奇人：唐李善，以词章考据，注释文选，集选学之大成……"李善对《文选》的注解，可以说是集选学之大成，他的推演分析深刻细致，是不朽的传世之作，至今仍被学者们推崇备至。他的注解不仅让更多的人读懂了《文选》，更催生了一门研究《文选》的学问——"文选学"。这门学问的兴起，无疑为中国古代文学的发展作出了巨大的贡献。在民国《姚安县志》中，有这样的记述："想姚人必蒙其启迪"，这里的"其"指的就是李善。县志的编写者从众多的资料中分析得出结论：李善的到来和他对《文选》的注解，对姚州的学术和人的思想产生了深远的影响。袁嘉谷在《滇绎》中则明确指出："自李善至姚州，州人多以选学为学，不为无据。"这也再次证明了李善对姚州学术发展的影响之大。回顾历史，我们可以看到，姚州自唐初时文化已启，而李

姚安古城云海

善则是目前有资料可查的影响姚州学术发展的第一人。

李善的才华和学识得到了朝廷的肯定，也因此获得了官职。在唐显庆三年（658 年），他呈上《文选注》，为他赢得了潞王府（唐高宗第六子李贤出生时初封为潞王）记室参军的职位，随后他转任秘书郎，补任太子内率府录事参军，又成为崇贤馆的直学士，崇贤馆始置唐代太宗朝，里面的学士不仅掌管经籍图书，还负责教授诸生，六品以下称直学士。李善能够以直学士的身份在这里任职，足以证明他的学术水平和教育才能。至龙朔元年（661 年）又兼任沛王李贤的侍读。乾封二年（667 年），因贺兰敏之案的牵连，李善被贬为经城令。

李善任崇贤馆学士是贺兰敏之举荐，我们现在无须去考证他与贺兰敏之有着怎样的交情，或许我们应该在心里暗自庆幸，因为贺兰敏之事件，李善才来到了姚安，开启了姚州的学术之门。在经城三年后，当时的皇帝也许是觉得经城还不够远，咸亨二年（671 年），李善被流放姚州。就这样，他带着他的《文选注》，翻山越岭，千里迢迢，来到了姚安。

在姚州的三年时间里，李善坚持研究和讲学，为了传授他的《文选注》，他以自己丰富的经验和渊博学识，为当地的学者和学子们讲授文学和学术知识。这也正是李善与姚州一段千年的文字因缘，他的影响深深烙印在了姚州学术的历史长河中。然而，由于姚州地处偏远、风俗粗野，文学之士很少，能够完全理解

远眺姚安县城

李善讲学的人并不多，在姚州讲学成效不算明显，从他的学术研究中直接受益的人也很少。尽管如此，李善的讲学仍然对当地的文化发展产生了深远的影响，使得当地人开始重视文选学，并将其作为学习的主要内容。这种影响不仅体现在当地人的学习态度上，也反映在学术水平的提升上，李善成为了姚州学术发展的启蒙人。

唐高宗上元元年（674 年），李善在遇到大赦之后，回到了江都，结束了他在姚州的流放生活。在江淮地区，李善开始了他的寓居生活，随后又移居到了汴、郑之间。他以讲授《文选》为业，吸引了众多学生前来学习。这些学生来自四面八方，对李善的学识和才华深感敬仰。在封建社会，一般士子进入仕途的主要途径是写文章，特别是在科举制度推行以后，能写好文章几乎成了学子们进入仕途的必备能力。唐代文选学的精髓并非是教授研读者对《文选》本身进行注释和其他专门研究，而是通过研读《文选》，学习文章体式，为应制文学写作打下基础，为进入仕途提供敲门砖。在这样的背景下，虽然学习《文选》的人很多，但大多只是为了“善属文”，想通过文章进入仕途。然而，《文选》并不好读，里面的很多典故、词句也不是人人都能理解。在李善之前，曹宪就在扬州开始讲授《文选》，开创了文选学的私人讲授之风。但有了李善的推动，才使得文选学开始兴盛起来，他的讲授风格和学术成就，使得更多的人对文选学产生了浓厚的兴趣。他的《文选注》也得以广泛流传，并成为古代士子们研习的重要文献，李善也被尊称为文选学的代表人物。

李善为《文选》作注倾尽了毕生精力，他严谨细致、博采众家之长、引书数量众多，以客观冷静的态度去注解这部文学经典。他的注释工作并非一蹴而就，而是经过反复修订，三注、四注后才最终成为定本。李善的《文选注》不仅继承了前代典籍注释的传统，更在方法和体例上进行了开拓创新。他突破了经、史、子学的界限，将传统的训诂、章句、音注与现代补阙、备异、纠谬等体例相结合。这种集成与总结的性质使得注释工作开创了新局面，也为后来的学者提供了丰富的资料和辑佚线索。更值得一提的是，李善的注释工作使“引用必注明出处”成为了后世的注释传统，这一规范为辑佚、校勘、训诂提供了可靠的资料支持，有“考证之资粮”的美称。他的成就不仅体现在具体的注释工作中，更为古代的集部典籍注释确立了一种新的范式，对后代的注释学产生了深远的影响。

李善一生著述颇多，但除了《文选注》六十卷流传下来，其他著作均亡佚，这无疑让人们对他的才华和学识充满了更多的好奇与敬仰。李善本来也希望在仕途上有所作为，实现自己的政治抱负，但他时运不济，所结交的人中有一些品行不端，受到牵连而遭流放，他的仕途梦想也因此破灭。然而李善并没有因此放弃自己的追求，他转而投入到讲授《文选》的事业中。凭借自己丰富的学识和才华，将《文选》讲解得淋漓尽致，吸引了众多的学生前来学习。他的讲授不仅让更多人了解到《文选》的价值，也让他成为了发扬光大文选学的一代宗师，这个转折对于李善来说也许是阴差阳错的，但却让他在历史上留下了浓墨重彩的一笔。

李善的一生充满了坎坷和波折，但他的才华和学识却始终闪耀着光芒。无论是在朝廷担任官职，还是在流放期间坚持学术研究，他都展现出了一位杰出学者的风范和坚韧不拔的精神。他清正廉洁、刚直不阿、学贯古今，有君子风韵，他的品格和学识都备受人们敬仰。在他的努力下，使在唐代兴起的研究《文选》的文选学真正成为一门显学，李善也因此成为文选学的奠基人。

载初元年（689 年），李善年老多病，最终离世。他的著作《文选注》六十卷在他去世后大行于时，成为了文学经典，为后人研究《文选》提供了重要的资料。他的人品、治学精神和文学成就，将永远被后人铭记在心。

（作者：罗建萍）

### 参考资料

1.罗国威：《李善生平事迹考辨》，载《文献》1999 年第 3 期。

2.刘群栋：《李善生平及其著述考略》，载《殷都学刊》2017 年第 4 期。

3.由云龙编纂：《姚安县志》，云南人民出版社 1988 年版。

# 弃家赎友的义士吴保安

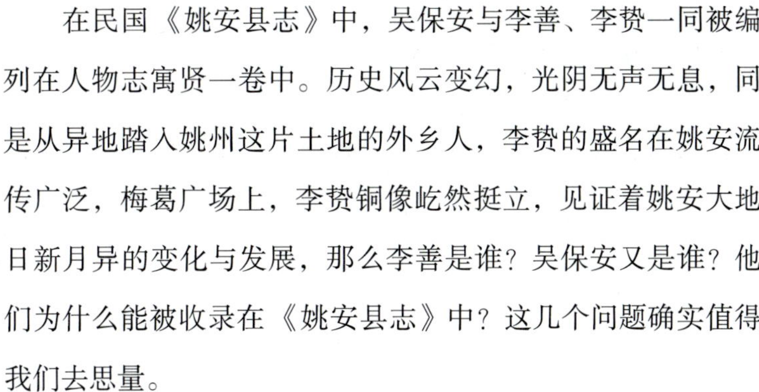

在民国《姚安县志》中，吴保安与李善、李贽一同被编列在人物志寓贤一卷中。历史风云变幻，光阴无声无息，同是从异地踏入姚州这片土地的外乡人，李贽的盛名在姚安流传广泛，梅葛广场上，李贽铜像屹然挺立，见证着姚安大地日新月异的变化与发展，那么李善是谁？吴保安又是谁？他们为什么能被收录在《姚安县志》中？这几个问题确实值得我们去思量。

无意中看到网络上吴保安弃家赎友的故事，便与民国《姚安县志》中关于吴保安的记录进行了对比，我惊讶地发现居然是同一个人。通过查阅资料才知，吴保安弃家赎友一直被传为佳话，流行不衰。明朝冯梦龙编成话本《吴保安弃家赎友》，收入《古今小说》《喻世明言》中。在《太平广记》中，吴保安同郭元振、狄仁杰、敬昭道等人一起被收入“气义”卷中。而嘉庆《眉州属志》、乾隆《遂宁县志》、道光《蓬溪县志》中都分别记载了吴保安赎友的事迹。再详读民国《姚安县志》中关于吴保安的记述，被历史尘封的一段鲜为人知的感人故事就这样摊开来。

## 吴保安写信给郭仲翔求职

吴保安，字永固，河北武阳（今河北易县）人。唐玄宗开元年间（713—741 年）任遂州方义县（今四川遂宁市）县尉。

时任宰相郭元振有个侄儿，名叫郭仲翔，文武双全，豪侠仗义，只因落拓不羁，不喜欢循规蹈矩，所以没有得到举

姚安古衙

荐任用。

当时的云南，南诏强盛。因姚州周边各部落冲突不断，朝廷便派李蒙为姚州都督，率领军队讨伐各叛乱部族。李蒙出发前去向郭元振辞行，郭元振对李蒙说："历史上诸葛武侯七擒孟获，不只是以武力慑服，更重要的是让孟获心悦诚服。李将军此次征讨南蛮，也应谨慎小心，以睿智制胜。我有个侄儿，还没有功名。你带着他前往，如能杀敌立功，我会引荐他，使他在朝中谋个官职，获得微薄的俸禄。"李蒙答应了，把郭仲翔带到军中，慢慢发现郭仲翔很有才干，就任命他担任判官，把军中的事务交付给他。

郭仲翔到达四川境内以后，收到吴保安的来信，信中说："我叫吴保安，与你是同乡，虽然还没见过你，可早已仰慕大名。以你的雄才大志，辅佐李将军平定南蛮叛乱，功成名就是早晚的事。我虽然苦读多年，但仍是小小县尉一个，且远离家乡，身处蛮荒之地。如今任期已满，何去何从还是未知，我担心一辈子留在这里，没有返乡的时候。听说你常替人分忧解难，如今李将军率兵伐贼，正是用人之际，希望你看在老乡的情分上，把我招入军中。如果能助我一臂之力，我将永生难忘，感恩不尽。"

郭仲翔接到吴保安的信后，深有感触，就向李蒙将军引荐了他，招吴保安作管记。然而，还没等吴保安赶到军中就职，713 年，"西洱河诸蛮大举进攻姚州"，总管都督李蒙率领大军与敌军大战并攻破了他们，乘胜深入敌方，却遇到埋伏，唐军大败，李蒙将军战死，唐军也全军覆没，郭仲翔被俘。吴保安来到姚州后，唐军已经战败覆没，他滞留在姚州没能返回四川。

## 郭仲翔被俘，写信给吴保安求救

西洱河蛮首领见俘虏郭仲翔丰姿不凡，对他关爱有加，饮食与其他人都有很大差别。郭仲翔因为思念家乡，寻机逃跑，却又被抓住。西洱河蛮首领一生气，把郭仲翔卖给了南洞，南洞人把俘虏当牛马奴役。郭仲翔忍受不了又出逃，又被抓获，被卖到了撒里蛮。之后郭仲翔又借机逃跑了一次，又被人抓捕回去，首领对他屡屡逃跑的行为很是愤怒，于是就给他的脚上带上了两块板子，每每干活的时候都要拖着木板行走，十分不便，到了夜里还被锁入地牢中。

掌管牢狱的当地官员贪图汉人财物，凡被俘获落在他们手中的汉人，都允许他们与家人通音讯，让他们家里以财物赎回，每人赎身的代价是三十四帛。于是郭仲翔费尽周折写信给吴保安："永固你近来还好吧。之前收到你的来信还没来得及回复你，恰逢军队已经出发。我们长驱直入敌阵，结果遭逢溃败。李蒙将军也已经战死，我被俘虏身处困境，多次想方设法都没能逃出去，每天都是苟且偷生，故乡杳杳，想来一生也就这样了。我才不及钟仪，却跟他一样是俘；身不是箕子，但跟他一样为奴。在海边放羊，跟苏武相似；鸿雁传书，何慕李陵之幸？我自落入南蛮，历经艰辛苦难。皮肉毁损，血泪交流满地。

姚安文峰夕照

人生最大的苦难，我都尝遍了。我是大唐王朝的好儿男，却成了南蛮部族的囚徒。寒来暑往，我无时无刻不思念我故乡的亲人以及祖坟上的松楸树。常常觉得心中郁闷悲痛好似要疯了一般，不知不觉就会泪流满面。路人见到我，都为我悲伤哀悯。我与永固你虽未谋面，可永固是乡中前辈，我们脾性相投，永固你的风采也常常出现在我的睡梦中。之前收到你的来信，乘机便向李蒙将军引荐了你。将军听闻你的情况后，就命你为管记。大军远行，而你还没有赶过来，不是我没替永固兄你说话。上苍保佑，这也是你的幸运，没有跟我们一样吃败仗，才得以保全性命和声望。如果当初你早一点进了军队，和我一起在幕府共事，也就与我一样沦为俘虏了。好在南蛮人喜好财物，被俘之人，都允许亲族赎人。因我是宰相的侄儿，与普通人不同，苦遭勒索，要千匹绢作为赎金。就连能通这封信，都被勒索了一百匹绢。希望你能早日带上我的信，去告诉我的伯父，早早地前来赎我。使我亡魂得归乡里，白骨更生血肉，只能指望你了。今天的事，还望你能不辞辛劳。如果我的伯父已经离开朝廷，难以找寻，就希望你能效法管仲解下骖马以赠越石父，或者像宋国人赎回华元那样，也救救我。我知道，这件事很难，但永固兄你高义，名节显著，所以我提出如此过分

始建于唐朝的姚安德丰寺

之请而不迟疑，如果你不可怜我，和那些普通人一样，那我活着就会一直是一个俘虏囚徒，死了也就是一个蛮地的孤魂，那这一生还有什么指望呢？拜托了永固兄，不要忘了我的事。”

## 吴保安弃家赎友，成功救出友人

吴保安看到这封信，非常伤感。那时郭元振已经去世，吴保安便自己回信，答应赎还郭仲翔。他倾尽全部家产，得到二百匹绢，然后前往巂州想办法赚钱，十年不回家。经营所得的财物，先后总共得到七百匹绢，数量还不够。吴保安家境本就贫寒，妻儿又在遂州，他自己专心赚钱一心只想赎回郭仲翔，因此就断绝了对家庭的供给赡养。每逢和人经营有所获利，即便尺布升米之微，也都全部积攒起来。后来他的妻子孩子饥寒交迫，已无法在遂州生活，妻子便带着幼弱的孩子，驾着一辆驴车前往泸南，去寻找吴保安。在路途中粮食吃完了，但距离姚州还有几百里远。吴保安的妻子没有办法，因而难过得在路旁哭泣，吸引了不少路上行人。这时新任的姚州都督杨安居正乘着驿马要到姚州府，遇见吴保安的妻子痛哭，觉得奇怪便停下来询问她。吴保安妻说：“我丈夫是遂州方义尉吴保安，由于友人郭仲翔被南蛮人俘获，我丈夫为求钱财去救赎他，因而去了姚州，抛开我们母子，十年不通音信了。我们现在在遂州生活不下去了，想去寻找他，现在粮食没了，路途还远，所以才哭泣悲伤。”杨安居惊异这世间还有这样的事，于是赠给吴保安妻子一些钱物，让她继续前行。

杨安居到达姚州府邸后，首先要求见吴保安。当见到吴保安时，杨安居拉着他的手说：“我曾读过古人书，见识古人做事行为，想不到今天亲眼见到您，怎么对朋友的情义深重，对妻子恩意轻浅，抛弃了家庭妻室，一心为赎救友人，而到了这等地步！我来的途中遇到您的妻子，敬佩您的道德侠义，于是心中屡屡牵挂，我现在才刚到任，没有财物可以周济您，暂且在官府库藏里借四百匹绢，帮助您作为赎资之用。待到友人回来后，我再慢慢设法填还。”

吴保安十分感动和欣喜，取了这些绢，让和蛮邦通信的人拿着前往。经过二百多天，郭仲翔才回到姚州，这时的郭仲翔模样憔悴，几乎不像人了，两人喜极而泣。

## 郭仲翔感念吴保安救赎情谊

杨安居曾在郭元振手下做事，即给仲翔沐浴更衣，赠给他衣服装饰，让他和自己同坐，设宴席欢庆。杨安居敬重吴保安的行为，想让郭仲翔在他的治下任职，郭仲翔谢绝了杨安居，回家看望已经辞别十五年的母亲。然后去了京都，因为破敌有功被授予蔚州（今河北省蔚县）录事参军，把母亲接到身边让其安享晚年。两年后，又以优等被授代州（今山西省代县）户曹参军。任期满后母亲去世，办完丧事，在墓旁服丧期满，郭仲翔在母亲坟前自顾自地说："我因为有了吴保安的赎救，才能得授官职奉养母亲，现在母亲去世，我服丧也满期，可以按我的意愿去报答保安了！"于是就出去寻找吴保安，而吴保安从方义尉选拔授予眉州彭山（今四川眉山）县丞，仲翔就到蜀地拜访他。

吴保安任职期满，没能回到河北故乡，就在彭山去世了，暂落葬在寺庙里。郭仲翔听说后，哭得很悲伤，即制成丧服，身绕麻带手持丧棒，赤脚从蜀郡出行，路上哭个不停，一直来到彭山。他设礼祭奠完后，取出吴保安遗骨，每节都用墨做上记号，写下次序，恐怕埋葬收敛时有丢失，然后放在绢袋内；又取出保安妻的遗骨，也用墨作上记号，贮放在竹笼里，而后赤脚亲自背负着，走了几千里，让保安夫妻落葬故乡，仲翔拿出全部家财二十万厚葬保安，再刻石碑来颂扬他，还亲自在墓地旁建造了茅屋，服丧三年。吴保安有个儿子，仲翔爱惜他如弟弟一般，仲翔之后出任岚州（今山西）长史，又加朝散大夫，期间都携带着保安的儿子一起去官所，给他娶妻，恩养无微不至。仲翔一直感念保安恩德，天宝十二年（753 年）去京城朝见天子时，让出自己官职给保安儿子作为报答，这在当时被传为一段佳话。

中国社会里，人们都重友情讲信义，但能够始终如一，不因环境、地位的变化而改变的人和事却并不多见；更多的还是以利相合、利尽交断，更有甚者则是尔虞我诈、落井下石，念之让人心寒。吴保安弃家赎友、历尽艰辛，十余年而不渝，事成毫不图报；郭仲翔知恩重义，万里负骨，足见感念之深，让官于保安之子，可知其心之笃诚，他们二人之间的情谊实在是世所罕见。

"弃家"与"赎友"强烈凸显了吴保安忠义过人的鲜明性格，在他身上所体现出来的“真义气”，固然打上了儒家倡导的“士为知己者死”的传统烙印，但它颂扬的那种一诺千金、肝胆相照、讲求信义、赤诚帮助，追求生死与共的患难之交的品德，在现今社会人际关系中是稀缺的，也是人们十分需要的。郭仲翔与吴保安两人因一封书信结缘。郭仲翔推荐吴保安之时，怎么也不会想到举荐的这位素未谋面的同乡，日后会为了自己离家奔波十年，救自己出牢笼吧！古之管鲍之交、羊左之交也不过如此！这才是朋友之间应该有的样子！

（作者：刘娅娟）

## 参考资料


1.由云龙编纂：民国《姚安县志》，云南人民出版社 1988 年版。

2.中国古籍检索库：①眉州属志[嘉庆]/(清)涂长发修，王昌年等纂；②遂宁县志[乾隆]/(清)张松孙，(清)李培峘，寇賫言纂；③蓬溪县志[道光]/(清)吴章祁，(清)徐楊文保修；(清)顧士英等纂《太平广记》卷一百六十六。

3.鲁正清著：《唐代姚州都督府》，云南人民出版社 2014 年版。

# 第一任姚安路军民总管高明

高 明

姚安光禄的“姚安路军民总管府”是姚安重要的历史建筑，这座建筑的名称与高明紧密相关。

高明，又名高均明，高升泰第九世孙，其祖父高隆政是大理国弄栋、越巂、会川三府演习。在大理国时期，大府的主将称为演习。大理国灭亡后，元朝继续任用高氏家族管理姚安及周边地区。元世祖至元十年（1273年），针对云南地区民族关系复杂、存在不稳定因素的局面，元朝统治者选派赛典赤治理云南，着手建立云南行中书省，并且把行政中心从大理迁移到中庆，就是现在的昆明，“云南”也从此正式成了省一级行政区划的名称。同时，还把军事统治时期设立的带有军事管制性质的政权机构万户、千户、百户改为路、府、州、县行政性的机构，并任命一批当地的领主担任长官。高明的父亲高政均被任命为武毅将军，让高家世袭管理姚州。

大理国灭亡，元军攻占姚安以后，改姚州为统矢，设为千户所。1275年又改置姚州，隶属于大理路。元文宗天历元年（1328年），高明入朝述职，向元文宗孛儿只斤·图帖睦尔请求提升姚州的建制规格。元文宗赞赏高氏一族世济忠孝和高明不远万里到京城述职，赏赐了大批的衣马楮币给他，同时又命令把姚州的建制提升为姚安路，授高明为第一任姚安路军民总管。关于这段历史，元代翰林学士欧阳玄撰写的《改姚安路记》一文中记载道："皇元宪宗在位，岁癸丑，世祖皇帝以潜邸奉命征云南，段氏亡国，降姚府为州。隆政之子政均入朝，授武毅将军，世袭姚州守。政均卒，子明（高明）袭。天历戊辰又入朝，文宗皇帝嘉其'世济忠孝，自远述职'。赐衣尚方，赐鞍辔乘黄（四匹黄色的马）、楮币称是。升姚州为姚安路。明（高明）为姚安路军民总管留遣……姚安父老黎庶咸自庆幸，相率言曰：'州升为路，以高侯之故。若之何相，与改观，以求无负圣天子之命，以无忘我高侯德'……昔为州，贡赋附庸于大邦，讼狱受成于上府。今为路矣，言可以专达，事可以专决，谁实使之然哉！其能清白以承休，勤勉以趋事，斯则吾民之报邦侯也……异时煜然，声容文物之盛，非蜀之文翁，闽之常褒欤，岂复有边鄙虞者哉。"

高明从京城回到姚安后，时值姚州地区发生战乱，他返回姚安，配合朝廷平息了战乱，招抚战乱中流离失所的人员，稳定人心，治理环境，厘定税赋，储备军需，修复被兵祸毁坏的各种设施，恢复生产和社会秩序，让姚安重新回到发展的进程之中。

姚安路军民总管府

高明及其家族感怀皇帝的皇恩浩荡，于是捐出自己的私人住宅改建妙光寺以报皇恩。欧阳玄在《妙光寺记》中写道："至顺二年辛未，姚安路总管高侯归自京师，既奉命升州为路，宣授明珠虎符，退自感激，荷国厚恩，蔑以报称，乃捐己赀，即私第之里，缮修妙光报恩禅寺。面势冈陵，占胜林石，中建宝殿……然则兹寺之建，不独专事于祝厘，可以为报恩也。侯名明（高明），胜国高升泰九世孙，有惠爱于姚安，其民甚德之云。"

姚州升为姚安路后，高明被委任为姚安路总管。因权力增大，建功立业的空间扩展，高氏一门锐意革新、励精图治，文治武功显著，名声显赫，境内趋于稳定，人民安居乐业。高明不仅效忠朝廷，政治上有所作为，而且重教化，兴学术，主动接受儒学，思想上也较为开化。他说："吾以远方之俗，求自立列于中国之懿，果有道乎？亦惟曰：'渐被声教而已'。"元文宗至顺年间（1330—1331年），他"近聘荆益、关陕之士，以为民师；远购洙泗濂洛之书以兴民学"。"荆益"指湖北、四川及重庆大部分地区，"关陕"说的是现在的陕西一带。"洙泗"指的是洙水和泗水两条河流，在古时这两条河自今山东省泗水县北合流而下，到曲阜北又分为两条，洙水在北，泗水在南。春秋时期孔子在洙泗之间聚徒讲学，后因以'洙泗'代称孔子及儒家。而"濂洛"则是宋朝理学两个学派的合称。濂指周敦颐，因其原居道州

姚安旧城高氏宗祠

姚安高陀山

姚安龙华寺高泰祥女儿塑像

营道濂溪，世称濂溪先生，为宋代理学之祖，程颐、程颢的老师。洛指程颐、程颢兄弟，因其家居洛阳，世称其学为洛学。这段记载说的是高明从湖北、四川等地聘请老师来姚安教授学问，买来儒学、理学的书来让姚安乡民子弟学习文化。正是因为他的努力，姚安在元朝时期声教文物煜然。清代管棆纂修的康熙《姚州志》在“名宦”章节中记载：“高明，姚安路总管，天历中入朝，赐衣、马、楮币。明年盗起，招流离，抚携贰，辟莱，还侵轶，又修甸舍、邮传，以至民赋、军储，无不究精，父老咸庆。”如此开拓创新之举，具有筚路蓝缕之功，为明清时期“姚安文人蔚起，教泽益久，人才荟萃，文化鼎盛”打下了扎实根基，奠定了牢固基础。

姚州升为姚安路后，高明任军民府总管，他的弟弟高均常也得以袭任姚州守土官。高明生有两个儿子，长子高明寿，次子高明义。高明寿授三珠虎符，姚安路总管，封资政大夫、云南行省左丞，高明义袭姚州守事。高明寿生有四个儿子，依次是高寿寺、高寿升、高寿保、高寿胜。

有关高明寿一族的情况，相关史料有如下记载：

高明寿，本高泰祥之裔，世居姚州。元末，为姚安路总管。明初，子高寿保降，授同知……贼自久叛，攻姚州，杀知州田本，吏目杨信保挈印归洱海，冯都督进兵讨之，以保为前锋，败贼于白盐井，救官吏熊以政等。又捕贼于东山箐，获伪元帅张光，遂招谕人民于白石的村。贼夜劫营，又败之，获其头目高昌渐蹙贼于马哈山芦头山，擒其部头阿普，杨通普尺招民复业，定租税，建城郭宫室，开府治，历著功绩。万历中，高金宸以征缅功，晋秩四品。金宸死，光裕袭。光裕死，子守藩袭。守藩死，子泰翟袭。后以疾避为僧，子奣映袭。皇清平滇，奣映投诚，仍授世职。奣映病，子映厚袭。

（作者：何平）

**参考资料**

1. 杨成彪主编：《楚雄彝族自治州旧方志丛书（姚安卷）》，云南人民出版社 2005 年版。

# 程本立的姚州歌

程本立

姚安地处偏远，在古代是戴罪官员的贬谪之地。也正是因为如此，姚安的儒学发展，却在很大程度上受益于这些被流放而来学者、官员。古代的官员，主要是通过科举考试脱颖而出步入仕途，他们可谓是知识分子中的佼佼者。他们来到姚安后，不仅推行中央政令，推广文教政策，还扮演着连接中原儒学与地方民族文化的桥梁角色，使儒学在偏远的少数民族地区得到传播和普及，丰富了云南的文化内涵，也促进了姚安儒学的繁荣与进步，为姚安注入了新的文化气息。在这些因罪被贬谪到云南的官员中，程本立便是其中的一员。

## 贬谪云南保民安

程本立，字原道，号巽隐，浙江崇德县（今浙江桐乡）人。程本立为宋儒程颐之后，才情横溢，遗有诗文《巽隐集》四卷。关于程本立的生卒年，在学术界有一些争议，有的学者认为程本立的生年现在还无详细资料可考证，卒于明建文四年（1402 年）是有史可查的。但《桐乡文史资料》第 4 辑里却认为程本立生于明朝洪武元年（1368 年），卒于明朝洪武三十一年（1398 年），这三十年刚好是明太祖朱元璋当皇帝的时间，但根据程本立的任职、学术经历，这一时间可信度并不高。

洪武九年（1376年），程本立以其卓越的才华顺利考中明经、秀才，随后被授予朱元璋第二子秦王朱樉的引礼舍人一职，并得到了丰厚的赏赐，包括大量的楮币和鞍马。不久后因母亲病逝，不得不辞官回家服丧。服丧期满后，洪武十三年（1380年），他再次被任命为朱元璋第五子周王朱橚府内的礼官，并随同周王前往开封就藩。到了洪武二十年（1387年），他成功擢升为长史，并随周王一同入朝觐见皇帝。

明洪武二十二年（1389年），周王朱橚因擅自离开封地前往凤阳而触怒了明太祖朱元璋，作为周王府的长史，程本立也受到了牵连，被朝廷贬谪为云南马龙他郎甸（即现今的墨江、新平地区）长官司吏目。在那交通不便的年代，去云南实在是过于遥远。而且对于在江南出生长大的程本立来说，对云南的认知几近空白，他不知道前面的道路上有着怎样的艰辛，也不知道迎接他的是一个什么样的环境，所以，他选择将家人留在大梁，仅带一名仆从前往云南赴任。

程本立到云南时，明朝刚平定云南不久，社会生产正在恢复之中，地方少数民族的动乱还时有发生。程本立是长官司吏目，负责“掌出纳文书，分领州事”。他到任后要处理的第一件大事就是平息与云南接壤的缅人土酋发动的叛乱，让边境百姓免受骚扰，安居乐业。云南民族众多，群山叠嶂，边境地区本就“兵革险阻”，但为了边境安全，确保诸夷稳定和中央朝廷政令的施行，他勇往直前，孤身骑马深入各部落，以诚意和推心置腹的交流，向地方头领们说明反叛带来的祸患，劝说他们归顺朝廷，为百姓造福。在他的诚恳劝说下，各位地方头领最终答应归顺朝廷，从而解除了边患。

民国《姚安县志》记载程本立谪云南他郎甸长官司吏目时，土酋施可代煽动百夷为乱，“本立单骑入其巢，谕以祸福。诸酋咸附，未几复变。西平侯沐英、布政使张紞知本立贤，属行县，典兵事，且抚且御。自楚雄、姚安抵大理、永昌、鹤庆、丽江、山行野宿，往来辑绥，凡九年，民夷安业。”楚雄、姚安、大理等地本不在他郎甸长官司的管辖范围内，但因缅人土酋反复叛乱，使得边境民众深受其害。明朝皇帝委派西平侯沐英进行讨伐。沐英在京师与布政使张紞商议时，认为程本立过去在缅酋中实施“宽严并举”政策并取得成功，因此他的威望和影响力较大，如果没有程本立的参与，可能难以使缅酋驯服。因此他们联名上书，请求朝廷委派程本立为“边防守御”。接到朝廷的命令后，程本立单人单骑多次从楚雄、姚安直抵大理永昌，又辗转前往鹤庆、丽江。他翻山越岭，风餐露宿，不辞辛劳往来各地，对当地的少数民族部落进行安抚，宣讲中原文化，指导各部族用中原地区先进的生产技术来发展生产、改善生活，经过九年的艰苦努力，他化解了各部族之间的矛盾，各族百姓得以安居乐业。

程本立在云南平边有功，给他带来了新的机遇。明洪武三十一年（1398年），在学士董伦和应天府尹向宝的举荐下，他得以从云南返回南京，并进入翰林院工作编修《太祖实录》。因修史有功，不久之后他又升迁为右佥都御史。尽管仕途看好，但程本立始终保持着真我。他曾作《御史箴》，勉励自己“俸禄之外，不妄取”，保持着廉洁自律的品质。

## 行过姚安飘醉歌

程本立不仅是一位官员，还是一位学者、作家、诗人。他在《云南西行记》中详细记述了姚安的历史建置：“姚安府，古名弄栋川，汉为姚州，唐开蜻蛉弄栋为州县，今有蜻蛉驿府通守高保（高明孙也），元天历中，明入朝，升姚州为路，授明总管。有学士欧阳玄作《升路记》，保出以示予。”在文章中，程本立不仅记述了姚安府当时的社会情况，还记述了姚安与中原的道路交通、人员往来情况，这为后人研究姚安府当时的社会经济发展情况留下了宝贵的资料。也从一个角度展现了他与当地土官的亲密交流和他的学术思想在姚安的传播。

在程本立的诗歌中，纪行诗尤为出色。特别是他被贬谪到云南的九年里，经常在旅途中奔波，将历史、古迹和沿途的风景都融入了他的诗中。如他的七言律《自姚安出普淜》：

层关飞鞚出寒云，万木归鸦乱夕曛。
山自蜻蛉川口合，路从鹦鹉岭西分。
道旁筑室新成市，塞上屯田久驻军。
远客谁无乡土念，悲笳吹动不堪闻。

这首诗仿佛是一张神奇的旅游图，引领我们走进姚州的山光水色之中。袁嘉谷先生在《滇绎》中对程本立的诗歌给予高度称赞："崇德程本立诗，善写滇南风景，程以洪武时谪云南，往来抚绥姚安各郡九年。是诗四句中，能将姚中山川、道路及当时掌故，扼要言之，诚为难得。"认为他的诗歌善于描绘滇南风景，而且能够将姚中的山川、道路及当时掌故扼要表达，非常难得。

尽管常年在外奔波，寂寞辛劳难免，有时甚至面临凶险，但云南美丽的山水风光和质朴淳厚的百姓，让程本立依然情绪高昂。他的诗作风格浑厚、气势磅礴，尤其是他的七律最为出色，对仗工整，用词精警。在云南期间，他写下了许多优美的诗歌，如《昆明池》《广通驿》《早发禄丰驿》《晚至楚雄》等。

程本立对程朱之学孜孜以求，因此他的诗文要旨常常反映着儒学的谈性论道，"古之人，其本在于生人之具取足焉而止矣，不求称欲而过役其智也。"就是说人只要满足于属于自己名分之内的东西就行了，不必花太多的心思去谋求更多的欲望。程本立往来姚安就是为平息地方土酋叛逆事态，在《姚安醉歌》中，他表达了自己的思想：

景云僇尸李知古，天宝召乱张虔陀。
唐兵莫讨阁罗凤，宋师不踰大渡河。
村村小屋鸡狗少，处处青山豺虎多。
今日安危在诸将，请君听我姚州歌。

他在这首诗中列举了唐、宋时期发生在姚州的战事，这些战事都是地方势力反叛朝廷的统治，姚州及姚州都督府因战乱而三立三废，战乱让姚州变得村落稀少、民生凋敝，比如景云战争就导致姚州路绝，连年不通。而就在那个时期，姚安也有土官作乱，《姚安县志》中就有记载"洪武二十六年，自久叛乱"。程本立通过这首诗列举历史战事，告诫当地土官归顺朝廷，让百姓安居乐业。诗文里既反映着作者的道学理念，也透着他的悲愁与感触。

## 邑中学术受熏陶

虽然程本立的生年无法考证，但不影响我们现在对他的认识。程本立年少时，求学于江南，得学术之正统，表现出极高的学习天赋。他的学习方法独特，注重把握书中的主旨要领，而不是被章节和句子所束缚，“不事章句”的读书方法，体现出他追求真理、不拘泥于形式的性格。青年时期，他游历南北，见识广博，立下远大志向。在壮年时期，他出任官职，以卓越的政绩赢得了人们的赞誉。

在描述程本立生平的文章开头，常常会出现这样一句话：“本立少有大志，读书不事章句。”这句话体现了他从小就有远大的志向，读书时更注重理解书中的主旨，而不是纠结于细节。当时的读书人大多以参加科举为荣，花费毕生精力研读经书，但往往缺乏真才实学。程本立曾受到明太祖朱元璋的勉励：“子质近原，当志圣贤之学。”意为他的性格宽厚，应以圣贤之学为志向。受此激励，程本立更加努力学习，不断提升自我。他曾拜崇德人鲍恂、贝琼为师，作为程颐的后代，他对程朱理学产生了浓厚兴趣。听闻金华一带的朱克修从许谦处得朱熹学说真传，他立刻前往跟随朱克修游学，深化了对程朱理学的理解。

展现各民族和睦相处的姚安民间节庆活动

《四库全书总目》如此评价他："本立文章典雅，诗亦深稳朴健，颇近唐音。不但节义为足重，即以词采而论，位置于明初作者之间，亦无愧色矣。"这一评价充分展现了程本立作为文人和诗人的才华，他不仅是一位深思熟虑的学者，也是一位情感深厚的诗人，他的诗词稳健朴健，深具内涵，显示了他的才情与智慧。

明洪武二十八年（1395年），明太祖为了治理边疆，决定在云南推行儒学。他认为，边疆的土官虽然世袭职位，但很少懂得礼仪，如果对他们过于严厉，就会激起反抗，如果放任不管，就会过于懈怠，因此需要通过教育来引导他们。于是，在云南、四川等边疆地区，明朝政府设立了儒学，选拔土官子孙弟侄中的俊秀者接受教育，让他们了解君臣父子之义，避免悖礼争斗的事情发生。这一举措也成为明朝文化治边的重要手段。

在姚安，儒学教育同样得到了重视。明朝永乐年间，姚安军民府设置了教授训导，加强了对儒学教育的推动。程本立作为先儒程颐的后代，对程朱理学深有研究，他的影响也深深地渗透到了姚安的学术发展中。《姚安县志》记载："明初，程本立为先儒伊川之后，得朱子之传，往来抚绥姚安各郡九年，邑中学术益受熏陶；及永乐间设学兴士，人文蔚起，学术即卓然可观，如李瑄首以文学著称；郭如磐致仕归田，下帷讲诵，博学能文；杨道东读书手不释卷，为文根抵六经，尤精《周易》；王鸣凤赴京谒选从阳明学；张金过目成诵，长于古文，首著《传心集》；偰应东经学湛深，雅有著述；陶希皋从盱江罗汝芳学，任王府教授，归里著书，课其子陶珽、陶珙遂蔚为邑中明代学术之冠。"李瑄、郭如磐、杨道东、王鸣凤、张金、偰应东等人都是姚安学术发展的重要推动者，特别是陶珽、陶珙兄弟，他们对明代学术的研究传承已经著称海内，著作丰富，如《续钟伯敬史怀》《续说郛》等。

明建文三年（1401年），程本立因陪祀过失被贬官，但依然留任纂修《太祖实录》。在完成这一重要任务后，他被任命为江西副使。然而，未等他离开京城赴任，明建文四年（1402年）燕王朱棣攻破南京，朝廷内乱，大臣们纷纷选边站队。程本立对这些为争夺皇位而骨肉相残的事情深感痛恨，同时他又忧虑外侮不息，朝廷不去根治，导致战祸不断，生灵涂炭。忧国忧民的程本立日夜不安，最终与布政使张紞二人商议，决定前往府学自缢殉国，表达他们对国家的忠诚和担忧。

明成祖朱棣即位后，改年号为永乐。最初，朱棣给程本立定了一个“藐视新君之罪”，令抄籍其家。然而在抄家的过程中，除了生活必需品外，并没有发现任何多余的财物。程本立的清廉自矢，让人肃然起敬，被人赞誉为“清御史”。

当永乐皇帝得知这一情况后，他深深地被程本立的清廉和忠诚所感动，便撤回前谕，特赦其“罪”，并当众为其平反，追授为“太常卿”，赐谥“忠介”。这是对程本立一生清廉、忧国忧民品行的最高赞誉。程本立死后，被葬在梧桐乡，入乡贤祠，为后人祭奠。清乾隆四十一年（1776年），乾隆皇帝又赐谥“节愍”，再次表彰他的忠诚和节操。《明史》也为他立传，记载了他的一生事迹。

程本立的一生，无论是任职期间还是最后以身殉国，都充分展现了他的清廉自矢、忧国忧民的高尚品质。他的忠诚和清廉不仅在当时赢得了人们的尊重和赞誉，而且在他死后也得到了皇帝的追认和嘉奖。他的一生事迹对于后人来说是一份宝贵的精神遗产，他忠诚、清廉、忧国忧民的精神品质值得我们永远学习和传承。

（作者：罗建萍）

## 参考资料

1.程本立撰：《巽隐集》。
2.张廷玉等纂：《明史》卷一四三《程本立传》。
3.由云龙编纂：民国《姚安县志》，云南人民出版社1988年版。
4.刘念学纂修：民国《姚安县史地概要》。
5.丰同县政协、文史资料工作委员会编：《桐乡文史资料》第四辑。

# 杨升庵：亦诗亦咏话姚州

杨升庵

姚安历史悠久，古为滇国地，汉代始置弄栋县，唐代设姚州都督府及南中统部，管辖今滇西、滇东、黔西及川南大部分地区，史称“六诏之中分，三川之门户，南中之锁钥”，为古西南丝绸之路必经之地。姚安厚重多元的文化，接纳了众多的文化名人、治姚贤宦，他们在漫长的历史长河中，教化育人、造福民生，光耀乡邦，其事迹传颂乡野，为后人所敬仰。

杨升庵（1488—1559年）名慎，字用修，别号升庵，后人称之为杨状元，四川新都人，明代著名学者、诗人。以一首脍炙人口的《临江仙》“滚滚长江东逝水，浪花淘尽英雄”而名满天下。他出身名门，父亲杨廷和是内阁首辅。杨升庵从小受到良好教育，且天性聪明，有一颗正义的心，七岁便能背诵许多诗文。十一岁时，会写近体诗。十三岁时，随父入京师，沿途写有《过渭城送别诗》《霜叶赋》《咏马嵬坡》等诗。明正德六年（1511年），二十四岁的杨升庵参加殿试，得殿试第一，即状元，授翰林修撰。从此，正式登上了明朝的政治舞台。但他的政治生涯非常坎坷艰辛，因为他为人正直，不畏权势，看到官场腐败，目睹民不聊生，便称病告假，辞官归乡。

嘉靖三年（1524年），因朝廷发生“大礼议”事件，他带领百官“逼宫”，直言进谏，以静跪示威。因此触犯了皇帝，嘉靖龙颜大怒，杨慎两次受廷杖，最后被谪戍云南永昌卫（今保山）。

这一放逐，便是漫长的三十年，人们称之为“天下奇谪”，但他并未因环境恶劣而消极颓废，仍然奋发有为。最难能可贵的是，他仍然关心人民疾苦，不忘国事。杨慎在云南长达35年之久，“往返滇云十四回”。他无论从昆明至永昌，或者由“姚嶲道”入川，往来途经楚雄境内就有二十余次。又因他的堂弟杨慥任姚安知府，他跟姚安的渊源又多了几分，也留下了一些佳话。杨升庵在云南旅游、读书著述，授徒讲学，积极提倡兴学，为云南培养了大批人才，加强了云南文化与中原文化的交流融合，促进了云南文化教育事业的繁荣和发展。他游历名山大川，足迹遍及姚安、武定、楚雄三府（今楚雄州所辖的十县市），在楚雄留下了许多诗文和碑刻。

杨升庵一生刻苦学习，勤于著述，具有较高的文学成就。他不仅精通经、史、诗、文、词曲、音乐、戏剧、金石、书画，而且对哲学、天文、地理、生物、医学、语言、民俗等也有很深的造诣。他遗留的著作极多，《明史》说他：“明世记诵之博，著作之富，推慎第一。”

杨升庵存诗约2300首，所写的内容极为广泛。因他居滇30余年，所以“思乡”“怀归”之诗所占比重很大。他在被谪滇时，妻子黄娥送他到江陵，依依话别，他所作的《江陵别内》表现别情思绪，深挚凄婉。《宿金沙江》描写自己往返川滇途中的感慨，以今昔行旅思情相对，衬出离愁的痛苦。他临终前所作《六月十四日病中感怀》诗，叙述了自己因病归蜀，途中却被追回的憾恨，深为感人。

他也有一些诗作表现了对人民疾苦的关怀。《海口行》及《后海口行》揭露豪绅地主勾结地方官吏，借疏海口之名占田肥私。

杨升庵的写景诗也不少。他叙写云南风光，描绘祖国山河，颇有特色。《海风行》写了下关的风：“苍山峡束沧江口，天梁中断晴雷吼。中有不断之长风，冲破动林沙石走。咫尺颠崖迥不分，征马长嘶客低首。”气势雄伟，有雷霆万钧之力。而《龙关歌》写洱海夜色：“双洱烟波似五津，渔灯点点水粼粼。月中对影遥传酒，树里闻歌不见人。”诗中描述渔舟灯火，月映水波，细腻清新。

此外，杨升庵又有描述、歌颂历史英雄、忠臣义士以至耕夫樵叟的诗，其中也不乏佳作。更为出名的，便是那首让人耳熟能详的《三国演义》的卷首词——《临江仙》了：“滚滚长江东逝水，浪花淘尽英雄，是非成败转头空。青山依旧在，几度夕阳红。白发渔樵江渚上，惯看秋月春风。一壶浊酒喜相逢。古今多少事，都付笑谈中。”这是他一生的感悟与智慧的结晶。

由踏歌发展而来的姚安民间戏曲表演

从金沙江南岸沿蜻蛉河至大姚、姚安，由姚安至大理、保山，这是杨升庵滇、川往来的“姚嶲道”。姚安在明代为军民总管府，管辖的地域较广，杨升庵的堂弟杨未庵（名慥，字用能）也曾经出任过姚安知府，因而杨升庵有许多以“蜻蛉”为题咏的诗文。嘉靖五年（1526年），杨升庵入滇以后结识的云南兵备道姜龙（字梦宾，江苏太仓人），因“单骑躬至夷箐”，对“闭箐深居”的夷民进行说服教育，采取团结保护的政策，让夷民“出箐为市”，然而，这样一位开明的官员，竟被解职归里。临别时，杨慎写了一篇《兵备姜公去思碑记》，还写了《蜻蛉谣》来歌颂姜龙对少数民族的功绩：

蜻蛉川，礁碌野。
铁箐穷崖，飞鸟不下。魋结成群行，白日腥风洒。
击我牦牛驱笮马，金鸡庙前无行者。
使君坐紫城，桴鼓卧不鸣。
苍山平，洱水清。
守犬无夜惊，行商达天明。
白羽櫜，青苗生。
南山踏歌北山耕，愿留使君住。

只愁使君去，畏途前番君不闻。

高车驷马亦使君，劫商车下殷车轮。

诗中的“蜻蛉”指的就是现在姚安、大姚境内的蜻蛉河，它发源于姚安县滚水坡下的滚水箐，流经太平，于元谋县江边汇入龙川江，流入金沙江。“峨碌”指的是楚雄，在文献中，楚雄古名硪碌赕。“铁箐”指现在大姚的铁索箐，当时属于姚安府管辖。“魋结”代指少数民族。“紫城”指大理，大理古城为南诏故都，名紫城。杨升庵一首《蜻蛉谣》写尽了当时姚安府的地理、人文环境和民族关系。杨慎赞诵姜龙的诗还有《博南谣》：

澜沧自失姜兵备，白日公然劫行李。

博南行商丛怨歌，黄金失守泪滂沱。

铁索箐边高嵯峨，金沙江头足风波。

为客从来辛苦多，嗟尔行商奈若何。

在诗中，杨升庵写尽了姜龙被解职后，姚嶲道中盗匪横生、商旅苦困、民生多艰的景象。

嘉靖八年（1529 年）八月，杨升庵的父亲杨廷和病卒，他携带妻子黄娥从戍所赶回四川新都奔丧，办完父亲的丧事，于同年冬季返回云南，他的妻子自此便留在了新都。夫妻久别，遥相思念，他写了一首题为《蜻蛉行寄内》的诗，写出了夫妻之间的离情别恨：

青岭绝壁怨离居，金雁桥头几岁除。

易求海上琼枝树，难得闺中锦字书。

燕子伯劳相对眠，牵牛织女别经年。

珊瑚宝树生海底，明星白石在天边。

人言西川遥，侬道西川近；

东风吹梦过三巴，觉来身在南中郡。

杨升庵的妻子黄娥，也是明代著名的女诗人。自从杨升庵谪戍永昌（今保山）后，夫妻远隔万水千山，离别之情，相思之苦，缠绕于心，她只能以诗传情，以诗言志，写下了脍炙人口的诗歌《寄外》："雁飞曾不度衡阳，锦字何由寄永昌。三春花柳妾薄命，六诏风烟君断肠。曰归曰归愁岁暮，其雨其雨怨朝阳。相闻空有刀环约，何日金鸡下夜郎。"

杨升庵到云南后，虽然戍守永昌，但他很多时候却侨寓于安宁、高峣。嘉靖三十年（1551 年），杨升庵的堂弟杨愷出任姚安知府，路过昆明高峣寓所，兄弟会面于异乡，一夜之间，"问讯兄弟及乡闾，契阔飘零感戍旅"，彻夜畅谈彼此的离别想念之情。杨愷"五更乘月别去"，前往姚安赴任。为此，杨升庵写有"鸡鸣残夜映长庚，马嘶又促蜻蛉行"的诗句。

杨升庵不但在姚安留下了"蜻蛉思妻、异乡会弟"的感人诗篇，还留下了描写投宿金沙江畔元谋县龙街渡口的"江声夜色那堪说，肠断金沙万里楼"（《宿金沙江》），描写镇南苴力铺（今南华县西部）婉约可爱垂柳的"芳树重重归院迷，飘花点点临池见……摇落秋空上林远，婆娑生意华年晚"（《垂柳篇》），描写楚雄春天景象的"来来去去无千里，屏风万叠青山里。流水赛流霞，桃花夹杏花。平芜芳草短，一望春如剪。回蹬是回程，莺声报一声"（《菩萨蛮·楚雄春归》），还有描写广通兰花的"秋风众草歇，丛兰扬其香；绿叶与紫茎，猗猗山之阳"（《采兰引》），年老思乡的"避地仍多阻，还家未有期……携手难同赏，劳歌寄所思"（《正月十一日宿禄丰》）等诗文。

姚安蜻蛉河

嘉靖二十七年（1548 年），定远县（今牟定县）新建儒学落成，杨升庵受嘱作《定远儒学记》，内容包括定远的历史沿革、诸葛亮南征以及新学之始等，是地方史志的重要资料，具有较高的保存价值。后人对定远碑十分重视，至今仍然不忘杨升庵的功绩。

杨升庵一生的最大贡献，是大力推动了南疆与中原文化的交流，让云南边疆土地和边疆各族人民与中华民族大家庭联系更加紧密。可以说杨升庵是正德、嘉靖两朝的文坛泰斗和学界领袖，他在云南设馆讲学，广收学生，撰写了大量优秀的学术著作。杨升庵在云南推行中原文化，促进了中原汉文化与边疆少数民族文化的交流交往交融与相互认同，使得云南各民族在杨升庵之后兴起了一股学习中原文化的潮流。

清康熙二十四年（1685 年），时任楚雄府同知的马天选写了一首诗《苴力铺怀杨太使》，对杨升庵的一生作了高度的概括和较好的评价：

撼门抗疏岂为狂，竟尔批麟戍远荒。
翰苑坡仙穷岭海，汉廷汲黯老淮阳。
投囊绝句惊神鬼，荷钟豪情典骕骦。
试看行吟分踏出，山花山草有余香。

在昆明市西山区建有一座杨升庵祠，有一副对联：“议大礼，面折廷争，系情滇云，名士名作千秋在；计遐征，山回路转，涉足苍洱，奇人奇书万里行。”这对联上联就概括了杨升庵的生平和谪滇事迹，也表达了人们对他的赞许和纪念。

（作者：何平）

参考资料

1. 杨成彪主编：《楚雄历代诗文选》，云南人民出版社 2006 年版。

赵 恒

说起姚安知府，人们最熟悉的是明代思想家李贽。然而，很多人都没有注意到，在姚安，还有一位知府赵恒，他与李贽是同乡，都是福建晋江人，而且他们俩之间还有很多联系，李贽曾写过一块“乡贤名宦”的杉木牌匾赠送于赵恒。民国《姚安县志》记载：“赵恒，号时丰，福建晋江人，进士。嘉靖间以郎中升知府，学问宏博，才识敏捷，治奸匿尤严。每留心民事，耳虽重听，人试一字，遂彻始终，决讼之际，曲直莫能逃其情。著有《春秋录疑》，遗训多士。”

## 姚安知府——赵宋后裔赵恒

赵恒，字志贞，号特峰，泉州晋江人，嘉靖三十二年（1553 年）至三十六年（1557 年）年任姚安军民府知府。赵恒是嘉靖十三年（1534 年）甲午科乡荐第五名，十七年（1538 年）戊戌科进士。在来姚安任知府之前，曾历任江西袁州府学教授、南京国子监监丞、部江西司主事、工部虞衡司员外、户部云南司郎中、两浙盐运司同知等职。赵恒出生于书香世家，从他祖父开始到他的孙子，五代人中出了八位进士。从目前的资料看，赵恒离任姚安知府后便离开了政坛，潜心做学问。他从小跟随祖父、父亲一起研习《春秋》，之后他自己独立著有《春秋录疑》《庄子涉笔》《史记涉笔》等书籍，直到九十四岁去世，葬晋江三十二都茂趣山。

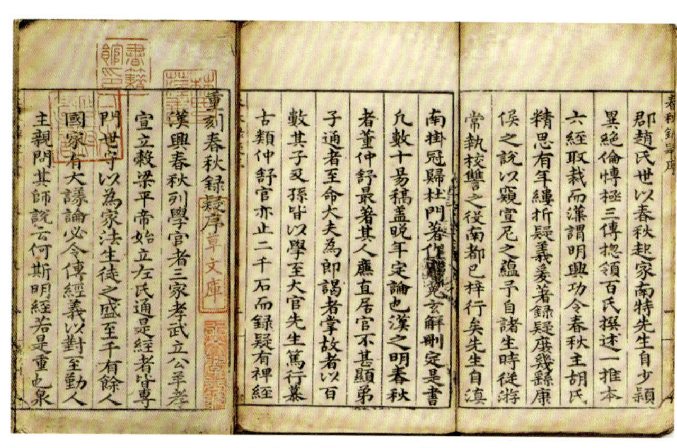
重刻春秋録疑序
漢興春秋列學官者三家孝武立公羊孝
宣立穀梁平帝始立左氏通是經者皆尊
門世守以為家法生徒之盛至千有餘人
國家有大議論必令傳經義以對至勤人
主親問其師說云何斯明經若是重也泉
郡趙氏世以春秋起家南特先生自少穎
異絶倫博極三傳揔領百氏撰述一推本
六經取裁而濂謂明興功令春秋主胡氏
精思有年纖析疑義爰著録疑廢幾寒康
傒之說以窺宣尼之蘊予自諸生時從游
常執校讐之役南都已梓行矣先生自滇
南掛冠歸杜門著作[illegible]玄解刪定是書
凡數十易稿蓋晩年定論也漢之明春秋
者董仲舒最著其人廉直居官不甚顯弟
子通者至命大夫為郎謁者掌故者以百
數其子又孫皆以學至大官先生篤行慕
古類仲舒官亦止二千石而録疑有裨經

赵恒《春秋录疑》

赵恒是宋朝赵氏皇族后裔。宋朝管理皇族宗室的机构是宗正寺。后来，因皇族在宫外居住的人口增多，又于崇宁三年（1104 年）在南京设置了南外宗正司，在西京设置西外宗正司。靖康之难，汴京沦陷，宗族四散外迁。南外宗正司辗转镇江、明州最终迁到泉州，大批皇族也随之迁移。赵恒的祖先也就是这些随着南外宗正司迁往泉州的赵宋皇族中的一部分。几番朝代更迭，到了明朝，宋南外宗正司成为了历史遗迹，赵氏皇族也沦为了普通百姓。而赵恒，却以其学识被记入史册，《四库全书》《泉州府志》《康熙姚州志》等都有他的名字。赵宋南外宗在泉州甲第巷内建有宗祠两座，大宗祠和小宗祠，规模宏大。大宗祠里的右小厅里有赵恒的塑像，可见他在赵氏宗族的影响。

赵恒出生于文化世家，从其祖父辈开始到其孙子辈，五代人中出了八位进士。赵恒的祖父赵瑺，少通春秋，不务俗学而得圣人之意，弘治庚戌（1490 年）进士，之后授四川户部主事，历员外，升郎中、监蓟州太仓、黄土诸仓、坝上御马诸厩、临清钞关等职务。赵瑺在各职位上都能秉正执法，在民间是有名的清官。赵瑺无论在哪里任职，都没有放弃做学问，他严于家教，“独以行谊经术遗训子孙”。在学术上，赵瑺以研究春秋时期的编年体史书《春秋》见长，著《春秋管见》。

## 赵恒的主事历程

赵恒于嘉靖十七年（1538 年）考取戊戌科进士。举乡荐之后，他在武夷山中静心读书，周边地区的读书学子经常去山中与他讨教学业。考取进士以后，他被任命为江西袁州府学教授，主讲白鹿洞书院。两年后迁南京国子监丞，历任南户部江西司主事、工部虞衡司员外、户部云南司郎中、两浙盐运司同知、姚安知府。1553 年，赵恒受任姚安知府。

当时的姚安“郡介大理、楚雄、云南之交……杂夷俗，狃淫僻”。说的是当时姚安这一地方民族杂居，风俗杂乱，做事没有定俗，人们不知礼义廉耻。古人认为礼定贵贱尊卑，义为行动准绳，廉为廉洁方正，耻为有知耻之心。赵恒任姚安知府仅九个月，主要政绩有两项：一是定“婚娶礼仪”。姚安远离中原，“水土既殊，风俗亦异”。在唐时，当地并无婚娶之礼，男女青年自己择偶同居，不避丧事，甚至不避同姓、同族。赵恒以儒家礼仪为基础，结合福建等地的风俗，为姚安的婚娶制定了一整套的礼仪规矩，其中包括守丧期间不迎娶、同族不婚等内容。使得姚安“习气既迁，人文渐盛”。至清朝，姚安的婚娶之礼已经有了请媒、求婚、定仪、迎娶等一整套仪式。《管志》载：“求婚者，请媒于家，宴而拜之，至妇家拜致求婚者之意，妇家许诺亦宴之，二姓互相酬拜，下定仪。”“及期亲迎，前列仪仗骑佐，鼓吹礼盘。”“亲迎至门，交拜入室合卺，拜见舅姑，谒祖宴宾。翌日，回门谢亲。”其间的变化，不能说与赵恒在姚安的“定婚娶礼仪 ”无关。二是“禁官署铸铜”。据钦定四库全书《福建通志》卷 45 记载；当时姚安“诸采办铸造赍运旁午，恒请中丞闭岩石，严官署铸铜之

姚安古城

禁。中丞伟其议，行之”。在中国历史上，因为铜是铸造钱币的材料，其地位十分重要。有好几个朝代都有“禁铜令”，禁止私人和地方政府买卖铜料和制造铜器，其目的是防止地方及民间私自铸币，保证国家铜的供应量和货币的稳定。货币稳定了，就保证了百姓的财产不至于因钱币分量不足等原因而流失，人民生活也就稳定了。由于“惠政及民”，赵恒离任时姚安士民“攀辕载道”，衷情挽留。

在民国《姚安县志》里还记载着赵恒“每留心民事，耳虽重听，人试一字，遂彻始终，决讼之际，曲直莫能逃其情”。中国有两千多年的法制传统，虽然在封建社会“法治”是“人治”的另一种表现形式，是维护封建君主的专制统治，但起于春秋战国时期的法制思想在推动社会进步和历史发展的进程中确实起到了积极的作用。在赵恒生活的明朝，地方虽然设有专门的司法机关，但仍处于地方行政长官的控制之下，知府、知县统掌所辖地方的行政司法。在那个年代，地方司法的主要内容就是狱讼，这是官府与百姓之间最直接的接触，狱讼是否能得到公平正确处置，是考核地方官政绩的主要项目之一。在历史上，人们判断一个官员是否优秀，除了廉洁勤政之外，便是看他能不能公正执法、能不能审断疑案以及敢不敢平反冤假错案，今天人们仍然耳熟能详的包拯、海瑞、狄仁杰便是这样的例子。赵恒在姚安执法公正，能明断疑难案件，百姓自然视他为好官。他走后，姚安的民众为他修建了“赵公祠”，也称为“名宦”祠。只可惜，因年代过于久远，加之后来姚安兵火相逐，赵公祠已经湮没在历史的尘埃里无处找寻。

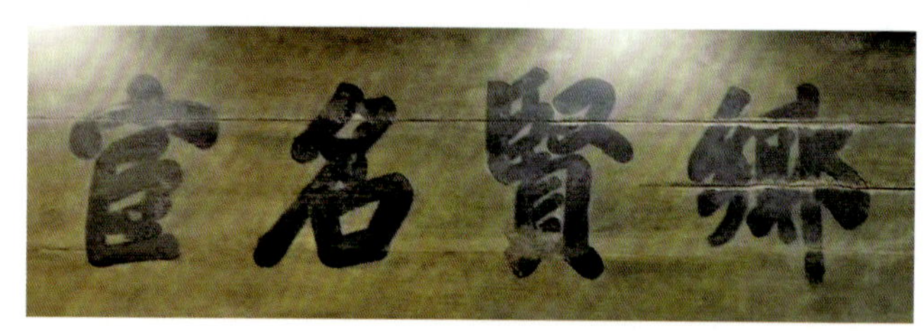


李贽送赵恒匾

赵恒离开姚安时，他不会想到，二十年后，他的同乡后辈李贽出任云南姚安知府。李贽对赵恒非常敬重，在任上题刻了“乡贤名宦”匾敬赠于赵恒。这块杉木匾宽 1.88 米，高 0.72 米，为横书，上款直书“特峰赵公德政”，下款署“云南姚安军民府知府李贽立”。在泉州西街甲第巷赵氏宗祠大门额悬挂的就是李贽所题的这块“乡贤名宦”牌匾。

## 赵恒的学术成就

赵恒在学术上有家学渊源，他自己“警颖负奇，十三充弟子员，家传《春秋》学”。正因为有家传《春秋》学，在从小的耳闻目染中，赵恒也致力于《春秋》的研究。他因对胡安国点校的《春秋》里的解释不满意，说“胡氏春秋阐素王心法，功令标以录士，而末学穿求崖穴，繁缀枝条，如捕风射影”，因此他把重新校注《春秋》作为己任，撰写了十六卷的《春秋录疑》一书。这部书后来被收入《四库全书》经部第119册。《春秋录疑》专为科举而作，所以《经》部可以作为试题，它在每个条目中各语义末尾总括几句话语，合题也附在后面，标明所以互勘对举的意思。

赵恒曾在庐山白鹿洞书院主讲两年，赵恒离开姚安回到泉州后便称病闭门谢客，在茂趣山中建了书房，取名为“精庐”，之后便“足迹不窥城市，覃思著述，秉烛读书”。赵恒尊崇宋代的政治家、文学家、史学家欧阳修，他的学问文章也效法欧阳修，纡徐委曲、明白易晓、说理畅达。同时，赵恒也崇敬自己家乡的诗人、散文家王慎中。在嘉靖年间，王慎中被称为另开唐宋派风气的第一人。王慎中同样尊崇欧阳修，倡导文崇唐宋，主张意定词立，文从字顺。他要求文章要能“道其中之所欲言”“卒归于自为其言”“直抒胸臆，信手写出”，要有“真精神”和“千古不可磨灭之见”。赵恒以王慎中的遗论为做学问写文章的标杆，深入理解其精义，使自己的学问文章达到了一个新的高度。除《春秋录疑》外，他还著有《庄子涉笔》《史记涉笔》等，与《春秋录疑》并行于世。另外又撰写了《忠爱堂稿》《经济录抄》及《文集》若干卷，藏于家。

我们今天难以真实了解到赵恒的学术水平在当时的影响，但相关的文献表明，赵恒的学术造诣已经自成一派，当时称为“恒学派”。李清馥在《闽中理学渊源考》卷72《郡守赵特峰先生恒学派》中曾记录了两件小事。一件是说他曾读镜山（何乔远）先生的书，从书里可以看出镜山先生的父亲怍庵公（何炯）及哥哥都非常景慕赵恒，镜山先生也多次去向赵恒讨教学业，实际上是把赵恒当作了老师。另外一件说他在读《田亭草》时发现文简黄公（黄凤翔谥文简）也对赵恒赞赏有加，只肯与赵恒一起讨论学问，交换各自不同的见解。

被后世学者称为“镜山先生”的明代杰出的方志史学家何乔远（1558—1632年）一家在学问上都有精深造诣，是中国少见的方志家族。何乔远，字穉孝，晚号镜山，毕生讲德考业，求书问字，他博览群书，辑明朝十三代遗事成

姚安古街

《名山藏》，又纂《闽书》154卷，颇行于世。其父亲何炯是泉州著名学者、教育家，虽然官止教谕，但编纂有《清源文献》。何乔远的哥哥何乔迁也是个很有才华的文人，是万历年间的解元，编纂有《潭阳文献》。如此一个方志家族都对赵恒都“景慕先生……以师礼事之”，且镜山先生还“数过先生问业”。一生溺于学问的明朝翰林编修黄凤翔做学问“从学士先生订绎疑义，剖析异同，必曰特峰赵先生”，从这些记述中，可以想见赵恒的学识及成就在当时的影响之大。

2018年，泉州新出土了一块赵恒篆并书的《都指挥欧阳公平倭碑》。此碑刻于嘉靖四十二年（1563年），碑高3米多，宽1米有余，碑上所刻碑文，是赵恒撰写的《平寇记略》，它重现欧阳詹后裔欧阳深抗倭的英勇事迹。碑文落款为“进士出身中宪大夫、云南姚安府知府、前户部郎中、郡人赵恒”。

赵恒除了是一位有官声的官员，一位有著作留世学者之外，他还是一位讲义气的朋友和一位严于家教的父亲。李清馥曾记录了他与朋友交游中重道义的一个小故事：明嘉靖二十年（1541年）进士洪朝选（1516—1582年），向来为官廉洁忠信，不阿谀权贵，不诡随世好，而以国法为依。因不附权贵而受到张居正的排挤，导致被捕入狱。洪朝选看形势不好，来与赵恒诀别，说“兹行也，吾必死之。嵇绍不孤，无烦多嘱”。赵恒叫来儿子赵日荣吩咐说“若受洪先生，国士，知勉旃以报，毋令魏邵、郭亮千载笑人”。后洪朝选果真被逮捕下狱，在狱中，没有饮食、不让亲属探视。待赵日荣带着饭食赶到时，洪朝选已被狱卒用沙袋压迫胸口，气绝而亡于福州狱中。洪朝选死后，官府命令停尸四五日，不许收

尸，亲戚朋友不许亲近。然而，受父亲教诲的赵日荣却冲破官兵的阻拦，收殓了洪朝选的尸首。

赵恒一生不仅与朝廷一起治天下，还用了大量的时间治学、治家。赵恒家教极严，“莅家俨敕，虽燕闲必整冠危坐，对子孙终日无惰容；或有轶越，谴呵立至。诸子孙联翩仕路颇多，踬困又皆不屑营私，恒每谈及，津津喜曰：‘吾道如是。’”在如此严的家庭教导下，赵恒的大儿子赵日新，从小好读奇书，称他的书房为“潜斋”。赵日新于隆庆五年（1571 年）考上进士，之后担任了分宜县县令等职。由于他体恤民间疾苦，做事亲力亲为，得到当地群众的一致好评。之后又升任了国子监博士、监丞、户部主事等职，最后在户部主事的任上辞职终养直到去世。赵恒的孙子，赵日新儿子赵世典是万历十四年丙戌科（1586 年）第三甲赐同进士出身，另一个孙子赵世颁也是万历二十三年乙未科（1595 年）第三甲赐同进士出身。赵恒的小儿子赵日崇于万历四年丙子（1576 年）举人，任了南康县令。他在任上“治民如家，疾苦纤细皆为区理”，之后升任应天推官、南京刑部郎、新城令等职，最后以父母年纪大需要照顾为理由辞官回家直到终老。

赵恒九十四岁去世，葬晋江茂厝山。在历史的长河中，赵恒、李贽等仅只是在姚安这片土地上一闪而过的星星。然而，我们今天所感受到的文明，无不是在他们的努力下积累下来的财富。赵恒定礼仪、促公平，李贽开民智、惠民生，这些虽然是几百年前的人和事，于今天的我们，仍有借鉴意义。

（作者：杨海虹）

**参考资料**

1. 杨成彪主编：《楚雄彝族自治州旧方志全书（姚安卷）》，云南人民出版社 2005 年版。

2. 泉州赵宋南外宗正司研究会编：《赵宋南外宗与泉州》，厦门大学出版社 2016 年版。

3. 泉州赵宋南外宗正司研究会提供的赵恒家谱资料。

4. 谢道承：《福建通志》，四库全书本。

# 姚安太守李贽

李 贽

李贽（1527—1602年），福建泉州南安人。初姓林，名载贽，后改姓李，名贽，字宏甫，号卓吾，别号温陵居士、百泉居士等。著有《藏书》《续藏书》《焚书》《续焚书》《史纲评要》，评点过《水浒传》《西厢记》《浣纱记》《拜月亭》等。明代著名思想家、文学家，泰州学派的一代宗师，也是中国历史上最具影响的思想家之一。1981年被中共中央政策研究室列为83位中华民族杰出历史人物之一，入选《中华英杰录》。

## 李贽的从政生涯

明世宗嘉靖六年（1527年），李贽出生于福建泉州府一个小工商业者之家，幼年丧母，随父读书。12岁时便撰写了《老农老圃论》，对孔子把种田人视为“小人”的言论进行了挖苦和批判，一时轰动乡里。青年时期曾参与过家乡组织的抗倭斗争。嘉靖三十一年（1552年）二十六岁时，他考中福建乡试举人。后因“困乏，不再上公车”。三十五年（1556年）时，被任命为河南卫辉府共城教谕，从此走入仕途。之后他历任国子监博士、礼部司务、南京任刑部员外郎等职。万历五年（1577年）被外放云南，出任姚安府知府。

李贽在姚安任职期间，恪尽职守、清正廉洁、勤政爱民，受到了广大百姓的拥戴和后世的一致推崇。他在姚安府知府任上的三年时间里，主要做了几个方面的事：

一是加强当地基础设施建设，改善当地百姓的生产生活条件。县志里说他“捐资聚石为桥，利行旅通往来”。这桥就是现在位于官屯连厂的李贽桥，2003年已被列为云南省重点文物保护单位。该桥为双孔砖石拱桥，长30米，宽4.5米，每孔跨径8.6米。初名“连厂桥”，后来姚州百姓感念其恩德，为了纪念他把桥名改为“李贽桥”。连厂桥建在当时的“弥溪”之上，“弥溪”现在我们称为连厂河。明朝时期，进入姚安的官道姚巂路从四川过金沙金进入姚安府，穿过姚安府从弥兴去往大理。从此路经过的商旅行人到弥溪时都只能趟水而过，遇到急流，货毁人亡，往来行人叫苦不迭。连厂桥建成后，极大地方便了商旅往来，李贽也广受称赞。他还组织百姓垦荒造田、修渠引水、疏浚河道，推广内地先进生产技术，不断改善百姓生产生活条件。

二是办学培养人才。在姚安期间，他利用城南德丰寺创办了三台书院，并亲自讲学，还利用光明宫后院教授姚安府的学子，传播先进文化。他打破原有规定，允许学生不分贫富男女，想读书的人都能来学习听讲，极大地推动了姚安的教育发展和文化传播。从李贽创办三台书院传经开始至民国的数百年间，姚安文

姚安古衔

化不断发展，文脉赓续传承不断。后辈中的陶珽、高奣映都在不同的文章中表达了自己学术受李贽影响的观点。

姚安李贽铜像

三是教育引导百姓，开化民智。针对当时姚安百姓普遍信佛、信鬼神，因焚香烧纸经常引发火灾的实际，他发布告示："凡房前屋后堆放柴草的，一律搬走，草垛柴堆必须远离房屋；焚香烧纸祭拜时，人不准随意离开；凡新建房屋者，以砖块垒砌，隔几户就留一通道。房屋密集之地，开塘掘井，蓄好水源、以备救火之用，三五户之间订立合约，遭灾相互救援。"当时姚州城内的楼房都是木制，不用砖石来包砌，且十几家相连，各相连的房屋间只有一个火道相隔。一旦失火，损失巨大。李贽来姚安时，城内没有火神庙，各街坊内又经常遭受火灾，城中百姓和地方官员就认为是没有安置好火神爷而遭受了惩罚，竭力要求修建火神庙。在即将离任时，为了安抚民众，李贽多方筹集资金在东门外买地修建了壮丽的光明宫，用来安置火神。为此，他离开姚安在鸡足山闲游期间，特意写下了《光明宫记》。光明宫就是火神庙，它所在的那条街被称为了火神街。民国《姚安县志》载："初，姚民数被火灾，贽为坛祈祷，遂免焉。及建光明宫于城东门外以祭火神。"经过采取一系列措施后，姚州城内的火灾得到了有效控制，大大减少了百姓的损失。

四是推进各民族间的团结。他倡导各民族平等，提出了"恒顺于民、至人之治"和"与军与夷、共享太平"，对少数民族采取"和抚"政策。积极帮助各民族改善农田、水利、交通等生产生活条件，向他们传授先进生产技术、提供良种等，用以发展生产，提高生活水平。允许和鼓励少数民族走出深山，开展各民族间的平等互市贸易。加强与少数民族，特别是少数民族土司头人等上层人物的联系交流，了解

李贽桥

三台书院——县城德丰寺

他们的愿望诉求。尊重少数民族习惯，对少数民族地区治理实行“无为而治”办法，尽量发挥土司头人等上层人物在民族地区内部事务管理中的作用。民族地区的内部纠纷、矛盾、事务，尽量用本民族约定俗成的习惯在内部处理。禁止各级官吏对少数民族动辄严刑苛法，残酷镇压，无理抓捕甚至屠杀的做法。他反对一味采取军事打击手段镇压少数民族起义，认为应该弄清他们反抗的原委，了解他们的诉求，并切实解决实际问题。

五是坚持国家统一，维护边疆稳定。明万历中期，缅甸贵族侵犯云南边境，姚安土知府同知高氏率军队参与抗击有功，朝廷赐四品服。他撰写了《贺世袭高金宸膺奖序》向其祝贺。同时也告诫高氏：国家的统一是从秦汉以来就形成的大势，作为少数民族土司的高氏家族，要维护国家统一和民族团结，此次抗击外敌入侵有功，但不能“恃功而骄”，要“勿负于我国家也”。

## 李贽的学术影响

李贽的学术思想也深受王阳明的影响，他四十岁时开始接受阳明心学。他在北京任职期间，阳明心学已经逐步发展成了泰州学派。在他所交往接触的同僚、朋友中，如泰州学派创始人王艮之子王襞、王守仁弟子王畿及罗汝芳、耿定向、耿定理、焦竑等都是泰州学派人物。耳濡目染，渐渐地他也接受了泰州学派的思想，成为学派中的重要人物之一。同时，他还继承了学派传统，对各家思想学说采取宽容态度。

李贽在姚安任职的三年间，为政之余倾心学问，不断著述。撰写了《论政篇》（为罗姚州而作）、《贺世袭高金宸膺奖序》、《光明宫记》、《龙山说》、《重修瓦仓营土主庙碑记》、《卓吾论略·滇中作》、《心经提纲》、《念佛答问》、《二十分识》、《六度解》、《四海说》等文稿。在这些文章中，他回顾了前半生的坎坷经历、家庭变故、思想变化，记下了姚安府当时的社会状况、人文风俗、民族关系等，提出了自己的为政主张、处理民族关系的方法举措，为姚安留下了一批非常宝贵的文化遗产。

李贽兰花砚

李贽离开姚安后，应耿定理和耿定向兄弟之邀，携家移居湖北麻城。万历十二年（1584 年）耿定理去世后，因与耿定向不睦，两人之间因观点不同而发生了激烈论战。李贽遂派人将家眷送回老家福建泉州晋江，自己孤身进入了当地龙潭湖芝佛院研读佛经，致力于读书、讲学和著述，历十多年完成《初潭集》《焚书》等著作。在麻城期间，他倡导绝假纯真、真情实感的“童心说”。并不断地讲学，抨击时政，针砭时弊。完成了《童心说》《赞刘谐》《何心隐论》及与道学家耿定向反复论辩而撰写的《答耿中丞》《答耿司寇》等书答、杂述、读史短文和诗共 6 卷。在这些书中，他揭露道学家们的伪善面目，反对以孔子的是非观为是非标准，批判的锋芒直指宋代大理学家周敦颐、程颢、张载、朱熹等。从万历二十四年（1596 年）开始被迫流浪，晚年颠沛流离，四处漂泊不定。万历二十五年（1597 年）应巡抚梅国桢之请往山西大同，著《孙子参同》，修订《藏书》。同年秋天，他到北京，住在西山极乐寺，撰成《净土诀》。第二年春天到南京，将自己的零星著作汇成《老人行》，并再度研究《易》，撰写《易因》，最后编订其巨著《藏书》和《续藏书》共 68 卷，论述了从战国至元亡时的历史人物约800人，对历史人物作出了不与传统见解苟合的评价。如他赞扬秦始皇是“千古一帝”，武则天是“政由己出，明察善断”的“圣后”等。万历二十八年（1600年），在山东济宁编成《阳明先生道学抄》《阳明先生年谱》。其间，他还先后辗转于湖北麻城、有临济宗祖庭之称的江西宜丰黄檗山、山西沁水、江苏南京和河北通州等地。万历三十年（1602年）被都察院左都御史温纯伙同都察院礼科给事中张问达奏劾，以“敢倡乱道，惑世诬民”的罪名在通州遭逮捕，同年死于狱中，享年76岁。死后，被马经纶收葬于北京通州北门外马寺庄迎福寺，万历三十八年（1610年），其学生汪可受以及梅掌科、苏侍御捐献银钱为其树碑。“卓吾血流二日以殁，惨闻晋江，士庶甚闵，于晋江西仑作温陵先师庙，颇奉香火，后毁于兵燹。”

李贽一生坚守廉洁本性，他曾自撰一联“听政有余闲，不妨甓运陶斋，花栽潘县；做官无别物，只此一庭明月，两袖清风”，自律自勉。万历八年（1580年）三月他离开姚安时“囊中仅图书数卷”。传说他卸任离开姚安时，“士民攀卧道间，车不得发”，姚安百姓万人空巷前来挽留和送行。多年以后，陶珽在城东南倡建了李卓吾先生祠堂，并撰《李卓吾先生祠堂记》说“先生真人也！其在姚也，当其时，尽其心；其去姚也，无系恋，无要结。如江河行地，如日月经天”。云南巡按刘维及布政使司、提刑按察使司辑录各界盛赞其品行的赠诗留文编为《高尚册》，佥都御史顾养谦亲自撰写序言。大理著名学者李元阳（中溪）也撰写了《卓吾李太守自姚安命驾见访因赠》一诗赞云：“姚安太守古贤豪，倚剑青冥道独高。僧话不嫌参吏牍，俸钱常喜赎民劳。八风空景摇山岳，半夜歌声出海涛。我欲从君问真谛，梅花霜影正萧骚。”当代也有人作诗评价说：“贽厚二公政绩著，品行学养皆精良。”李贽离开姚安已经四百多年，但他仍在人们的心中。

（作者：戴国斌）

## 参考资料

1.由云龙编纂：民国《姚安县志》，云南人民出版社1988年版。
2.张建业译注：《焚书》，中华书局2018年版。
3.李贽：《藏书》，中华书局1959年版。

# 与李贽『最相知』的骆问礼

骆问礼

明代有“大贤君子”之称的骆问礼集官员、学者、诗人身份于一身，他因担任云南布政司右参议洱海分巡道驻在姚州城，又与时任姚安府知府的李贽有着诸多关系，在姚安的历史中留下了浓重的一笔。

骆问礼（1527—1608年），字子本，号缵亭，浙江诸暨枫桥钟瑛村人。他先后历任行人司行人、南京刑科给事中、楚雄知事、维扬司理（未就任）、南京兵部职方郎中、云南布政使右参议、湖广按察副使等职。万历四年（1576年），骆问礼由南京兵部职方郎中升迁为云南布政使右参议，兼洱海分巡道，因当时洱海分巡道的公署设在姚州城，骆问礼也就与李贽同年到了姚安府。万历十二年（1584年），骆问礼离开姚安，任湖广按察司分巡武昌道兼兵备副使。骆问礼与李贽同龄且同僚，在万历四年（1576年）之前，两人均在南京为官，部门不同而职位相当。万历五年（1577年）春，51岁的李贽由刑部职方郎中升迁为姚安军民府知府。同年九月初七日，骆问礼以云南布政司右参议洱海分巡道，来到姚安，与李贽同住姚安军民府城，成了李贽的直接顶头上司。

一到姚安，骆问礼就全力以赴投入工作，并向都察院汇报姚安府的情况。他在《启都察院》的信中这样写道：

“自奉辞于九月初七日抵姚安。本府城池虽小，川原平衍，风气清明，尽堪驻扎……银场事务且照常咨送，其再勘事宜已备行两道及该府州查理，候到日酌议请祥。”骆问礼在信中简要汇报了姚安的地理、风气、办公条件，同时就所辖区域内的银场（银矿）督查情况作了说明。

万历六年（1578年），骆问礼又在《简姚凤麓》的信中写道：“生于去年九月入滇……生驻扎姚安，蕞尔一城，伶仃夷汉，不上百余灶，而所辖地多土酋极边，每日升堂，举笔不三二下，事完矣。衙中荒凉，谁可与语者。读古文词一二篇，倦即抛掷欠伸，少顷，又复开卷，如是者数次，月已在楼矣。平日不能媚言辞，饰羔雉，取悦名公，欲得误爱如兄者不可再得。”信中说，姚安城是很小的一座城，夷人与汉人杂居，小到仅有百户人家。每日的升堂办事甚是轻松。衙门里也没有志同道合者，剩下大把的时间，只能用于读书做学问。

根据一些文献的记载，骆问礼来姚安时，姚安府大族高氏横行郡中，外来官员良政难施，盗贼此伏彼生，弱肉强食，民不聊生，文化教育难以实施，人才缺乏。在美国国会图书馆收藏的《云南乡试录》里有一个记载：嘉靖乙卯（1555年）秋八月，“云南例比士于乡”，在“中式举人四十名”中，竟无一人来自姚安军民府。这说明当时的姚安文化教育也是落后的。李贽抵达姚安后，曾自题对联：“从故乡而来，两地疮痍同满目；当兵事之后，万家疾苦总关心。”说的是姚安和李贽的故乡温陵一样，疮痍满目。因为就在李贽和骆问礼来到姚安的三年前，姚安“铁锁箐夷罗思”叛乱，虽然巡抚邹应龙、总兵官沐昌平定了叛乱，但战乱使姚安满目疮痍，百姓流离失所。

骆问礼在姚安期间，登临东山、诸葛祠、威远楼、混元祠等景点，写下了《登姚安东山》《姚安诸葛祠》《登姚安城南威远楼》《回姚安口占》《谒混元祠说》等诗文。其中，《回姚安口占》这样写道：“旋旌当久旱，甘雨喜随车。偶尔苏民望，天功敢自居。”从他的诗文内容可知，骆问礼到姚安后体察民情，尽职尽责，担当作为，权为民所用，利为民所谋。通过努力，姚安正在复苏，百姓如逢甘霖，但骆问礼自抱谦逊态度，不敢居功自傲。

作为“正统儒学”最忠实的坚守者，骆问礼的政绩在姚安人的记忆中早已消失殆尽，这恰好证明当时姚安军民府的儒学仍处于“非正统”状态。实际上，骆问礼与李贽同住姚城时期的分歧完全超越了“政见”的不同，骆问礼虽然以学问著称，可他却是一名传统封建学说的卫道士，一名饱受程朱理学影响并且又为当权者所认可的士大夫。因为他推崇孔孟圣学和程朱理学而反对李贽推崇的王阳明的整体学说，甚至还有诋毁佛教的极端思想。李贽在治政之余，作为一位对于腐朽的封建意识形态奋起而战的斗士，以一代大师之名与实，大兴教育之风，用心发展姚安教育文化。他在城南德丰寺开设三台书院，他的“讲学”，其内容不外乎阳明心学，具有明确的针对性和强烈的批评精神，把矛头对准残害人性、毫无道德可言的、被历代门徒们重新包装过的“孔孟之道”。在他的书院中，人无分老幼男女、僧俗贫富，皆能聆听他的高论，受益于他的教诲。这与当时占主导地位的程朱理学完全背道而驰。

骆问礼是程朱理学的信徒，他视盛行当时的阳明心学为邪说，后世评价其为“朱紫阳之功臣”。而李贽是阳明心学的信徒，他不断发扬阳明心学，后成为泰州学派的一代宗师。李贽在姚安建三台书院，大开教育之风，并且帐下子弟云集，声名日益隆盛。骆问礼对此很是恼火，他认为李贽“不以圣人的是非为是非”。在其《万一楼集》卷二十七之《简许敬庵（孚远）》一文中，他这样写道：“及至滇南，幸与李卓吾同住一城。卓吾先至，延揽群英，师模甚肃，以生至而罢。知其意有不慊。生所自慊者，亦恐以此得罪舆论。而今所指生者，首谓好名讲学，而使伪徒出入公门。”这里的“伪徒”，主要指不良之徒，而更多的是顶名冒充的生员。骆问礼便以“查理冒滥津贴”为名迫使李贽停止讲学。一场深受姚邑百姓喜爱的书院讲学活动，便由此而暂告终结。

李贽的学问从渊源上说，受到陆九渊、王阳明影响甚多，可以说他从某种程度上继承了陆王心学的一脉。而陆王心学既是处于明朝被奉为正统的程朱理学的对立面，又与程朱理学有一种互补的关系。所以骆问礼对付李贽，也就从此下手，他编了一部订正王明阳而发挥圣人之学的《新学忠臣》，以此宣扬程朱理学，旗帜鲜明地反对阳明心学，而其真正的目的则是暗示李贽赶紧偃旗息鼓，且试图将李贽拉到程朱理学的方阵。并以此为课本发到每一位生员的手中，颇有点“以子之矛，攻子之盾”的意味，逼使李贽处于一种尴尬的境地。

骆问礼不仅是李贽的顶头上司，更是孔孟圣学和程朱理学的忠诚卫士，他

姚安东山烟霞

所代表的不仅仅是他自己，更是一种势力。他否定李贽，把从根子上否定陆王心学作为一种前提。在《万一楼集》卷二十六之《复许敬庵》一文中，他认为："大抵吾需与异端不能两存，忧薰莸之下不可同器。以吾儒读佛老之书，如读操、莽、荀、斯等传，非即效而法之，正以辨其用心之差耳。……孔、孟、程、朱不恒于世，窍恐异端之徒得以自恣，而儒道日湮矣。"他把矛头指向王阳明，认为李贽必须"正本清源"地否定阳明心学。在《万一楼集》卷二十六之《复知州》一文中，他说得很明确："今之学者，重异阳明，而轻异朱子，诐淫邪道，无所不至，而自以为直接孔孟之传，害将不小"。在《新学忠臣序》中则说："姚安李使君素以理学自任，而明见力行，卒不畔于圣贤，非世之徒有志者比也。及来守，每政暇，集师生僚属及诸执事，无问贤愚，与之论学。予以职守不得周旋席末，不知其所先者何说。窃以为《大学》之教，先于'格物'，《孟子》之所长，亦曰'知言'"。这则序言写得颇具艺术，骆问礼欲抑先扬，自己未听过李贽的讲学，却夸赞他见识高明、身体力行、不叛圣贤、出类拔萃，非一般的有志者可比。同时，又把李贽上升到"新学忠臣"的高度。所谓"新学忠臣"，就是新的学说必须基于圣贤之学，新的学说要忠于孔孟之道、程朱理学，忠于《大学》《孟子》。骆说，与其做王阳明的佞妇，不如做发挥圣学的忠臣。在文章中，骆直言不讳，说王阳明不是新学忠臣，你李卓吾才是"今之论学者"，你才有资格成为新学忠臣。言下之意，你李卓吾若非要继续讲学，那么请不要讲被名家"目摄啐吐而糟粕之"的阳明心学，你应该遵循孟子的"守先王之道以待后之学者”，做到“我且直之”。骆最后一句“愿相与直而守之”，对李贽而言无疑是一句无声的劝告。

李贽无奈放弃了讲学，开始学佛学禅。不多久，骆问礼在《李太守好奇》一文中说李贽：“时讲学者多入于禅，而此公尤甚。”姚安当时佛教盛行，寺僧众多，香火兴旺。每逢公事余暇，李贽常与众僧徒聚在一起，粗茶一盏，讨论佛事，甚至于有要事也不愿移步，在佛寺里就地处理公事。民国《姚安县志》卷二十五之《名宦传》云：“贽天性严洁，政令清简，簿书之余，时与释子参论，又每至伽蓝，判了公事。”

李贽与骆问礼再次相遇于姚安，两人都有深邃的思想，曾经“最能相知”。万历六年七月，一个爽朗的初秋时节，设在姚安的洱海道新公署落成，骆问礼撰写了《新道成遣州官谢土文》《移居新道祭土文》等，详细叙及移居之事，并专门请李贽题写匾额和撰写对联。在《姚署匾对》一文中，骆问礼记述说：“云南分守洱海道以万历五年新建署于姚安，明年落成。堂及门庭楼轩各有匾若对，皆出于鄙臆，其挥洒则李使君之笔为多。楚雄丁生亦几其半，而命工榜

姚安望海楼

列之者罗刺史（琪）也。”对于此事，李贽《豫约·感慨平生》中也写道，他与骆问礼“虽相触，然使余得以荐人，必以骆为荐者也”。二人的“相触”是学术观点乃至整个世界观层面的，而互相之间对于才华方面的推崇，则是有目共睹的。中国传统文人，一旦进入了文章和学问的至高境界，那么，不论其观点如何，总是有一些共同和共通的东西值得我们后人去揣摩，去领会。

一个春日融融的日子，李贽陪同骆问礼游至姚安城南五里的观海楼，两位大师级的学者，谈古论今，撰联作诗，相与唱和。这次李贽陪同骆问礼游观海楼，李贽的诗已佚失无考。而骆问礼《万一楼集》卷十一有《观海楼次李使君韵》诗：“无事漫登楼，凭窗见海鸥。云移黄鹤色，雨散洞庭愁。古垒松杉蔽，寒郊豆麦稠。日斜人影乱，同喜醉翁游。”这是骆、李两人相互酬唱的一个记录。此而不久，骆问礼因其母郑安人卒而丁忧出滇境。

后来的事实证明，“罢讲”并未成为两人交往中的隔阂。明末藏书家、刻书家高承埏在骆问礼《续羊枣集序》中说：“予考先生之在滇也，温陵李卓吾方守姚安，先生倾契特至。”李贽在《焚书》卷四之《豫约·感慨平生》中说：“……骆最相知，其人最号有能、有守、有文学、有实行。”在骆问礼的《续羊枣集》中评价李贽：“善文、能书、好讲学，尤入于禅，廉靖明达，上下爱之。”《万一楼集小引》也提到了骆、李的相知：李盛赞骆是“大贤君子”，佩服骆“有能、有守、有文学、有实行”，且说推荐人才定先推骆。由此可知，两人相互倾慕，情投意合，说明骆李为至交挚友。

因为骆问礼和李贽平时交往密切，后来外界将李贽的讲学与辞官，都跟骆问礼牵涉在一起，为此，骆问礼被后人多次误解，但骆问礼的两则文字道出了其中的内幕。

第一则是骆问礼在《简许敬庵》一文中写道：“夫人岂不自知，生虽误辱知爱，而卒不能无抵忤于一二者，惟不能讲学。及至滇南，幸与李卓吾同住一城，卓吾先至，延揽群英，师模甚肃，以生至而罢，知其意有不慊，生所自歉者，亦恐以此得罪舆论。而今所指生者，首谓好名讲学，使伪徒出入公门。向使生能拜卓吾下风，则今日所遭或可委之谤兴于有道，而以其不肖之状招尤集毁，不惟不能讲学，而且使人以讲学为一不美之务，其得罪名教又何如也。”

这是骆问礼替李贽背的第一个“黑锅”。李贽辞职后，外界批评骆问礼的第一件事，竟是说他“好名讲学”。然而，事实是骆问礼不仅没有讲学，反而劝李卓吾罢讲，他认为讲学并非好事。

第二个“黑锅”源于《李太守好奇》一文，此文作于李贽去世后：“姚安李知府，名载贽……一日，出一对联于观海楼，曰：‘禅缘乘人，有下乘，有中乘，有上乘，有上上乘，参得透，一乘便了；佛以法修，无灭法，无作法，无非法，无非非法，解得脱，万法皆通’。一日，学道出巡，予燕之于楼，谓予曰：‘此非禅寺，胡揭此联？’予曰：‘此李太守漫笔，爱其奇巧，不欲去之耳’。后李公求致仕，人以予亲临守道‘不能留之’为言，且有传予‘去之’之说为去其官者。”正是一句“人以予亲临守道‘不能留之’为言，且有传予‘去之’之说为去其官者”，让后人有了很多猜想，传言的源头是一副对联。学政说：“这不是禅寺，这样的对联不能留之。”结果被人解读成了“李卓吾不能留之”。骆问礼说：“学政欲去之，那就去之”，“去之”又被曲解成“去其官”。结果，骆问礼成了“去李卓吾官”的罪人。

骆为李背的第三个“黑锅”，起因于姚安府的一个人员招录。李贽任太守时，曾招录了一个书生，此书生仪表堂堂，写得一手好文，但他无名无姓无籍贯，这是不符合招人规范的。骆问礼得知后，发了一则公文，请姚安府查明真相上报，结果李贽压根就没把它当回事，也没有回复处理结果。后来骆问礼就对李贽说：我这里反正要求调查的文书发过了，以后万一出事，责任就在你姚安府了。李贽辞官后，人们在骆问礼“去其官”的基础上，又给他加了一条罪状，说骆问礼不能帮李太守留住人才。

骆问礼一心想为朝廷尽忠，不想碌碌无为终其天年。闲暇之余，喜好读书为文。著有《续羊枣集》9卷、《万一楼集》61卷、《外集》10卷。隆庆间纂修《诸暨县志》20卷。兵部尚书孙鑛称其学详博，尤精核有据。张岱《三不朽图赞》称其为“朱紫阳之功臣，海忠介之高弟”，大意是说骆问礼是朱熹的功臣，忠诚正直堪比清官海瑞。

骆问礼在姚安8年，他行事端严、立身刚毅，遇事敢言、不避权贵，务实忧民、敢于担当。他的治政、治学理念，深刻地影响了姚安的政风、学风。2017

年 1 月 22 日，习近平总书记同党外人士共迎丁酉新春并发表重要讲话，他指出："凡议国事，惟论是非，不徇好恶"，这是参政党应有的担当。"凡议国事，惟论是非，不徇好恶"出自《明史》卷二一五《骆问礼传》，这是骆问礼上隆庆帝奏书中的一段文字。

骆问礼曾"手订家礼，悉守朱子成规，居家不作佛事"，他致力于礼经礼教、移风易俗，还专门写了一部名叫《大人一指》的书，在骆氏家族和枫桥民间产生了深远的影响。这本关于家礼的书，相当于骆氏家族的家规，又曾为宗党所遵依。他主张丧礼祭礼一律从俭，一概禁止浮屠与佛事。他自制的"家礼"，着重对当时"妆奁过厚""送葬繁华""馈遗无节"等奢靡风俗予以革除。骆问礼所订家礼，一直为骆氏后人所遵循。在优秀家规家训的浸润下，明清两朝，枫桥骆氏中进士者 6 人、举人 22 位，且都有着不错的政绩。如"刚柔兼济，循声卓著"的骆珑，"廷对侃侃万言，丰采震动朝右"的骆骥，"甫下车，即除陋规"的骆先觉，惩治冒领国帑奸商的骆方玺等，这些骆氏官员有一个共同点，就是为民请命、洁身自好。

二十一年的仕途浮沉，骆问礼始终没有改变他挺拔的姿势，骆问礼的个性，后人评价其为"行事端严、立身刚毅"。虽然生前他也饱尝"迂阔"的讥评，但后人却将他视作"豪杰"。

（作者：贾绍鹏）

## 参考资料

1. 由云龙等编纂：民国《姚安县志》，云南人民出版社 1988 版。
2. 张廷玉等纂：《明史》卷二百十五《骆问礼传》。
3. 李忠吉等编纂：《滇中文化论》，云南人民出版社 2008 年版。

# 姚安陶氏三杰

姚安陶氏家族，祖籍浙江台州黄岩。明朝时期，陶氏家族落籍于姚安守御所官籍，居住于姚安府城北街。陶氏家族在姚安声名鹊起始于陶希皋，陶希皋和他的儿子们均以文、学、艺而著称于世。

## 首倡捐资修黉宫的陶希皋

陶希皋，字直南，号赞廷。清康熙《云南通志·人物·乡贤》记载："陶希皋，字直南，姚安所人。万历癸酉举于乡。从学于盱江罗近溪及司铎和含，有《精意录》。升石阡推官，发伏摘奸；守永宁，平赋役，擒巨寇。以刚直忤上官，迁王府官。归里，奉亲课子，疏族伯叔，其无后者，为任丧葬；乡里有不平者，解其讼事。修学宫，捐资倡首，经营拮据，不遗余力。平差衅起，军与民交讧，希皋抗论不阿，几为奸宄所中。及事定，而后德之。祀乡贤。"文中说陶希皋于万历癸酉即1573年考中举人，年青时跟随盱江罗汝芳学习。在任石阡府推官时很善于揭露隐蔽的坏人坏事。任永宁知州时，减轻百姓税赋徭役，擒住了大盗贼，不久就因为刚直触犯了上官，被降职到王府任教师，一年后辞官回到姚安赡养老人教育子女。族人当中有孤寡的人死后，他便帮助下葬。乡里有不平的事，他也参与去化解。他倡导并第一个捐资修黉宫。

陶氏家族于明朝中期迁入姚安。关于陶希皋的生卒年，可以通过陶珽写于万历四十七年（1619年）的《赵公生祠记》及志书中有关记载，推测约为嘉靖十八年（1539年）。

陶希皋夫妇的墓碑如今还在。从万历三十三年（1605 年）陶珽从保定府容城县教谕任上回家奔丧的资料来看，陶希皋去世于 1605 年。从姚安所存的陶夫人的墓碑“万历戊午六月初十日吉”上可以看出陶夫人去世的时间应该是 1618 年。

从一些文献的记载中看出，陶希皋从 8 岁起就受当时姚安府知府赵澍重视，“教泽，谊为门生”，后又从学于泰州学派的代表人物、云南道巡察副使罗汝芳，深受阳明心学的影响。陶希皋于万历元年（1573 年）参加云南省举行的乡试，考中举人，之后两次参加会试都没能考取进士。他以举人身份被举荐为石阡府推官，即今天贵州省石阡县，任职期间升任贵州安顺府永宁知州，就任不久就被“左迁王府教授”。“左迁”，就是贬职。“王府”，即沐王府。可能是离自己的理想过于遥远，不到一年（大约 1582 年前后），陶希皋就辞官回到了姚安。

从陶珽母亲的墓碑上看，陶希皋有六个儿子，分别是陶珽、陶珙、陶璜、陶玑、陶瑗、陶璟。他辞官回乡后，热心乡里的诸多社会事务，并著书、教育子女。他曾著有《精意录》一书，可惜现在已经失传。他精心为儿子选用学习书籍，如《颜氏家训略》《朱子家训》《小学》《柳氏家训》等体现理学思想的经典文献，还有《阳明先生示宪儿》《阳明先生谕俗四条》《阳明先生示得曰仁应试》《阳明先生三箴》等体现阳明心学思想的经典读物。陶希皋让儿

姚安今貌

子学习程朱理学，是要儿子走科举之路；同时又让儿子读王阳明的文章，是要儿子接受阳明心学思想的熏陶。正是在他的教育和影响下，他的儿子们在科举道路上走出了各自的人生，同时，又都成为“阳明后学”的继承人。

### 以书法传世的陶珽

陶珽（1575—1641年），字葛阆，号不退，陶希皋长子。因仰慕南齐朱宁文人孔稚圭的为人，故又号稚圭；因祖籍浙江天台，故自称天台居士。

陶 珽

少年时代的陶珽，主要是在父亲陶希皋的教导下学习，接受儒家思想的启蒙教育和学习参加科举考试的必备知识。陶珽自幼聪慧，又有父亲陶希皋这样的精心栽培，得以迅速成长。有传说陶珽曾拜李贽为师，但从时间段上来看，李贽到姚安这一年，正好陶希皋到贵州任职。陶希皋去官回姚，李贽已于前一年离开姚安，而且当时陶珽尚年幼，拜李贽为师的可能性不大。如果说陶珽是曾学于李贽，那也应当是李贽到湖北或者游历过程中的事。《李卓吾先生祠堂记》，是陶珽为李卓吾先生祠堂写的记。李卓吾先生祠，是陶珽和蔡学清为祭祀李贽而建，位于府城南门外的青莲寺内。陶珽在这篇记中两次提到与李贽交游的事。“余既晚从先生游，比金吾决绝，先生所谓死于不知己只手者，余盖亲尝焉”，“予既获一日侍先生，蔡生辈又以其伯仲皈依先生”，想来在李贽晚年曾与陶珽有过短暂的交往。

万历十九年（1591年），年方十七岁的陶珽，首次参加乡试考中举人。乡试中举后，紧接着便参加了第二年春季的京城会试，可惜没有考中，便“弃家入鸡足山，读书于白井庵大觉寺，临摹书法于楞伽室”。在鸡足山，陶珽一边读书，一边学习书法。读书，是为了科举；临摹书法，是为了发展爱好，增进书法修养。不久后，陶珽把眼光由鸡足山转向了江南地区，他离开云南，游学江南，寄居杭州，往来于江南各地，广结名流，丰富思想和学问，涵养文化素养，淬炼学识，提升境界，扩大格局。游历江南期间，陶珽与当时的社会名流陶望龄、袁宏道、黄辉、董其昌、陈继儒交往密切，很快融入江南的文化圈中，成为名播江南的姚安学者。

袁宏道在吴县和南京任职期间，陶珽第二次进京会试，落第后来到江南，寄居杭州，与“三袁”兄弟中的袁宏道相遇。在这段时间的交往中，陶珽受教匪浅，两人也结下了深厚的情谊。万历三十三年（1605年）陶珽从保定府容城县教谕任上回家奔丧，顺道到袁家拜访，并短暂停留。由于长途跋涉，风餐露宿，年幼的儿子还在途中就已得病。来到袁家，虽经治疗，却也没有挽回这条孱弱的生命。陶珽夫妇怀着丧父丧子之痛离开袁氏兄弟，再次踏上回家奔丧之路。袁宏道为此写下了《陶不退以容城谕丁内艰归滇中，至敝邑殇其令子，遂瘗焉。于其行也，诗以送之》二首与之送别。袁宏道的弟弟袁中道也写了《别陶不退，时陶有长子病死，瘗于此。分手凄然，固有此赠》以赠。

在与公安派代表人物袁宏道及袁中道的交往中，袁氏兄弟反对承袭和复古拟古，主张通变、独抒性灵、不拘格套的文学主张，对陶珽的思想和诗文创作产生了重要影响。袁氏兄弟认为文学是随时代的变化而变化的，不但文学内容，而且形式语言亦会有所变化而趋于通俗，强调非从自己胸臆中流出，则不下笔。在后期陶珽的文学创作中也像三袁兄弟一样讲求充分发挥自己个性，不盲目跟从，推重民歌小说。

陶珽与董其昌、黄辉的交往，主要是向他们学习书法之道。董其昌（1555—1636年）是明朝后期著名且具有深远影响的书画家。陶珽自幼热爱书法，第一次会试失败回乡后，曾离家到鸡足山楞伽室临摹书法。这次游学江南，董其昌正好在上海居住，陶珽自然不会放弃求教的机会。据有关专家推测，陶珽认识董其昌多年后，还曾向董其昌引见过妙峰山德云寺开山和尚彻庸，陶珽算是引导彻庸将儒释结合的导师和长辈。彻庸能够与董其昌相识并且获得教益，与陶珽的引荐是分不开的。黄辉（1559—1612年）的诗与书法都较有建树，其书法与董其昌齐名。陶

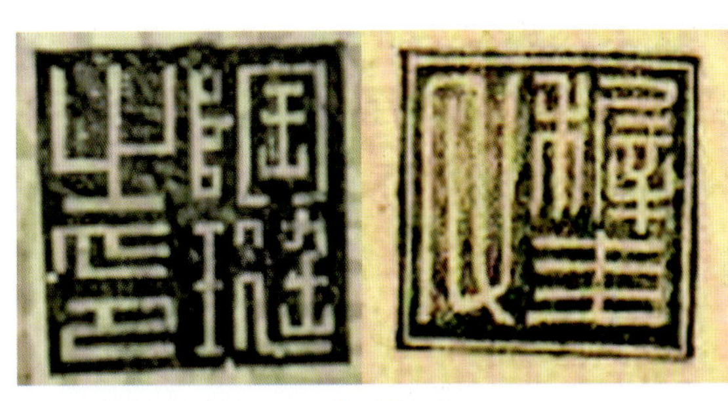

陶珽印

陶珽手书母亲墓碑

珽与黄辉仍然是结缘于书道。在江南游学期间，陶珽还结识了当时大名鼎鼎的名士陈继儒。陈继儒是明朝的文学家、画家，学识广博，工诗文，善书画，擅画墨梅、山水。

陶珽步入仕途的时间较晚。但是升迁或转任的经历还是比较丰富的。而且每有所任，都有政声，可算是一位能吏。民国《姚安县志》中说：“初授刑部四川司主事，二任福建司员外郎，三任山西司郎中，四任大名府知府，五任陇右道副使，再转辽东兵备道，与经略袁崇焕筹边、运饷，诸大政皆动中机宜。未几，改武昌兵备道。凡七任皆有政声。”也有些资料记载表明，陶珽在考中进士之前也担任过官方职务。

万历三十三年（1605 年）春，陶珽到湖北公安拜访袁宏道、袁中道。临别，二袁同时写诗送别陶珽，通过袁宏道所作诗的题目可知，陶珽此前曾经做过一段时间的容城县教谕。容城县，隶属于保定府，位于河北省境内，大概就是现在的雄安新区那个地方。陶珙在《彻庸禅师南游请藏缘起》写道：“……己亥春，家兄因事北上，拉之南游，携高足无住，礼普陀，遍吴越”。“己亥”，即万历二十七年（1599 年），“因事北上”，结合二袁兄弟接待陶珽并作诗送行的时间来看，陶珽这次“因事北上”，便是前去就任容城县教谕。只是因为是“春”季就出发，离接任还有段时间，便拉着彻庸禅师等人先到江南一游。

陶珽高中进士之后，正式开启了为官之路。最初几年，是被留在朝中任职。“初授刑部四川司主事，二任福建司员外郎，三任山西司郎中。”在刑部经历三任之后，外放地方，主政一方。陶珽从刑部郎中的职任上外放大明府知府，还任过永平知府。天启元年（1621 年）后，陶珽调任职于北直隶按察使司副使整饬山右兵备道（兵备道，是明朝设在边疆及各省要冲地区整饬兵备的按察司分道），驻山海关。

天启四年（1624 年），陶珽与彻庸、陶珙等人相约到杭州。陶珙《曹溪一滴缘起》中说："甲子，偕计游明圣湖，谋之。梓与武林，见着得未曾有谓我明楚石以来一人。" "甲子"便是天启四年；明圣湖，就是杭州西湖的别称；武林，地名。这句话大致说，陶珽与彻庸到杭州一游。崇祯二年（1629 年），陶珽被朝廷任命为辽东兵备道。为了赴任，陶珽将要"北上之游"。这一年，好友彻庸禅师主持新建的妙峰德云寺落成。陶珽为德云寺撰写《新开妙峰山德云寺常驻碑记》。这次到浙江，主要是"请龙藏"就是请大藏经。赴任辽东兵备道之后，陶珽"与经略袁崇焕筹备边，诸政皆中机宜。"然而，随着战场情况瞬息变化。后金绕过袁崇焕的防区突然出现在北京城下。虽然经过双方对垒和交战，后金撤离，北京之围被解除。但袁崇焕也因此而获罪下狱，最后于崇祯三年（1630 年）八月被凌迟处死。也许就是陶珽与袁崇焕"皆中机宜"，才被调离辽东兵备道。

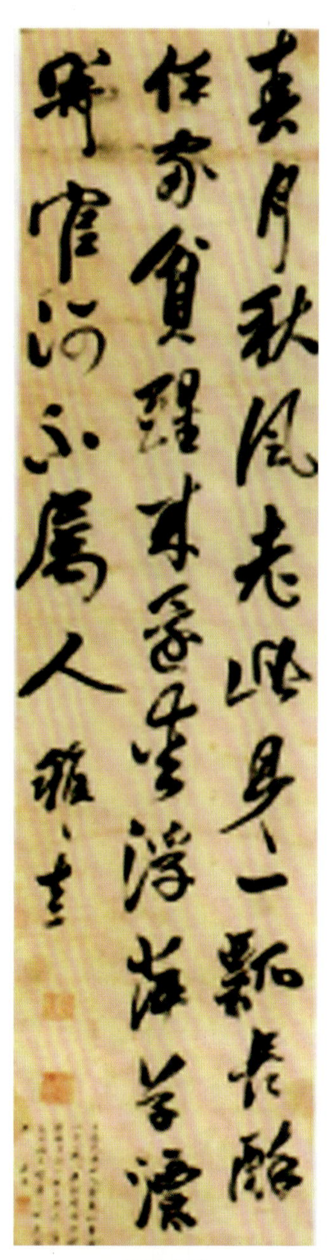

陶珽书迹

崇祯三年（1630 年），陶珽从辽东兵备道转任湖广按察司副使。在湖广任职期间，公务之余，陶珽还为好友钟惺的著作《史怀》撰《刻史怀序》。崇祯五年（1632 年），陶珽撰《东莱波议序》，又再次对《史怀》给予很高评价。崇祯六年（1633 年），在陶珽的鼎力支持下，钟惺作点评的《王文成公选》得以出版。崇祯八年（1635 年），陶珽卸任湖广副使后，又被朝廷任从三品的陕西承宣布政使司右参政分守陇右道。这是陶珽一生中最高的一个行政职务。在赴任之前，陶珽与彻庸再次来到杭州，主要目的是"复理前约，敬捐薄捧（俸）若干缗以成此法宝”。崇祯十一年（1638 年），陶珽已年过六旬，且“陇右道副使”也已任满。于是，他决意“致仕”归乡。

民国《姚安县志》说陶珽“致仕归，建开拓城池议，编郡乘，修学宫，周恤族党，讲学论文，四方来学者日众。筑雪阁，日研性理语气中。擅书法，宗大米，与邢子愿齐名。归里后，东南万里之乞书者络至，片纸只字遗落人间皆宝若尺璧”。陶珽一生，多与鸿儒博学者交往，文化活动频繁不断，贡献是多方面的。他的著作有《姚安府志》《续钟伯敬史怀》《四大家文选》《续说郛》。

陶珽书法善楷书和行草书，而尤以行草书见长。云南书法名家唐泰在《陶珽行书轴》的跋语中说：“不退先生虽应酬很多，但其作品不乏用心之作，此幅尚邢侗也不能及之”，又在《题陶不退书卷》中再次肯定了陶珽的书法艺术：“余年伯不退先生，以少年登乙榜，名三泽，已有著书之名。其书学钟元常，后改名，挺发。庚戌甲，其书又先学米元章。年五十后，学褚河南，还带些米气。做官归，久寓西湖，有得意之笔，汇作一小册，私为赏鉴……海内有得一字，此当如寸珠尺璧以珍。”从唐泰的记录来看，陶珽在书法上先学习三国时期擅长隶书、楷书、行书的钟元常，然后又学习北宋时期擅篆、隶、楷、行、草等书体的米芾，五十多岁时，又学习“初唐四大家”之一的褚遂良。也正是因为广采众长，使得陶珽的字“片纸只字遗落人间皆宝若尺璧”。

## 敦行孝友的陶珙

陶珙（1586—1649 年）字紫阆，号仲璞，晚年号无学居士、遯叟。陶珙是陶希皋的二儿子，他于天启元年（1621 年）考中举人，先任了太平县教谕，之后历任了南京国子监助教，工部主事、郎中，宝庆府知府。当时的太平县即今天安徽省黄山区，宝庆府即为今湖南省邵阳市，可见陶珙的任职经历主要在江苏、安徽、湖南等地。他在宝庆府知府任上，躬亲府事，亲率地方武装守城防御土匪保护百姓的生命财产，扫平了当地天王寺流寇。同时以文化人，在爱连池建祠堂奉祀周陈张朱，纂修宝庆府志。然而，因当时宝庆府官员骄横，放纵其下属鱼肉百姓，陶珙就抓捕了其下属杖责并下狱，后被岷藩枉法参奏革去官职回了云南。陶珙为官清廉，离开宝庆府回云南时“舟中无长物，惟董宗伯所书《少陵诗》

一卷，是其平生所宝爱者，藏弆箧衍，出入怀袖”。

清顺治六年（1649 年），陶珙被张献忠部将张虎、陈国能攻陷姚州城时杀害，这一年，陶珙 63 岁。陶珙通史学，曾撰写《姚州志》，又善诗文，所作辑为《遁园集》。钱谦益在《陶仲璞遁园集序》对陶珙的诗文作了中肯评价："稚圭与小修，俱龙湖弟子，而仲璞少受学于稚圭，其师友渊源如此。故诗文之大指，可得而考也……仲璞之集，称心而言，指事而论，无薄喉棘手之艰，无东涂西抹之饰。则亦袁氏之遗风，可以祖香山而宗眉山，不坠落今世词章、道学窟穴中也。稚圭文多应世酬物之语，而仲璞多谭学问，逗露盱江，泰州宗旨，顾犹沾沾于三峰，入裸国而解衣，其亦有随缘牵劝之思乎？龙湖一瓣香俱在，安得促席从仲璞而问之？"

在陶希皋的六个儿子中，除了陶珽、陶珙外，史料中对其他的儿子记述很少，现在能看到的是民国《姚安县志》中"《妙峰山志》二卷，偰应东、陶璟等编次，陶珽、陶珙等裁定，晋宁唐泰、古赵、张鹤塘、福建李启熊等为之序"的记载，这当中的陶璟是陶希皋最小的一个儿子，他于崇祯十二年（1639 年）中云南乡试副榜，至于陶希皋其他的儿子，在现在能看到的资料中没有记载。

（作者：朱德宣）

**参考资料**

1.朱和双、曹晓宏：《作为"阳明后学"的陶希皋、陶珽与陶珙交游新证》，载《楚雄师范学院学报》2021 年第 5 期。

2.茶志高、温燎原：《〈续说郛〉作者陶珽生平事迹辑考》，载《内江师范学院学报》2013 年第 1 期。

3.王玉超：《陶珽生平及交游考述》，载《西南交通大学学报》（社会科学版）2018 年第 5 期。

4.李孝友：《浅谈明代刊刻的〈径山藏〉》，载《文献》1980 年第 2 期。

# 行走过姚安的旅者徐霞客

徐霞客

明代著名的地理学家、旅行家和文学家徐霞客（1587—1641 年），名弘祖，字振之，号霞客，明朝南直隶江阴（今江苏江阴市）人。徐霞客幼年好学，博览图经地志，志在四方，以地理研究为己任。出于对祖国大好河山的热爱，毕生从事旅行考察，足迹遍及今 21 个省、市、自治区 。达人所之未达，探人所之未知 ，所到之处，探幽寻秘，并记有游记，记录观察人文、地理、动植物等状况。他曾经说：“山川面目，多为《图经》，志籍所蒙，故穷九州内外，探奇测幽。”历经 30 年的艰辛考察，撰写成 60 万字的《徐霞客游记》，开辟了地理学上系统观察自然、描述自然的新方向，既是系统考察祖国地貌地质的地理名著，又是描绘华夏风景资源的旅游巨篇，还是文字优美的文学佳作，在国内外具有深远的影响。《徐霞客游记》开篇之日（即 5 月 19 日）于 2011 年起被定为中国旅游日。

徐霞客经 30 多年旅行，写有天台山、雁荡山、黄山、庐山等名山游记 17 篇和《浙游日记》《江右游日记》《楚游日记》《粤西游日记》《黔游日记》《滇游日记》等著作，除佚散者外，尚遗有 60 余万字游记资料，在去世后由季会明整理成《徐霞客游记》。

世传本有 10 卷、12 卷、20 卷等数种。主要按日记述作者明朝万历四十一年至明崇祯十二年间（1613—1639 年）旅行观察所得，对地理、水文、地质、植物等现象，均作详细记录，在地理学和文学上卓有成就。本文仅从徐霞客在楚雄的足迹及留下来的部分诗文作简要阐述。

明崇祯十一年（1638 年）十一月初六日，时年已 51 岁的徐霞客从昆明出发，经过海源寺、筇竹寺，于十一月初十到达富民小甸堡，十一月十一日到达武定府，在此之后，他考察了“两府四县”（当时武定府及所属元谋县，姚安府及所属大姚县），并于十二月十五日到达普淜，次日到达云南驿，然后从宾川前往鸡足山。徐霞客在楚雄州境内共计考察了 35 天之久，徒步跋涉 270 公里左右，留下了行程 16 天、7000 多字的完整的旅行考察日记，遗憾的是，在武定、元谋旅行考察的 19 天的考察日记已经散失。为此，《徐霞客游记》整理者季会明作了说明：“此后共缺十九日。询其从游之仆，云武定府有狮子山，丛林甚盛，僧亦敬客。留憩数日，遍阅武定诸名胜。后至元谋县，登雷应山，见活佛，为作碑记，穷金沙江。由是出官庄，经三姚——大姚县、姚安府、姚州而达鸡足。此其大略也。余由十二月记忆之，其在武定、元谋间无疑矣。夫霞客虽往，而其仆犹在，文之所缺者，从而考之，是仆足当霞客之遗献云。”（《徐霞客游记·游滇日记四》）。

徐霞客笔下的阳片海

从现有资料看，徐霞客在云南的考察偏重于水文。他在滇东、滇南、滇黔边境考察完南北盘江后，进行了“穷金沙江”的科学考察。在楚雄境内的考察也主要是为了探访长江上源，考察完毕后，他写了《江源考》，在文中提出“推江源者，必当以金沙江为首”，推出了金沙江为长江上源的考察结论。

姚安城南观音寺

笔者曾于 2017 年 9 月 14 日与县内文史爱好者一起实地踏勘和寻访了徐霞客在姚安境内的行踪。本文简要叙述徐霞客在楚雄州境内 35 天的行踪情况，姚安境内的作详细记录。

明崇祯十一年（1638 年）十一月十一日，徐霞客从富民小甸堡到达武定歇宿，此后在武定、元谋共计 19 天。十二月初一至初五，在元谋官庄茶房住宿，考察马街地形地貌，元谋地域四至边界，山川河流走向。初六日，从官庄茶房出发，经过班果白沙河土林，在炉头坝（今天的元谋新华）住宿。

初七日，从炉头坝出发，沿途旅行考察，进入大姚县境内，在大姚舌甸独木桥村住宿。初八日，天气十分寒冷，跟随的仆人生病，在水井屯寺歇宿。初九日，从水井屯寺出发，夜宿大姚县城。

初十日，从大姚县城出发，进入到当时的姚州境内，到妙峰山德云寺并留宿两个晚上。初十二日，从德云寺出发，进入到现在的姚安县境内，他一路从新庄—肖家凹—西山屯（破寺屯）—小邑村—新邑村（息夷村海子）—腊梅厂—云自登—高土官家（光禄古镇）—高氏家庙（至德寺）—龙华寺，到龙华寺后，他留在龙华墙后轩歇宿。初十三日，他从龙华寺—塔脚村—海西庄（塔镜湖）—旧城—龙岗卫—新屯—杨家巷进入姚安府城北门，然而又走到位于城东边的青莲寺歇宿。初十四日，徐霞客出南城门到观音寺，再绕回姚安府西门沿官道上古山寺—洋派村—当波院（昆仑关哨卡）—连厂陈家—李贽桥—韩家—观音箐—怀安桥（景聚桥，戴家附近）—弥兴街—观音井（神庙）—

石官村并借住农家。初十五日，他沿古道一路向西，过朱街圈洞（原洞上刻有“文治门”和“龙马来朝”大字的石碑尚存）—尾苴村（原朱街）—龙马箐—龙马哨—大苴村—小苴村—猫猫关哨卡—打金庄—普昌河—普淜巡检司并住在普淜。

初十六日，徐霞客从普淜金鸡庙（老君殿）出发，过界坊向云南驿行进，走出了楚雄州境。

从现在版本的《徐霞客游记》记述里，可知徐霞客曾游览了武定的狮子山，登临了元谋雷应山，经大姚的炉头、独木桥、水井屯于初八日到达大姚县城，后经妙峰山到达姚安的活佛寺，出姚安县城一路往西，上古山寺，过洋片湖，经当波院、观音箐到弥兴，再经石官村、龙马箐，出老虎关，走普棚，出州界到云南驿，直奔鸡足山。在这一线路上，徐霞客记录了很多地名。在这些地名中，有的随着时光的流逝已经湮没，如息夷村、格香桥、景聚桥等；有的今天仍然鲜活，如妙峰山、龙岗卫、古山寺、普淜等。在姚安，《徐霞客游记》里记述有“姚府五海子”，“白塔尚在寺东南后支冈上。冈东有白塔海子，其南西山下，又有阳片海子，其东又有子鸠海子，府城南又有大坝双海子，与息夷村共五海子”。

姚安龙华寺后轩北院

白塔海在今天的旧城，阳片海就是洋派水库的位置，子鸠海应该是今天的自久海，大坝双海子今天称为大坝海子，息夷海大约在今天的新邑新与河里渡之间。五个海子除了阳片海和子鸠海以外，如今都变成了农田。

《徐霞客游记》在文学上的主要特点，一是写景记事，悉从真实中来，具有浓厚的生活实感；二是写景状物，力求精细，常运用动态描写或拟人手法，远较前人游记细致入微；三是词汇丰富，敏于创制，绝不因袭套语，落入窠臼；四是写景时注重抒情，寓情于景，情景交融，同时注意表现人的主观感觉；五是通过丰富的描绘手段，使游记表现出很高的艺术性，具有恒久的审美价值。

此外，在记游的同时，还常常兼及当时各地的居民生活、风俗人情、少数民族的聚落分布、土司之间的战争兼并等事情，多为正史稗官所不载，具有一定历史学、民族学价值。《徐霞客游记》被后人誉为“世间真文字、大文字、奇文字”，他也被后人称为“千古奇人”。

《徐霞客游记》中，对所经过府、县的行政区划，山川河流、自然境观，民风民俗等，都有相当精彩的记述，比如：“元谋县在马头山西七里，马街南二十五里。其直南三十五里为腊坪，与广通接界；直北九十五里为金沙江，渡江北十五里为江驿，与黎溪接界；江驿在金沙江北，大山之南。由其后北逾坡五里，有古石碑，大书‘蜀滇交会’四大字。”

考察元谋班果白沙河，徐霞客生动地记述道：“其坡突石，皆金沙烨烨，如云母堆叠，而黄晕有光，时日渐开，蹑其上，如身在祥云金粟之中也。”

考察姚安府，徐霞客记述道：

“姚安府南随峡上一百四十里，镇南州（今南华县）；东逾大山一百四十里，定远县（今牟定县）；西逾小坡一百二十里，北随大坞下一百二十里，白盐井（今大姚县石羊镇）。”

“姚安东西两界，皆大山夹抱，郡城当其南，西界最辟，直北二十五里，两界以渐而束，各有支中错如门户焉。中有小水，西至镇南州界北来，至郡北屡堰为湖，下流绕北峡之门而出，所谓青蛉川也。”

“循坡西南下，二里，抵景聚桥。桥上有亭，桥下水乃西来小流也。过桥三里，是为弥兴，居集甚盛。”

“稍西转南，是为龙马箐。三里，有哨当涧东坡上，是为龙马哨，有哨无人。山壑幽阻，溪环石隘，树木深密，一路梅花，幽香时度。”

位于大姚县城南15公里的仓街妙峰山，徐霞客于崇祯十一年（1638年）十二月初十到达妙峰山德云寺，访德云寺住持彻庸禅师，《徐霞客游记·滇游日记五》记曰：“一里，至妙峰德云寺，寺门西向，南望烟萝，后有梦庵亭。后五里，碧峰庵”，清楚记述了妙峰德云寺初建时期的景象。

徐霞客在该寺住宿了两个晚上，因彻庸禅师外出未归，徐霞客在该寺“待师未归，看藏”。然徐霞客虽未见到彻庸，却为后人留下了《宿妙峰山》《夜宿妙峰山》两首七言诗，后人将诗刻在大殿侧旁，成为徐霞客游滇的重要史迹。

其一：

路织千山积翠连，穷边欲尽到天边。

峰留古德云还在，界辟诸天月正悬。

狮窟吼风随法鼓，龙泉喷玉护金莲。

我来万里瞻慈筏，一榻三生岂偶然。

其二：

玉毫高拥翠芙蓉，碎却虚空独有宗。

钟磬静中云一壑，蒲团悟后月千峰。

拈来腐草机随在，探得衣珠案又重。

是自名山堪结习，天华如意落从容。

位于姚安县北光禄镇龙华山，崇祯十一年（1638年）十二月十二日，徐霞客离开大姚德云寺后，即达龙华寺。《徐霞客游记·滇游日记五》记曰：“寺号龙华，僧号寂空。是日下午，寂空留止后轩东厢。”

寺依山坐西向东，由山门、钟鼓楼、碑亭、大雄宝殿、圆通楼等建筑构成，大殿为清康熙六十一年（1722年）重修。而圆通楼为重檐硬山顶建筑，为明代所建，其北有一四合院。徐霞客“留止后轩东厢”，即指这个四合院内的东厢房，这是现存为数不多的徐霞亭留宿地之一。

姚安龙马箐古道

楚雄地区神奇秀丽的自然风光，优美醉人的山川景色，使徐霞客赞不绝口，流连忘返，诗意盎然。在他的游记中，记述途中观赏到不同风姿的梅花的精彩文字就有三处，字里行间充满了诗情画意和对祖国大好河山的热爱之情。

在姚安龙华寺所见：“（寺）后有深峡下悬，峡外即危峰高峙，庭中药栏花砌甚幽。墙外古梅一枝，花甚盛，下临深箐，外映重峦”，写出了龙华寺那株梅花的独树一帜，孤标傲世。

在姚安龙马箐途中所见：“山壑幽阻，溪环石隘，树木深密，一路梅花，幽香时度”，龙马箐途中的这一路梅花则是树满花山，好不爱人。



在大姚舌甸村“蹑云”桥头所见：“桥侧有梅一株，枝丛而干甚古，瓣细而花甚密”，“绿蒂朱蕾，冰魂粉眼，恍见吾乡故人，不若滇省所见，皆带叶红花，尽失其‘雪满山中，月明林下’之意也”，这一株梅花则典雅古朴，似山中隐士。

在昆明市西山区升庵祠有一幅对联，上联写杨升庵，下联写徐霞客，下联写道：“计遐征，山回路转，涉足苍洱，奇人奇书万里行”，高度概况了徐霞客极不平凡的一生。

徐霞客在旅行和撰写《徐霞客游记》当中，具有艰苦的攀登精神，自强不息的刻苦意识，追求客观真理的热烈情怀，不怕艰难困苦、不达目的决不罢休的毅力，这给我们树立了榜样。他重视实际考察，注重实地观察和记录，广泛搜集第一手资料，走理论与实践相结合的道路，对我们是有益的启示，是十分宝贵的精神财富。

2020 年 10 月，云南省政协征集出版了《徐霞客游线（云南篇）》一书，重点宣传介绍《徐霞客游记》中记载的徐霞客曾经到过的云南 10 个州（市）、46 个县（区）的游历考察点具有旅游文化价值的重要史料，这对挖掘整理徐霞客游线的旅游文化价值是一件十分有意义的工作。部分县市积极申报“徐霞客游线标志地”，梳理和保护好徐霞客科考线路中具有重要纪念意义的文化或自然遗存点，通过积极而创造性的工作，推动徐霞客游线资源的保护和利用，是一趟文化启蒙、文化发现之旅。

（作者：何平）

参考资料

1. 朱惠荣、李兴和校注：《徐霞客游记》，中华书局 2015 年版。
2. 由云龙编纂：民国《姚安县志》，云南人民出版社 1988 年版。

# 彻庸：德云飞锡妙峰山

彻庸（1591—1641 年），云南县（今祥云）乔甸镇（1958 年划归宾川县辖）海稍人。明代滇中地区著名高僧，大姚妙峰山德云寺开山住持，祥云水目山水目寺第五祖。彻庸最初法号彻融，后在姚安与辞官归隐的进士陶珽相遇相识相知，二人志趣相投，常在一起畅谈佛学经典及儒家中庸之道。彻融对佛教《华严经》和儒家经典《中庸》都有许多的真知灼见，其观点很受陶珽的认可。陶珽便建议彻融易“融”为“庸”，遂改法号为“彻庸”。

明万历十九年（1591 年）彻庸出生于海稍一户俗姓杜的贫苦农民家中。据说，出生后因时常啼哭不止，有两位行游僧路过，家人求名之，二僧便登门为其取名“慧九”。9 岁丧父，后因家贫，11 岁入鸡足山大觉寺落发出家。拜遍周禅师为师，嗣大觉寺曹洞宗福裕禅师“福慧智子觉、子本圆可悟，周洪普广宗……”七十字演派第十一世，便赐法名周理，别号“彻融”。稍长，专心诵习经典。同时，往来于鸡足山和滇中滇西地区的祥云、姚安、大姚、牟定、楚雄等多地间。在姚安参谒密藏和尚时，密藏指点参禅要诀，周理都能心领神会。密藏赞叹不止，并说：“滇中执佛法幢的就是此人了。”

明朝时期，佛教界比较盛行的是禅宗中的临济宗，滇中、滇西地区的大多数寺院传法的也是临济宗。而彻庸禅师在鸡足山礼大觉初传却是禅宗中的曹洞宗。万历五年（1577 年），他偕徒洪如（无住禅师）离开鸡足山后，入牟定化佛山开创白云窝寺丛林，传法曹洞宗。

天启六年（1626 年），他带领无住等徒弟云游化缘，当行至大姚赤草棚街（今仓街）鹿家屯村时，村民鹿在先的老父以礼相待，施以斋饭。饭后指着村子对面的“老尖山”说，此山经常有云气覆盖，有时还能听到鼓乐之声，人们早晨烧香叩拜，山中传来应和乐声。彻庸听后连连双手合十，口诵“阿弥陀佛”。遂带领弟子拉着藤条，斩棘披荆，沿小溪登上山坳。初行时雾雨蒙蒙，霎时雨停日丽，云雾飘浮在半山。忽然鼓乐声起，一白衣老僧从山顶踏云而下，行至眼前倏忽消失，唯听山坳池塘水溅声。念佛鸟高唱：“请洗手烧香！”彻庸便率弟子顶礼叩拜。驻足遥望四周，只见千峰竞秀，万壑斗奇，天色渐晚，彩霞夕照，云雾相映，气象万千。彻庸曰：“善哉！善哉！此乃菩萨指点，佛国净土之地也。”遂发愿在此兴建佛寺，开十方道场。

为了建德云寺，彻庸率众弟子四方募化、得官吏豪绅香客之施；筹田置地、集金银谷米、招募工匠，也得到了当地群众的鼎力支持，山下安乐村、鹿家屯、呼家湾人主动让出九山十八洼山林建寺，鹿在先和张、王、李、赵等族人，还为寺院捐赠或购置常住田产。历经数年奔波，终于在明崇祯二年（1629 年）建成了以大雄宝殿为中心的妙峰山德云寺殿宇建筑群。整座寺院共 5 院 218 间，庄严

妙丰山德云寺

大方，布局匀称，廊房斋室、后殿、前楼、选佛场、聚钵处、善财楼、大悲阁、影堂、仗室、钟阁、鼓楼、厨库、仓廒齐备。池、楼、亭、阁交错，佛像庄严，彩绘周备，宏伟壮观。

寺庙建成后，彻庸在研读《华严经》时得到佛经称西方须弥山为妙峰山的启示，将当地群众口中的“老尖山”改为“妙峰山”。又据《华严经入法界品》中“善财童子于妙峰山上礼德云比丘请示菩萨行”的典故记载，将寺名定为“妙峰山德云寺”。彻庸也因开创之功，成了妙峰山德云寺的开山始祖。

德云寺建成后，彻庸将寺院交由徒弟洪闻管理，于崇祯甲戌（1634 年）偕徒洪如（无住）出滇云游，访名山、参大德、请藏经。行游至浙江太白山天童寺参谒临济宗密云大师时，大师示“狗子无佛性”话头，彻庸以“转身撞着屋头墙，天根迸出一轮月”开悟。密云大师见彻庸精研佛乘，深悟禅理，遂付僧伽黎衣，嗣法临济宗第三十五世。

辞别密云大师后，彻庸师徒又到南京，请藏经一部带回云南，供奉于妙峰山德云寺，并筑戒坛，“开场选佛”。一时“海众云集”，佛法大盛。承曹洞宗法兼祧临济，“以棒喝传宗”，其传法弟子有数十人。后来，这些弟子中的不少人都成了开创并住持一方丛林的高僧。如：洪如开创化佛山后又住持祥云水目丛林；洪闻住持妙峰山；洪一开创龙山；洪舒、洪南开创紫溪山北部清静林、浴佛寺等 16 座寺院。这些寺院都是传法曹洞正宗。一时间，“弘施法化，宗风凛然，道价之盛，冠绝一时”。曹洞宗在滇中地区各寺院可谓盛极一方。

经过彻庸大师的不懈努力，使妙峰山德云寺成了滇中地区曹洞宗的祖寺。从明末到清代中期的 200 多年时间里，一直是滇中曹洞宗传布的中心。同时，也是从彻庸大师开始，滇中和滇西地区的禅宗进入临济、曹洞二宗相举并重的时代。清末学者、湖南衡阳人喻谦在其编著的《新续高僧传四集》的《周理传》中评价他说：“古庭而后，二百余年，祖灯再续，实赖斯人。”清代姚安土府同知高奣映在《鸡足山志》中说他：“自彻大师夙具青莲妙音，直入红炉锻炼，坐参游究，得法上乘。崇祯甲戌，赴天童印证归，大建慧幢于滇黔。其徒无住嗣之，其孙非相嗣之，彰昏衢于杲日，芟荒径以康庄者，彻大师之力也。允宜为古庭后之一人。”高奣映对他的评价很高，认为他是黑暗中的明灯，是荒野上的方向。1863 年农历十二月一日，明代著名旅行家徐霞客游行至妙峰山德云寺，并在此留宿两晚。可惜彻庸外出云游，“待师未归”。临行时徐霞客留诗云：“路织千山积翠连，穷途欲尽到天边；峰留古德云还在，界辟诸天日月悬。狮窟吼风随法鼓，龙泉喷玉护金莲；我来万里瞻慈筏，一榻三生岂偶然。”

从崇祯甲戌（1634 年）开始，彻庸一直云游四方，除了出省觅经请藏以外，多数时间游走于大姚妙峰山德云寺，姚安龙华寺、青莲寺，牟定化佛山白云窝寺，祥云水目山水目寺等滇中滇西各寺院之间，弘法布道，结交佛界高僧，拜访民间高人。姚安的陶珽就是彻庸大师在云游姚安青莲寺时结识的一位归隐高人。因志趣相投，很快便结下了深厚情谊，成为生死之交。二人除经常在一起探讨佛经，诗词唱和，书画切磋之外，还一起努力请回了《径山藏》。《径山藏》共有“正藏”1342 册，“续藏”624 册，总计达 1966 册。《径山藏》运回姚安后由妙峰山德云寺保存，彻庸禅师将此经视为珍宝，作为德云寺的镇寺经典妥善珍藏。直到清末民国初年，因姚安、大姚两县对妙峰山的权属争执，姚安才又将该书运回至光禄龙华寺保存。新中国成立后，移存姚安县文化馆。20 世纪 70 年代末，由云南文化厅出面征调至省图书馆古籍室作为珍品保存。鉴于彻庸大师在滇中、滇西汉传佛教界中的重要地位，清康熙九年（1670 年）四月，杨士宗所撰的《水目寺诸祖缘起碑》评价他时说“可谓学佛知儒之有禅者也”，并将其列为水目第五祖。

彻庸为僧严守戒律，精研佛经，善书法会诗文，著述颇多。1639 年为整理文稿，曾应徒弟洪如之请到水目山静室潜心著述，有《曹溪一滴》《梦语》《谷响集》等专著传世。《曹溪一滴》是在其好友陶珽、陶珙及弟子们的帮助下编著完成的一部僧传。佛教在中国源远流长，历代各地都有不少的高僧。但云南因地处边陲，内地对佛教在云南的发展传播情况知之不多。明崇祯年间内地明河所撰的《续补高僧传》号称“踏破铁鞋，残碑断碣，搜采殆遍”，但唯因未至西南，其著述所录滇僧仅古庭一人，附录也只录了净伦一人。开始明河也曾约请滇僧苍雪撰写云南僧传部分，苍雪写了盘龙、古庭、念庵、再光、定堂等僧人传，但到书成行世后还是只有古庭一人有传收入其中。彻庸对此深有痛感，正是出于“欲为吾滇从前大善知识出些子气”的目的，编纂《曹溪一滴》一书。

该书首次编撰分三部分：第一部分为“禅宗、应化、诸圣贤崖略”；第二部分为古庭善坚的《山云水石遗集》，在收入《曹溪一滴》时改名为《古庭禅师语录辑略》；第三部分为古庭高足大巍禅师所著《竹室集》和朗目和尚所著《浮山法句》摘要。对《曹溪一滴》的评价，虽然有人从历史学的角度说：“其取材多属方志稗史，神话连篇，且考证多疏，未足据为典要。”但从佛教史的角度看，至少它保存了云南诸大善的语录、法语、诗词等，对于佛教文献的整理和保存是有积极意义的。

《谷响集》是彻庸的一部重要作品，陶珽为之序。主要收入了他的诗、法语、参禅偈等，是他禅学思想的集中体现。《语录》则是他去世后，由其弟子整理编纂他的偈语、法语等的集子。如：“参罢吾师真面目，山茫茫又水茫茫”，“参头抛却歇狂痴，闲向江边理钓矶；失脚踏翻波底月，芦花两岸尽菩提”，从中可以看出，他的诗、偈，语言简练，意境深远，又颇有禅理。

彻庸禅师因在重振滇中地区宗风中有不俗的成就，被当时佛教界根据《华严经》中授记的善财童子第一参，参妙峰山德云比丘之圣记，誉之为“德云比丘再现”，成了驰名全滇的一代宗师。崇祯辛巳（1641 年），一代佛门高僧彻庸禅师圆寂，终年 51 岁。临终遗偈曰：“生来也如此，死去也如此，梦幻空华，物恒顺常如是。”其徒洪宗悼师诗曰：“欲识师之面目兮？李花白桃花红，欲问师之何在兮！苍山高洱水深。”

（作者：戴国斌）

## 参考资料

1.释印严编：《妙峰山志》，云南人民出版社 2008 年版。

2.由云龙编纂：民国《姚安县志》，云南人民出版社 1988 年版。

3.楚雄彝族自治州地方志办公室编：《楚雄人物》，云南大学出版社 1991 年版。

4.高奣映：《鸡足山志》，云南人民出版社 2002 年版。

# 前场『把使』杨仲义

在前场的九鼎山，有一座被民间称为“吊坟”的墓，墓主是明朝的杨仲义夫妇。

杨仲义，明代成化年间至正德年间姚安军民府前场巡检司杨家大村人，又被称为“杨把使”，为当地望族大姓杨氏彝族土酋（司）首领后裔。“把使”一职是明朝“通把制度”中的一种职务。古时地方官府与当地少数民族语言不通，加之山区交通不便，便委派当地少数民族出任或世袭把使官一职，管辖当地少数民族。前场为彝族世居地，古时彝语为前场境内通用语言，而杨氏家族又是彝族，通彝语，懂彝性，所以杨氏家族世袭“把使”等职，管理前场。杨仲义“绍厥祖父箕裘之业，为府世守高公之通把”，杨家几代人为姚安高氏通把，后人便称其为“杨把使”。“把使”负责辖区内政务的传达和具体办理，有自己的兵丁以协助官府维持当地的社会秩序。传说杨仲义担任前场把使一官时，有一千多自治兵丁。

民国《姚安县志》记载：“杨仲义，明代岁贡，官平坝训导。明成化间，三区杨家大村有土酋杨仲义，曾奉令率土兵千人，从征贵州遵义、仁怀、赤水等地苗乱。凯旋归滇，病死昆明大东寺。其子杨成舁尸回葬，先就茔前演剧，成见有饰帝王者，心羡之，遂于该地筑土城称王焉。并制蒸人甑子煮人锅，以杀来往客商。事闻，派兵平之，杀成等弟兄八人，一人逃于苴却，父尸仍未入葬。其妹回葬之，故有‘九子不葬父，一女打金椿’之谚。现该地人民，有掘地获磁器及铜锅多件。”

杨把使墓在前场民间又被称为“吊坟”“卷洞坟”，墓为双层三开五滴式，结构巍峨，雕刻细致，墓洞下用砖卷起来，卷洞内有垂下来的铁链子，用于拴棺椁。墓碑上有“皇明诰授把使三江总督”字样，从墓碑上看，坟墓民国二十年（1931年）重修过，墓碑也是重修时立的。整座墓修得很精美，三碑四柱两侧有大理石碑文和石狮，上部又有三块大理石匾额，墓座墓体有大量石雕，技艺精湛、规模宏大、造型独特。两洞外缘有石门机关，里连宽敞的墓室，墓室顶部嵌有金质桩钓16颗，据说是悬吊灵柩所用，故称吊坟。墓碑上的碑文说：“把使公，杨其姓，仲义其名者，绍厥祖父箕裘之业，为府世守高公之通把。家世居前场，为人状貌丰伟，行藏纯正，承上接下，处己治家，成而有方，为乡邦敬服。官府信任。随其差使，动辄有功。如禽（擒）李昂于赤石，平叛夷（彝）于铁锁，抚夷猛密（今永仁县猛虎乡），从征贵州，概可见矣。幼娶李氏，端庄慎淑，生男二：长曰成、次曰智，俱抵成立，亦克肖焉，孙男亦二：曰世绣、曰世美者，通书习礼。其子孙蕃（繁）衍，家居殷富如此。正德十五年从征十口口叛贼，平治后统兵抵滇，辞世于云南大东寺，享年七旬。呜呼！乃谓生荣死安而已。铭曰：乾坤事，千万一，全体归，世事毕。名用彰，家殷实，后嗣昌，世赫奕。文学生刘文光辉斗甫敬录原文。天运辛未年季春月穀旦。”

从碑文和县志的记载上看，杨仲义继承祖父的事业任姚安府土知府高氏的通把，一家人世代居住在前场，很受乡邻的尊重。杨仲义身材高大伟岸，风度翩翩、潇洒帅气，力大无比，武艺高强，即碑文所刻“状貌丰伟”。他德行不错，品性较好，行为端正，在前场任通把（土酋、民族首领）职时，治理有方，被官府信任，为乡亲邻居尊敬和佩服，即碑文所刻“行藏纯正，治而有方，为乡邦敬服，官府信任”。曾在赤石擒获了李昂，到铁锁平定了当地部族首领的叛乱，到猛密去安抚当地部族。后来他被选岁贡，官平坝训导。正德十五年（1520年）随官军征战贵州遵义、仁怀、赤水等地苗乱，平息叛乱带兵回到云南，在昆明病逝于大东寺，享年70岁。想来杨仲义在与他同时代的当地人心目中属于英雄，怎奈子孙不孝，他的儿子杨成后来在当地筑城称霸，劫掠往来客商，成了名符其实的土匪。杨仲义一世英名，尽毁于子孙手中，为后人所警示。

至于为什么会有“皇明诰授把使三江总督”的碑记，一些学者也进行了研究，作了多种猜想。“诰授”，是皇帝下旨授予五品（含）以上官员的称号，授是朝廷根据本人实职而授予的称号。这是一个很体面的称谓，但县志里却没有记载。有的认为杨仲义长期随官军在外征战，病逝于异乡，与家人联系甚少，故死后很少有人详细知道其晚年的经历，刻碑文者也大致只记住了一个“三江总督”的官衔，且其墓吊坟和主碑损毁严重，已先后三次修建，明朝首建，清代重修，民国再次重修，其中关键信息可能有遗失。另外也可能当地人只知道他早年的官职，对他的印象只停留在他年轻时在前场“杨把使”的职务，而不知他后来到外地做官的情况。也或许是因为他对前场做过很大贡献，人们为纪念他，而代代相传下来“杨把使”的称呼。也或许是人们已经习惯叫他杨把使，而难于改口，并代代相传至今。也或许是他早年年轻力壮，身在次职，经常回乡，与家乡人有接触，而晚年战事频繁，年老体衰，路途遥远，很少回乡，阻断了与家乡的联系，等等。然而，考察明朝的职官设置，只有两江总督这一官衔，无三江总督之说，可见杨仲义墓碑碑文有附会的地方。

前场小石桥

姚安境内曾流传着“前场有座‘金’‘乌’‘炉’，光禄有匹‘高’‘颧’‘马’，栋川有把干（甘）油（由）胡（葫）”的传说，说的就是姚安境内的大家族。其中的“前场有座‘金’‘乌’‘炉’”，说的就是前场境内的三大家族。明朝时，杨氏、卢氏、金氏为前场境内三大家族。杨氏为土著，人口较多，最为兴盛。卢氏和金氏为汉族，明太祖朱元璋开疆拓土，从外地移民而来。“金”是商人起家的金姓，明朝初年由金裕九，迁自浙江。“卢”便是官家出身的卢姓，明朝初年由卢德生，迁自江西，明清时期卢姓家族，曾一度掌控前场巡检司大权，有弓兵等驻守，检查昆明通往大理古驿道上的客商、流寇盗贼，发放通关牒书（通行证）。卢氏居万年青村，清代时家族里的卢绍周初任前场巡检司司长，后在外任职，攻克泊州城有功，皇授武功将军，正四品。民

前场杨大村

国时期卢家的卢国忠任前场区长。金氏是商人，家族富裕，没有官职。

据老辈人讲，杨仲义服务家乡前场，任“通把”官时，前场小坝水草丰美，良田万顷，现今的大石桥一带是一片高山湖泊。杨仲义带族人兴修水利，传说今天前场境内的大石桥、小石桥、凉桥就是杨仲义修建的。他还带着群众种苦荞，养土蜂。在外征战时，用土蜂攻击敌人，首创了将毒蜂用于战争。在他精心治理下，前场及周边方圆百里百姓安居，社会安定，民风淳朴，生活幸福。并常年训练数千人家乡子弟兵，时刻准备着为国征战。

据《楚雄彝族自治州文物志》记载：“杨把使，明正德十五年，前场镇新街村委会杨家大村民族首领杨仲义，曾奉令率士兵千人，从征贵州遵义、仁怀、赤水等地平苗族叛乱，擒获苗族首领李昂，皇授杨把使三江总兵之位（分管江苏、浙江、江西），凯旋归滇，病死于云南大东寺。其子杨成运尸回葬，就在灵堂前演戏，唱了‘七七四十九天’。杨成见有饰帝王者，心里十分羡慕，就在该地筑土城称王（七十二道土大门。三十六道花大门），并制蒸人甄子煮人锅，以杀前场关来往客商，事闻，官府派兵平叛，杀杨成等弟兄八人，一人逃于苴却，父尸仍未入葬，其妹回家葬父，故有‘九子不葬父，一女打金椿’之谚语。20

世纪七八十年代，当地杨大村人在建房挖掘地基时，挖出瓷器及铜锅多件，瓷器皆有‘成化’年号，锅则如漏斗形，大约二人围圆（合围），杨仲义墓碑为吊坟，碑还完好。”

这个记载明显是根据县志和墓碑上的碑文撰写的。在这当中有一些相互矛盾的地方：“九子不葬父”，那杨仲义应该有九个儿子，然而在墓碑的碑文中却说他与妻子李氏有两个儿子，长子叫杨成，次子叫杨智。为什么文献中把“九子不葬父”的悲剧安排给了杨仲义，推测是杨仲义常年在外征战，对在前场生活的子女缺乏教育，后儿子不孝，称王称霸。

杨仲义被选“岁贡”，任的官职是“平坝训导”，“平坝”指的是今天贵州省安顺市平坝区。“训导”是官职，明朝训导是府以下行政单位的教育官员，管理当地的秀才及教育，品级是未入流，是官员级别的最低等级。明代西南地区的岁贡制度是一个综合性的人才选拔制度，旨在为朝廷和国家、社会选拔和培养人才。在明朝时期，西南地区的岁贡制度是选拔官员和生员的重要途径。这一制度不仅稳定实施，而且为了适应当地的特殊情况还采取了一系列灵活措施。杨仲义作为姚安府土同知高氏的通把，是不是这一特殊灵活措施选拔出来的呢？我们不得而知。民国《姚安县志·人物志·氏族》记载：“新街杨大村杨姓，土著居民，始迁祖杨仲义，始迁年代及地点不详”。既然杨仲义是前场杨氏的始迁祖，那又何来“绍厥祖父箕裘之业，为府世守高公之通把”呢？文献里的文字，也是疑云密布。

（作者：李玉超）

## 参考资料


1.由云龙编纂：民国《姚安县志》，云南人民出版社 1988 年版。

2.楚雄彝族自治州博物馆编：《楚雄彝族自治州文物志》，云南民族出版社 2008 年版。

# 文化名家高奣映

在姚安光禄古镇龙华寺内，有一尊铜像常引得游人驻足：一人头枕酒葫芦，双手置于双肩，双脚促膝弯曲交叉，袒露肚皮睡卧在榻上。神情似笑非笑，怡然自得。铜像上还刻了几行字，其中一句是："眉上不挂一丝丝愁恼，心中无半点点烦嚣，只是一味黑甜，睡到天荒地老"，颇有魏晋名士风度。有人把它当作睡佛，实际上，铜像并不是佛，主人翁的名字叫高奣映，是清代姚安大名鼎鼎的人物，今天，我们就来说说他的故事。

## 显赫家世

高奣映，字雪君，号问米居士、结璘山叟，清顺治四年（1647 年）出生在龙华寺下的光禄古镇高家府邸中。高家不是等闲家庭，根据宗谱，其家族历史可以上溯到三国时期。高家的一世祖名为高定，是东汉末年越嶲郡（今四川凉山彝族自治州）豪强大姓。据载，诸葛亮平定南中地区叛乱时，高定曾出兵相助，因有功被封为益州太守。

唐朝时期，高家子弟有多人在云南担任文武官员。到了宋朝，高家地位愈加显赫，一些子弟被分封为各地官员，其中一支被封到姚州地区。元朝时，升姚州为姚安路，以高氏世袭姚安路总管。明朝在姚安实行土流兼治，中央政府派官员担任姚安府知府，又以高氏世袭姚安府土同知（四品官员）。清朝初年高奣映出生时，高家作为土官，已经在姚安地区统治了近五百年时间。

## 少年土司

姚安自汉代至元代，都是云南通往四川的重要枢纽，也因此成为了文化交流和传播的窗口，内地文化与边疆各民族文化在这里融合发展。受这种风气影响，高氏土司文化积淀深厚，形成了重视道德和文化教育的优良家风，为高奣映成长成才奠定了基础。高奣映晚年时曾撰写《训子语》，总结过高家的教育经验：见贤思齐，重视家教。

高奣映 4 岁时，父亲就开始教授其读书识字，学习四书五经。6 岁时，他进入私塾学习，显现出了非凡天赋，据说读书可以过目成诵。并且，他也非常喜欢读书，家中上万卷的藏书，成为他自由遨游的知识海洋。8 岁时，父亲带他去昆明拜见南明的永历皇帝。永历帝十分喜爱小奣映，详细询问了他的读书情况，并出了上联“八岁神童”考他，小奣映略加思索后对出“三代知府”，得到了永历帝的称赞，“神童”的称谓从此在民间传开。

彼时云南时局多变，清顺治十五年（1658 年）清军大举入滇，永历帝逃奔缅甸，南明小朝廷走向覆灭。高奣映的父亲担心曾为南明效力而连累整个家族，选择出家鸡足山，将世袭土官传给了 12 岁的高奣映。

一个少年当然难以承担如此重任，于是，高奣映的母亲辅助他处理政务。高母是丽江土知府木增之女，受过良好教育，聪慧贤良、知书达理，对高奣映影响很大。高奣映成年后多次在诗文中述及母亲的贤惠和辛劳。

高奣映自铸铜睡像

姚安高雪君祠

不久之后，吴三桂剿灭了南明势力，晋爵平西王，手握重权的他俨然土皇帝，云南官场上下皆对其俯首听命。为了拉拢高氏家族，吴三桂没有追究高奣映的父亲，同时也认可了高奣映的袭职。康熙十二年（1673 年），26 岁的高奣映被中央政府正式批准袭职姚安土同知，而此时他已经成长为一个学业有成、受过历练，有思想、有见识、有能力的青年才俊。

## 崭露头角

川滇交界的金沙江流域是少数民族聚居区，中央政府在这里册封了众多土官，但是土官之间常常为争夺领地，争斗不断。就在清政府正式批准高奣映袭职后不久，四川会理的普隆土司与云南武定的环州土司为争夺金沙江北岸的姜驿发生了械斗。由于高氏在金沙江中游一带统治时间长，威望很高，故清政府指派高奣映前往进行调解。高奣映与双方多次交流协商，最终平息了事端，他的才能更加被清政府所重视。

当时的姚安府实行土流兼治，高奣映识大体、顾大局，积极维护国家统一和中央政府权威，始终没有为发展自己的势力而越权行事，并且经常前往姚安府城协助姚安知府处理政务，为当地的经济文化发展、社会稳定和民族团结出谋献策。

高奣映心怀民瘼，提出要让百姓有衣穿、有饭吃、有房住、有产业，社会才会安定，认为这些是地方官应该重视的事情。他还为开启民智注入了很多心血，不仅崇文重教，而且还主张禁止巫术邪术。他认为，老百姓为了祭祀，把家里的牲畜都拿出来献给巫师，不仅解决不了问题，还会断了家庭生计，所以应该严禁。这些思想对当时的姚安具有积极意义。

## 保境安民

高奣映的才干引起了早有反意的吴三桂注意。康熙十二年（1673年），在吴三桂的安排下，高奣映加按察使衔，出巡川东（清代川东道，约为今日之重庆市及四川省达州市）。吴三桂以加官晋爵的方式，开始对高奣映进行拉拢。

三藩之乱爆发后，按照吴三桂的得意算盘，高奣映是其布下的一枚棋子，不仅要为其筹集粮款和补充兵员，必要的时候，还要在川东起兵响应。但是，心系国家和百姓的高奣映没有趋炎附势，更不愿参与叛乱。他对吴三桂一直虚与委蛇，以民众在逃难为由，对吴三桂的要求拖延不办。

在川东的几年时间里，高奣映更多是在寻师访友，饮酒赋诗。他寻访了明初易学大家来矣鲜旧居，并为其作传，还编辑整理出版了《来氏易注》，引起学界震动，得到了颇多赞许。到了康熙十六年（1677年），高奣映决定不再依附反叛势力，于是托病挂冠而去，返回了姚安老家。

康熙二十年（1681年），三藩之乱接近尾声，清军攻入云南。这时，高奣映率领部下，参与了平定叛乱最后的战斗。他只身来到敌方大营，先后说服怀忠海、马宝等敌军重要将领归降，为防止战火继续蔓延作出了重要贡献，被清政府授

高奣映结嵝山学馆遗址

予云南布政使司参政道一职。得到清政府嘉奖的高奣映，接下来似乎应该在仕途上飞黄腾达才是，但早已看淡了官场沉浮的他却选择了归隐，曾作诗“敦品不嫌居陋巷，著书尤喜在名山”以自况。

康熙二十三年（1684 年），37 岁的高奣映向清政府提出由其长子承袭世职的请求，很快得到批准，无官一身轻的他去到姚安西南 50 里的结璘山隐居。这里森林茂密，景色清幽，十分适合读书治学。

## 服务桑梓

昙华寺

在结璘山，高奣映潜心读书，写出了《太极明辨》《金刚慧解》《春秋时义》等数十种著作，涉及文学、历史、哲学、音韵学、训诂学、佛学等多个领域。民国时编纂《姚安县志》的著名学者由云龙称高奣映为“名儒”，并将其与同时代的顾炎武、黄宗羲、王夫之等人并称，这也从一个侧面反映出高奣映的治学成就。

在读书著书之余，高奣映还建立了结璘山馆，收徒教学，吸引了很多云贵川的学子慕名而来，有的为拜在高氏门下甚至不惜千里跋涉。据载，高奣映在这里教授了数百名学子，其中考中进士者 22 人，可谓名师之下，人才辈出，为边疆民族地区文化教育事业发展以及内地文化与边疆各民族文化的交流融合作出了巨大贡献。

对于子孙，高奣映也悉心教导。他专门创作了《迪孙》《训子语》和《高氏家范》，总结其教育心得，启迪教诲后人。后世有学者认为，《迪孙》在思想和文学造诣上，与南北朝时著名的《颜氏家训》相比并不逊色。

虽然归隐，但高奣映并未忘记民众疾苦，实施了多项善举扶助百姓。比如，他开设医馆专为乡民解决病痛，不计较收入。尤其是他还设立“生产房屋”，供妇女生育使用，并配专人服侍产妇，还雇佣乳母收养弃婴，这在当时社会历史条件下显得十分难得。又如，他还准备了婚礼用具，专供贫困者结婚时租用，如负担不起租金，还可予以减免；修建了敬老堂，专门供养鳏寡孤独者，每月给米给钱，为其养老送终。这些措施，即使在现在看来也是非常有价值的。

康熙四十六年（1707 年）四月，高奣映逝世于姚安光禄的高氏府邸，享年 60 岁。为姚安经济社会发展和民族团结作出重要贡献的他，也被当地百姓传颂至今。

（作者：杨明）

**参考资料**

1.陈九彬著：《土司名儒高奣映》，云南人民出版社 2015 年版。

2.曹晓宏、王翼祥校注：《高奣映集》（卷一），云南大学出版社 2015 年版。

# 夏诏新：名播三姚万里风

夏诏新

在文献的记载里，夏诏新是“三姚人无论贤愚贵贱，莫不佩其德行”的乡贤、诗人，他为政、为文，在川滇两省留下了太多的佳话。然而，随着时间的流逝，夏诏新却一直隐在历史的烟尘当中，不为人所熟知。

## 少居桑梓，一脉书香

夏诏新虽不为今天的人们所熟悉，但在民国《姚安县志》、《中国书院辞典》、《四川历代水利名著汇释》、《泸州志》、《滇南诗略》里都有关于他的记载。民国《姚安县志》记载：“夏诏新，字丹来，号乐村。雍正己酉拔贡。学识淹贯……擢遂宁知县……在蜀几三十年，所至有政声……三姚人无论贤愚贵贱，莫不佩其德行。著有《编年诗集》。”从文献里的资料来看，夏诏新于康熙年间出生于姚安，雍正年选拔贡后到四川德阳、遂宁、成都任知县，后任会理知州、泸州知州，护理永宁兵务道。他在四川任职的三十多年里，修水利、重教化，颇有政绩，在群众中广受赞誉，泸州群众为他建了专祠，被称为“诏新善政”。又因他重文化，善诗文，在晚清的云南诗坛占有一席之地，后世更多地称他为“诗人夏诏新”。他在姚安等地创办、恢复、支持书院办学，他被收入了《中国书院辞典》。

夏诏新，也被称为“夏刺史”，虽然民国《姚安县志》和《新纂云南通志》里夏诏新的字“丹来”“紫泥”有出入，但也可以肯定两处文献里记载的夏诏新是同一个人。清代举人张履程编著的《彩云百咏》中说他“性孝友，乐善好施，历官泸州，所至以廉能著，多惠政，好宏奖士类，蜀人口碑载道”。张履程称赞他说：“汉家二疏赋归休，呼宾置酒何优游。太邱彦方居桑梓，四方人诵盛德士。功在官，德在乡，兴学育材计周详，囊中解尽千金藏，夏公义气凌高苍。处无远志出小草，俗吏也知林泉好，积金但为子孙保，嗟尔牖下同终老。”

从现有的黄家屯《姚安黄氏宗谱》和民国《姚安县志》里的相关记录来看，夏诏新应该是姚安栋川镇黄家屯黄开商的孙子。县志里记载：“黄开商，字质公，姚安府学岁贡……当时滇中称善教者首推焉。”在黄氏宗谱里：黄开商有道元、道吉、道善三个儿子。长子黄道元生有启新、祚新两个儿子；次子黄道吉生一子名德新；小儿子黄道善生三个儿子，分别是运新、诏新、纶新。在这本宗谱里有明确记载：启新：复姓夏，号仁菴，雍正元年（1723 年）贡选宁；德新，复姓夏，号迪斋，乾隆元年（1736 年）恩贡选新；运新：复姓夏，号子美，

从黄家屯看今日的姚安县城

康熙己卯（1699 年）科举入选蒙。黄开商的几个孙子为什么要“复姓”夏呢，目前我们并没有查询到可以解释的资料。

族谱里虽然并没有明确记载诏新也复姓夏。但在黄氏族谱里，黄开商的后人，从他“新”字辈的孙子们以后，便再没有其他的记载，可能都姓了夏，从黄家屯迁到了县城居住。另外，民国《姚安县志》记载：“黄开商，乾隆十六年（1751 年），以孙诏新贵，貤赠奉直大夫，妻靳氏敕赠孺人”“黄道善，乾隆十六年，以子诏新贵，诰赠奉直大夫，妻许氏诰赠宜人”“夏诏新，乾隆二十六年（1761 年），以四川泸州直隶州知州诰授奉直大夫，妻许氏诰授宜人”。除了夏诏新以外，我们在县志及其他可以查到的文献里没有发现有“黄诏新”的记载。

夏诏新雍正己酉（1729 年）选拔贡后，雍正九年（1731 年）到四川德阳任县臣，雍正十三年（1735 年）升任知县，乾隆元年（1736 年）调任遂宁知县，继调华阳县知县，乾隆十三年（1748 年）升会理州知州，卓有治绩，于乾隆二十一年（1756 年）升任泸州知州。从夏诏新科举考试选拔贡的时间和黄开商、黄道善受封号的品级来看，也符合作为黄开商孙子的时间条件。黄开商取得

夏诏新诗中姚安的荷景

封号的方式是“貤赠”。在古代，貤赠，是官员将本身和妻室封诰，呈请朝廷移赠给先人。那么，黄开商奉直大夫的称号则应该是夏诏新移赠的了。靳氏所得是“勅赠”，在清朝，一至五品称“诰”，六至九品称“勅”。勅赠是朝廷给六品以下过世之人的封号，清朝时对官员祖母、母亲、妻子的封号一品二品为夫人，三品为淑人，四品为恭人，五品为宜人，六品为安人，七至九品为孺人。可见夏诏新的奶奶靳氏夫人所得的可能是七品封号，且乾隆十六年（1751年）受封时靳氏已经不在人世。夏诏新的父亲黄道善和妻子许氏得到封号的方式是“诰赠”。诰赠，是以皇帝诰命的方式对五品以上官员已去世的曾祖父母、祖父母、父母及妻室追赠封号，“宜人”是五品封号。“封”和“赠”一般是因丈夫、子孙做官而给予的称号，是对相当级别官员的父母或祖父母的虚衔封号。赠，是朝廷赠给过世人的封号；封，是朝廷给在世人的封号。从这里可以看出，乾隆十六年时，黄道善夫妇已经离世，朝廷给予他们五品封号。夏诏新夫妇所得封号是“诰授”，是皇帝下旨授予五品（含）以上官员的称号。

## 为官，颇著政声

黄开商、夏诏新在姚安被誉为“开商授经，诏新善政”。夏诏新“任会理时，屡决凝狱，人以‘青天’称之。治泸州，教养兼举，兴利除弊，修治学宫，士民为立生祠”。在每一个岗位上，都实心为政，颇著政声。在德阳，他主持兴修绵阳河堤防和整理河道，他在《修筑河堤碑记》里写道：“绵阳河发源于绵竹之紫岩册绵阳谷口，入县北境，东南流至城经里许，稍折而东注，去县城固甚远也。康熙甲午岁（1714年），河水大泛，不能束……每夏水涨，官民咸以为忧。雍正辛亥（1731年）余来佐县事，周览河形，意欲塞而东之，使复故道，以为保城恒计。”在这一项修筑河堤的工程中，夏诏新“亲为督视”，建成后的河堤使德阳县城“水不虑其泛滥，城亦不忧其震撼，观者无不为之色喜”。河堤修筑完成后，夏诏新写下《修筑河堤碑记》，言“冀夫后之莅兹土者，居安思危，念民力之不易，而留心增筑焉”。这篇文章后来收入了四川省水利电力厅编写的《四川历代水利名著汇释》。

1736年，夏诏新从德阳调任遂宁知县。遂宁市位于四川盆地中部，涪江中游，雨量充沛。乾隆二年（1737 年），知县夏诏新向上级写报告请示修筑清风明月堰，筑成后能灌溉北坝田地二千余亩，使明月山下的清风、明月两河流域成为了富庶之区。乾隆五年（1740 年），夏诏新改建广利埝为石堤，并改名为“广积埝”。广利埝为康熙五十四年（1715 年）修建的一道土夯堤坝，乾隆三年（1738 年）七月遂宁发大水，冲毁五百余间房屋，也冲垮了广利埝，近四千亩土地的作物被冲毁。作为知县的夏诏新多方奔走筹集钱物，于乾隆五年（1740 年）改建广利埝为石堤，改名为“广积埝”。在夏诏新一生的为官历程中，留下遗存最多的当属于泸州。夏诏新在泸州带头捐俸，集乡贤立庙建祠，倡文雅、兴泸俗、培民风，为泸郡之典范。泸州古城地处四川盆地南缘，坐落在岷江、沱江的交汇处，群山环抱，风景秀美。夏诏新于乾隆二十一年（1756 年）升任泸州知州，到任当年，他便于泸州城中增修学宫，对诸士子寄予厚望。乾隆二十二年（1757 年），泸州的东城发生崩塌和火灾，城垣公署被损坏，夏诏新率士民捐资，修葺城池，自己出钱把县署大门由南转向了东，上书“江阳古郡”，方便了进出通行，同时修葺了后围墙和花木亭宇。乾隆二十五年（1760 年）夏诏新在前代城基上主持重修了枇杷沟一侧的老泸州城城墙，这段城墙历经沧桑，已经没有了往日的风采，但城垣遗址仍保存完整，人行其下，浓烈的历史气息会扑面而来，成为记录泸州城市发展建设的见证。如今，这段古城墙已经列为了四川省文物保护单位，成为泸州延续的历史文脉。

## 为治，教化为本

“治天下者，重人才；广人才者，敷教化；兴教化者，培学校。盖学校为教化之源，人才之薮，天下之治，必本于此，自古及今天，未有易也。”这是夏诏新在《重修黉宫碑记》里阐述的治理思想。

查阅有关夏诏新的资料，多处提到他整修学宫，在泸州、在姚安，都有他重教兴学的记载。季啸风编写的《中国书院辞典》说他“官四川泸州时，置鹤山书院学田并学铺 36 间。乾隆中，捐银 1600 两改建鳌峰书院，以家藏典籍《十三经》《廿一史》赠书院收藏，另又捐资奖助生徒”。夏诏新到泸州的第一年，便是重整学宫，为学宫购买了经、史及理学等方面的书籍，让学子“诵而

國朝滇南詩畧 卷二

興朝家世舊從龍勛爵新標異等封望重元公廷有雉
名聞司馬塞無烽臣心似水餘霜鬢學業登峰仰大宗
文字當年遇知己深慙頑鐵荷陶鎔

夏詔新字號樂村姚州人雍正己酉選拔歷官四川瀘州直隸州先生性孝友接物謙和生平敎本飭行樂善好施在蜀幾三十年所至以廉能著多惠政好宏獎士類蜀人口碑載道致仕歸財產與兄弟共之優游林下十餘年時與二三老友詩酒盤桓月治具延士人至家與諸子會文絕不干預地方公事惟見義必爲如得修黌宮捐貲獨多躬親庀材程工復遺子至大理賸運點蒼石爲廟中壯觀瞻並祭器香春一時畢備又捐置鄉會兩試卷金田副紳上議買裁彔府署改建書院方落成公貲告罄房價千數白金無所出公獨力任之且以家藏十三經廿一史呈送書院收貯嘉惠後學三姚無賢愚貴賤莫不佩其德行接居姚時先生引爲忘

年交舊有贈句云文章思謝宅兄弟憶蘇家撫今思昔不勝華星山邱之感云

建南口占

宦蜀十六載遍歷蠶叢路棧道雖崎嶇猶未盡窘步今
茲來建南深險乃畢露雅河泛洪波孤舟入陰霧星馳
風木了驂停觀音鋪飛龍越斜麻滎經又暫駐朝行磨
刀溪夕向關山寓象嶺千丈高雨雪長年注上聞亂松
吼下聞巨濤怒行盡廿四盤憩息椒花樹瘴癘瀰瀘水
鬼燐慘大渡八里煎茶坪峻嶒劍戟布絕壁繞羊腸鷙
悍敢叱馭沈黎與越嶲南北遙相屬賓羌環山居男婦
獷如狐族類一何殊山川已異趣虎豹時攫人白晝誰

國朝滇南詩畧 卷二

《国朝滇南诗略》里收录夏诏新的诗

习之”。《中国书院辞典》对夏诏新评价很高，称他“处则有守，出则有为，经术治术一以贯之”。泸州的鹤山书院是培养泸州人才的地方。夏诏新在《鹤山书院学田碑记》说明“学田之膏腴蓁蓁，石刻者惟有明，称兵燹极盛，而后赋子虚矣。国初馆侨于州，倅废”。因此，在他主政泸州时，为发挥其培养人才的作用，为书院置办了学田和学铺 36 间，使书院能聘请好的山长、广收生徒、增加藏书，“泸之科名因此而盛”。清乾隆二十二（1757 年）年知州夏诏新于寺前建万寿戏楼一座，在城西北隅增设小北门，方便了泸州城的出入。乾隆二十三年（1758 年），夏诏新倡建魁星阁于训导署后左侧，修建了三层楼宇，与学宫遥相对望。

夏诏新回到姚安后，两次出资修建了鳌峰书院。姚安府府署为四重院，裁府设州之后，府署废弃。乾隆三十八年（1773 年），时任姚州知州鲁铎作价 1100 两出售。当时有识之士发动筹款想买来修建书院，但只筹集到 700 多两银子，夏诏新知道后捐出 400 多两补足了款项依令办了手续。但到了第二年，因鲁铎出了亏空，官府发文府署卖价翻倍。夏诏新只得再出了 1100 两才拿到了房产。两次合计夏诏新共出了 1600 两。房产拿到后，大家筹集起来的钱已用完，无力再对房屋进行修缮改建，因此夏诏新与大家商议，最后一重院落由夏氏买了作为夏氏宗祠，卖得的钱用来修整前三重院落，建成鳌峰书院，与此同时，夏诏新还把家藏的《十三经注疏》《二十一史》等书籍送入书院中以供士子阅读。

夏诏新莅任泸州后，因感以前的《泸州志》“择不精而语不详”，便有志于修志事。正好又得到本州人周其祚纂辑的《泸志底稿》，遂加速了纂修进程。泸州举人周其祚，每到一地，必访求有关泸州的佚闻遗事，并把它们记录下来。待到夏诏新欲修州志时，他便出示所收录的所有资料以供采录及参考互订。但是，周其祚的《泸志底稿》除“艺文”搜录较多外，其他各门类仍有缺遗。泸州进士林中麟也记录了很多宦游所见，得知夏诏新想重修泸州志一事后，便拿出所记原稿以供夏诏新采录。这样，夏诏新在泸州学者的帮助下，历时三年修成乾隆《直隶泸州志》于乾隆二十四年（1759 年）刊刻行世。此志分二十四门八卷，集中反映了乾隆时期泸州的政治经济文化面貌，是一部了解当时泸州社会发展的百科全书。此志以山川津梁、古迹寺观，职官人物、学校艺文等门类记载为详细，订正和补充了康熙旧志之讹舛、遗漏及康熙末至乾隆初期五十年间大量史实，“考据精确，足称善本”。在清代前期纂修的府、州志中，算得上佳品，现在志书原件藏于故宫博物院。除此之外，夏诏新还于乾隆二十三年（1758 年）安排江安雷伊参与纂修州志，之后便着手采辑史料，编纂江安县志，于乾隆二十八年（1763 年）辑成志稿八卷，虽然未能刊行，但留存了大量艺文、山川古迹、职官人物等史料记述，为后来江安县志的纂修打好了基础。

夏诏新在注重以文教化的同时，也注重以人教化。在泸州时，他倡导修建周太师尹吉甫、蜀汉尚书令董允故里专祠。他在泸州北边门嘉明镇临溪石壁上书刻“蜀汉尚书令董允故里”九个大字。今天泸县嘉明镇还依然保留着“蜀汉尚书令董允故里”石刻。

夏诏新在泸州的题刻

退养回乡后，他主持编撰了《夏氏宗谱》两卷，立家规、教子弟。乾隆庚子（1780 年）夏诏新题“妙相圆明”悬于姚安龙华寺正殿门口。

## 为文，知幽兴慨

夏诏新的祖父黄开商“经学湛深，历任澄江、平彝学博，均以经学教授诸生，覃敷文教，著称滇中。”夏诏新深受祖父、父亲的影响，他“肆力于经、史、子、集、诗赋、词章，俱登堂奥”。“致仕归……优游林下十余年，时与二三老友诗酒盘桓，月治具延士人至家与诸子会交，绝不干预地方公事”。陶应昌编著《云南历代各族作家》记载夏诏新“学识淹贯，为官勤免……嘉惠士林，振饬文风……《滇南诗略》选录其诗。”

“先生古今体，皆自写性情气息”，“言情浑括殆尽，故通体但写景，此种格律，非老手不能”，在《滇南诗略》里，各位编者如是评价夏诏新和他的诗。《滇南诗略》是乾隆、嘉靖年间著名诗人袁文揆纂辑的云南诗歌总集，是清朝后期编纂云南诗文的开端，里面收录了夏诏新的《捕虎叹》《建南口占》等十二首诗作。在这本诗集里，鉴定的诗家对夏诏新的诗作了较高评价。翁元圻评价《捕虎叹》说：“独见其大，非仁者不能为此言，收束亦疏古。”江濬源评价《建南口占》说：“叙事处即是收拾全局，细密谨严自有波澜，步骤结处推开实是收紧。”夏诏新的诗流传得最广的要数收入《晚晴簃诗汇》里的《晚舟》：

岁暮愁思迫，催舟趁夕阳。
水寒波尽黑，沙冻草全黄。
宿鹭栖洲稳，归鸦绕树忙。
江村樵牧绝，镫火遍鱼梁。

这首诗被称为写夏天的佳作。夏诏新的诗大多为山水诗，描写的是地方风物。如张文勋教授选注的《云南历代诗词选》中收入的《沾益州》《白水河观瀑》，光绪《姚州志》中收入的《晚过观音寺》《白云寺》《佛陀寺》等。这些诗在写景写物的同时，也注入了诗人自己的思想感情。如“路萦花柳春光普，室有弦歌雅化留”“楼台幽邃坐难入，境界空虚梦莫寻”。另外还有如《千佛岩》里“大佛小佛临古渡，宦海风涛谁肯住？色空空色指迷津，佛不能言人不悟”，《建南口占》里的“政简刑自清，与民安朴素”等。除了山水诗之外，夏诏新也还写了一些怀旧诗、送别诗，如《送杨学博归致》，《送丁州尊归致》等，在这些诗里，诗人在勉励友人的同时，也表达自己的生活态度：“一肩行李惟残卷，两袖清风有令名。别去应知幽兴惬，闲寻岩壑听泉声。”

夏诏新除了写诗外，还写了大量的记事文章，如《鹤山书院学田碑记》《视远楼碑记》等，还曾与刘庶植、张来瑄纂修《四川通志》。遗憾的是，我们今天能见到的非常有限。夏诏新作为姚安籍的一位著名诗人，著有《编年诗集》。但如今在姚安，他的诗除了《光绪姚州志》收入的五首外，其余的难觅踪迹，《编年诗集》也不知所终。近年来经多方搜寻，找到了重刊于五华书院的《滇南诗略》，里面收有夏诏新的十二首诗。从这些诗来看，夏诏新不愧为姚安首屈一指的诗人。

（作者：杨海虹）

## 参考资料

1.由云龙编纂：民国《姚安县志》，云南人民出版社 1988 年版。

2.李春龙、牛鸿斌等点校：《新纂云南通志》，云南人民出版社 2007 年版。

3.四川省水利电力厅编著：《四川历代水利名著汇释》，四川科学技术出版社 1989 年版。

# 『姚阳三先生』之饶乙生

被甘孟贤称为“姚阳三先生”之一的饶乙生，字大用，别号敬斋，清代康熙年间姚安府学岁贡，选授云南训导。

饶乙生是随父亲饶常任职姚安而迁居姚安的。饶常是江西金溪县学诸生，明朝崇祯年间来到云南，先在现在的丽江永胜居住，后来到姚安府任职。在明清两朝的选拔体系中，除了科举考试以外，还有经考试录取而进入太学、府、州、县各级学校学习的生员，这样的生员有增生、附生、廪生、例生等，统称诸生。在现有的资料里没能看到饶常是什么样的生员，只以“诸生”记录。

饶乙生是康熙年间姚安府岁贡，选授云南训导。“岁贡”一名来源于明代初期，是明清时两朝选拔人才的一种方式。官府每年或每两三年从各府、州、县学中选送生员升入由朝廷设立的最高学府和教育行政管理机构国子监就读，这称为“岁贡”，用这种方式录用的读书人便是“岁贡生”。一般情况下，各地的府、州、县学每年选拔一人，虽然后来所选拔的人数有了不同程度的增加，平均州学每三年贡二人，但仍称为“岁贡”。出贡，就等于在府、州、县学毕业，成了国子监的监生（俗称太学生），从而取得了出仕做官的资格。训导是明清府、州、县儒学的辅助教职，在清朝为从八品，主要职能是负责教育方面的事务。按惯例，“岁贡生”开始只能做“候选训导”，就是候补州、县学的副学官。在清代后期，绝大多数的“候选训导”只是一种虚衔，终老无望实授。

从现有的资料记载中可以看出：饶乙生性情端重沉毅，博通经史，尤其潜心探究性理之学，深入研究宋、元各儒学

姚安弥兴坝子春耕图景

大师的语录，大凡白天做了事读了书，晚上就记录在纸上。姚安有“乙生理学，互相辉映”的说法，经过认真的研读和实践，饶乙生撰写了《善诱录》《穷理惺心集》《敬斋日记》等书籍。

《善诱录》，顾名思义是一本有关启蒙、教育的书籍。饶乙生长期从事教育工作，对教育很有心得，形成了一套自己的教子课徒的方法，便把这些心得和方法写成文章汇集成书，定名为《善诱录》。全书分为“师道”“教子课徒”“涵养”等十六个目次。这本书是饶乙生的遗作，并未刊行于世，人们也很少有人知道。一个偶然的机会，甘孟贤先生看到此书，如获至宝，大加赞赏。因为书为门人所抄转，多有错乱。他认真阅读后作了审核校定，删节重复，重新编辑，还为《善诱录》一书撰写了序言。在序言中他这样说：“先生奋起遐荒，以斯文为己任，学宗洛闽，道著躬行，教授于乡里，鄙式其德，……乃益信先生果吾姚名儒。前乎先生者，莫能先；后乎先生者，难为继也。”在文字中，我们可以看到甘孟贤对饶乙生研究程朱理学的肯定、对乡里百姓赞扬饶乙生好德行的认同和对饶乙生的思慕之情。同时他也推荐了《善诱录》：“吾姚士人率多以授徒为事，诚得先生此书，读之，以颐养其慈和平恕、公诚廉正之心，矢以精勤不倦之力。师先生之所以为人师者，以为人师，庶几童蒙赖以开启，后进，赖以裁成。师道立，则善人多，善人多而风俗美，其为益，岂有涯哉！”

《善诱录》里面的文章有关世道人心，甘孟贤先生十分推崇和看重该书，他把《善诱录》与高雪君先生《维风权宜》、陈廷杰先生《萃云馆遗书》合编为《姚阳三先生文集》。刘德修先生在《姚安史地概要》一书中说："迨饶乙生倡明理学，著有《善诱录》，以为教学程式。甘氏继之，理学益为昌明。"饶乙生一生在姚安隐居教授弟子，以讲学终于家。饶乙生的教育方式是"先行后文，随材施教，加意寒畯，注重保生，因事指物，剖析理欲之辨"。即他在教育过程中主张深入思考并付诸实践，重理论与实践的结合，要先实践，再读文章，"使诚明者达，昏愚者励，而顽傲者茧"；对不同的人实行不同的教育方式，注重保护学生的求知欲，教学生融会贯通。正因为他能因材施教，使得他的弟子很多都在学术上有所成就，进士樊仲秀、甘美等都出自他的门下。他的儿子饶师贤、饶宗贤也秉承家学，教授乡里。他们居家孝友，苦志力学，教授生徒，乐善好施，常常资助乡里生活贫困的人。饶师贤是乾隆年间的岁贡，曾任嶍峨（现在玉溪市峨山彝族自治县）训导之职。孙子饶有亮是乾隆戊辰年（1748 年）的进士，喜好诗词歌赋，写有近千首古体、近体诗词，颇有诗人风致，可惜大部分年久失传。

《穷理惺心集》共有四卷，是一部论述个人品德修养、修身养性、安身立命、勉学劝善的通俗版的人生哲学，既是一部人生教科书，也是一部修身励志经典。全书视野开阔，兼容并包，主旨是劝善劝学、引导人心。书籍的显著特点在于它的文字、譬喻简洁易懂，道理深入浅出，简单实在。清康熙年间知州程易在《饶氏穷理惺心集序》中评价说："余读其全集，皆本圣贤、仁义、道德之说，著为格言，不事风云月露之词，声华艳丽之句，颇得三百篇遗旨"，"以是集之

大屯村春收

感发善心，惩创逸志，即藏之名山，传之其人，谁曰不可”。清乾隆年间楚雄县知事赵屏晋在为其撰写的序言中写道：“是集贯穿天人，存养省察，一切慎微戒过、事天立命之说，靡不剖肝沥髓，诚纯儒有得之书。”

饶乙生安贫乐道，厌弃科名，居家奉亲，教授生徒，晚年被选授为云南训导，他却以自己年老未去赴任，优游林下，以山水相伴，以诗文自娱。比如描写姚安弥兴龙马箐及仁和大屯景物的两首诗《过龙马箐》《过大屯》中的“龙泉冷透石间梅，一路烟深雪似堆”“林空只有红梅好，不待春来便著花”，写景抒情清新流畅，淡泊自然，堪称佳作。其子饶师贤、饶宗贤及其孙饶有亮也有《笔架山》《游华严寺》《古山霁月》《绕城烟柳》等诗歌被收入光绪《姚州志》里面。至今我们还能读到诗中的“三峰突兀烟云护，一井深沉雾露生”“石山推琴窥野蝶，松间止笛听山鸡”“苍藤隐隐攒螺髻，老树疏疏护石坛”等描写姚安景物的诗句。

作为姚安少有的几名进士之一，饶有亮的文章《贡生王腾骧捐置普溯夫田说》一文，从历史上卜式纳粟助边、王丹以麦助邓禹好义急公、慷慨捐赠的事迹入手，称赞了州北芦川增贡生王腾骧，慨然以汤加冲田亩一庄捐入官经理，以每年的四十多租金作为筹办普溯夫役车马费而不向穷民加派，减轻民众负担的善意之举，“至其捐助之诚，于夫褒奖之厚”，“此急于奉上而并以惠穷民也”。文章短小精悍，说理透彻，寓情于理，被收录在甘雨先生编纂的光绪《姚州志》“艺文志”。

甘孟贤先生曾撰写《饶敬斋先生家传》（收入《姚阳三先生遗书》），文章中记述了饶乙生一家从永胜来到姚安的经历和他不到二十岁便入府学、刻志力学通经史，工文艺，厌弃科举之学教授生徒的一生。称赞他躬行实践，屏除异端，崛起边荒，远绍绝学，“论次吾乡先辈，得不以先生称首哉！”

（作者：何平）

参考资料

1.杨成彪主编：《楚雄彝族自治州旧方志丛书（姚安卷）》，云南人民出版社 2005 年版。

# 高乃裕的诗意姚安

高乃裕，号海溪，姚州土同知，生卒年不详。《续云南通志》记载说他“乾隆间袭同知”，想来他大致是清中期的人。

高乃裕被称为“博学工诗”之士，民国《姚安县志》记载：“高乃裕，廪生，博学，工骚咏，著有《焚余集》四卷，行于世。”高乃裕的诗集现已佚失，《续云南通志》也仅有存目，其余无法寻觅。如今我们能看到的只有民国《姚安县志》里收录的9首诗。

高乃裕钟爱创作山水田园诗，既能描绘大自然的秀丽景色，热情讴歌祖国的大好山河，寄寓自己对田园生活的向往，又擅长抒写心系百姓的家国情怀。他的诗歌字里行间充满了对大自然山川河流、一草一木的热爱，与他关心民生疾苦的思想相得益彰，相互辉映。他的诗篇，清新洗练有诗味，意境鲜明有特色，虽然有伤时感世之篇，却仍不乏小巧玲珑的佳作，读起来耐人寻味。

## 对山水之美的追求

山水田园诗是中国古代诗歌中的一个重要种类。高乃裕喜欢寄情于山水，热爱自然、亲近自然，常以淡雅恬静、清新质朴、洗练生动的笔触去赏山川美景、品人文生态，注重反映山水田园的自然之美，对古代山水田园诗风有所继承。“登山则情满于山，观海则意溢于海。”山水田园给了高乃裕无端的感动和莫名的哀伤，他无论是忙于事务之时，还是行走山野之间，根植于他内心深处的故乡情结无处不在，所有的山水田园描写在潜意识中都有一个故乡山山水水的参照，抒发出他对山水田园生活的渴求挚恋，对自然的热爱，对故土的眷恋。

如《游万松山》：“梵宇临虚壁，关门俯郭开。山高云榻树，溪冷石衣苔。万壑闻钟度，千峰涌月来。欲乘余兴往，更上武侯台。”这首诗描写的是诗人登上万松山，一座宏伟的寺庙坐落在虚幻的山壁前，山门紧闭，但是可以俯瞰到县城的轮廓风貌和景色。山峰高耸入云，云彩如同榻子，树木繁茂，溪水清冷，石头上长满了苔藓，展现出山水之美。作者听到众多的沟壑中传来的钟声响彻了整个山谷，看到千峰之间涌动着明亮的月光时，他便想乘着这份兴致，前往更高的地方，登上武侯台，去欣赏更多的美景，也表达出诗人对追求进步和更高境界的向往。全诗以游记抒情为主，对仗工整，写万松山之高寒；用云以树为榻，写山高；用石以苔为衣，写溪水清冷。山寺的钟声千回百转，在山谷万壑间不绝回荡，仿佛洗净了所有喧嚷与尘埃，看着山峰之间涌出明月，诗人游兴更浓，便登上了传说中的武侯点将台。全诗声色兼备、动静结合、诗中有画，颇有王维之风，字里行间洋溢着诗人陶醉在美景中的怡然自乐之情，表达了诗人对大自然景观的赞美和向往，末句情感进行了升华，扩大为歌颂祖国的大好江山，凝练的语句中蕴含着深厚的爱国情怀。

此类诗歌的代表还有《烟萝山看雨》《游栖霞寺》两首诗，生动刻画了诗人登上烟萝山和游玩栖霞寺时所见的美景。在《烟萝山看雨》一诗中，作者写道：“烟萝高处任登趋，一半晴光入有无。渺渺村烟迷雉堞，苍苍云树失归乌。岩前滴沥敲冰玉，天外苍茫列画图。”姚安县城东边的烟萝山，比周围的群山更高，树木茂盛、绿意盎然。历史上在这里曾经有一座武侯塔，相传是三国时诸葛亮南征时驻兵的地方，山的南边有张虔陀建造的城址。诗人在烟雾缭绕的山峦高处攀登前去，一半晴朗的阳光穿过云雾洒下，时有时无、若隐若现。抬头望去，远处的村庄被烟雾笼罩着，看不清城墙上的雉堞，苍茫的云雾中树木和乌鸦都看不见了。岩石前滴下的水滴像敲击着冰玉，天空中辽阔无垠的景色像是排列成的画卷。久坐之后，作者突然忘记了山的颜色渐暗，漫无目的地寻找着腊屐，眼睛也变得模糊不清。诗中描绘了登高远望的景象，以及山中烟雨、云雾弥漫的美景。通过描写烟雾弥漫的山村和云树迷失的景象，表达出大自然的神奇壮丽和变幻无常。通过对冰玉滴沥、苍茫天外、山色渐暗、视线模糊等景象的描写，展现了山中的宁静、广阔和诗人对山景的深深沉醉。全诗意境深远，以清新的笔触和细腻的描写，展现了大自然的壮丽景色，表达了诗人对山水的崇尚之情，将自然山水看成知音，与山水自然景色浑然一体，给人以美的享受和思考。

《游栖霞寺》描写形象，别具匠心，叙述了诗人独自游览栖霞寺，一个人寻找秋天的景色，仿佛在敲打云门寻求进入秋天的门户的情景："寻秋独自扣云扉，雨后千峰入翠微。得句豪呼无笔墨，凭将十指画龙飞。"在寺中，作者看到雨后绵绵的山峰显得更加翠绿，栖霞寺四周苍翠的峰峦与雨后清新自然的景色相互交融在一起，诗人感叹自己无法用笔墨来描绘出眼前的美景，只能凭借自己的手指来勾勒出一条飞龙，仿佛将自己置身于大自然的怀抱中，给人一种淡雅恬静、质朴自然之感。诗人感受到秋天的壮丽景色和无法言喻的美后，把激发起的诗情和写诗灵感表现得十分逼真、生动，淋漓尽致，表达了作者对秋天美景的热爱和赞美之情。

今日的烟萝山

## 对乡愁之情的眷恋

高乃裕的诗作擅长于描绘山乡景色，风土人情，这与根植于诗人骨子里终其一生的故乡情结和家国情怀是密不可分的。他的乡土情怀和乡愁之恋。“风微云静水溶溶，淡月依稀挂远峰。试问此间移我处，一声清磬一声钟。”这是他在《宿龙华寺》中的描写，短短四句诗却展现出了一幅幅故乡风景图。全诗描绘了龙华寺在郁郁葱葱的古树丛林包围之下，淡淡的云彩静静地悬浮在天空里，伴着微风轻轻吹拂，平静的水面上泛起阵阵涟漪，抬头望去，淡淡的月光依稀挂在远山之间，景色美不胜收，给人一种宁静祥和的感觉。诗人想知道，如果自己能在这里安顿下来，会是怎样的感受？遐想之间，耳旁传来一声清脆的木鱼声，一声悠扬的钟声，令人心旷神怡。这样一幅风景图是恬静优美的，在这种宁静和舒适的环境中，诗人移已于物、融景于情，那清脆的木鱼声和悠扬的钟声，把被大自然美景陶醉的诗人惊醒了过来，表达出诗人对故乡自然景色怀有深挚的感情和对和平宁静生活的向往。

《姚阳怀古》是高乃裕描写姚安古城景色的七律诗：“群山四面拥孤城，风雨从来节候更。金秀山前蜀相垒，蜻蛉江畔楚人营。三春花径牛羊牧，五更歌台虎豹鸣。眺望不堪伤往事，苍烟野水自纵横。”诗中描绘了群山环绕的孤城和风雨交替的气候变化。在金秀山前，曾经有一座蜀国的军营；蜻蛉江畔，楚国人周小卜将军曾经在那里驻扎。春天的花径上有牛羊在吃草，凌晨五点的歌台上有虎豹在咆哮。眺望远方，回忆过去的往事却让人伤感，只能看着苍烟和野水自由地纵横流淌。诗人以“孤城”“曾经蜀国的军营”“楚国人的营帐”等为意象，为全诗创造了一片荒凉凄惨的氛围，这是诗人感时伤怀情感的直接流露，然而往日的“花径”“牛羊”“歌台”“虎豹”等景象早已物是人非，从而触景生悲，借景生情，移情于物，把诗人忧国忧民的情怀体现得淋漓尽致，表达了诗人期待和平、眷念故土的高尚情操和深厚的爱国情怀。

## 对田园生活的向往

高乃裕的山水田园诗歌在描绘山水田园美景时，他更加注重借景抒发自己闲适淡泊、悠然自得、归隐自由的情怀和热爱自然、向往田园生活的志向。他的多首诗都写了他对田园生活的追求和向往情怀：“莫洒牛山泪，且看彭泽花。茱萸需尽醉，随意宿僧家” “为避风尘色，停征一暂过。山高去俗远，僧老阅人多” “尘绿如可谢，长此伴林泉”。

“茱萸须尽醉，随意宿僧家”是诗人在《九日登栖霞寺》中的诗句。诗人描绘了一幅极具地方特色的风俗图景：登高楼，静静地俯瞰着四周，眺望着远方的景色。他看到了远处的天空中有雁群疾飞而过，古壁上挂着烟雾和霞光。此景此情，诗人提醒自己不要在牛山上洒下泪水，而是好好欣赏彭泽的花朵。茱萸的香气让人陶醉，通过尽情饮酒，喝醉了随心所欲地在僧人家中过夜，体现出诗人对自由自在生活的向往。全诗不但把栖霞寺的清幽淡雅描绘出来，而且表达了自己厌倦官场生活，抒发自己隐逸生活的闲情逸致，向往陶渊明那种无拘无束的田园生活，把自己超脱世俗的羁绊，悠闲自得的心境表现得淋漓尽致，随和自然。

在《途中便道经妙光寺小憩》中，诗人为了避开尘世的纷扰，停下脚步稍作休息。妙光寺位于高山之上，远离尘嚣，寺庙里的僧人年老，见过了很多人，阅历丰富、很有见识。寺内的四壁上留下了云气的痕迹，长松上挂满了薜萝，诗人推开窗户，靠在窗边欣赏风景，此时山岭中传来了砍柴樵夫悠扬的歌声，让人感受到人与自然共生共融的清静恬适、纯朴淡雅、宁静而生动的和谐之美。全诗以简洁、清新、质朴的笔触描写了诗人在妙光寺小憩时的宁静和恬淡，表达了作者对清净和自然生活的向往。

《春日游慧龙庵》描绘了春天游览慧龙庵的景色，诗人手拄拐杖，探索龙窟，藤花盛开，花香弥漫着整条小径，十分引人注目。远处的山坡上麦浪翻滚，榉树和柳树随着村庄的炊烟一起摇曳，构成了一幅田园风光的图景。山谷里的鸟儿高声吟唱，松林中的风儿奏起了野外的音弦。此时的尘土也变得绿意盎然，仿佛也在向人们展示着春天的生机盎然，这样的景色让诗人感受到长久以来与林泉相伴的美好时光。

## 对民生疾苦的关怀

高乃裕作为土知州，他深切同情姚安土地上的劳动人民。从他创作的古乐府长诗《哀牢行》可见一斑。“国依于民民于食，田家根本惟种植……反履迁延岁已久，处处伤残总未休……徒手耰锄力不支，妇子辍耕相对泣……年年孳息已无多，何事为农独坎坷？田荒饥馑都无恨，逋欠官粮奈若何。”《哀牢行》是一首描述农村景象和农民艰辛生活的古乐府长诗，诗中叙述了国家的存在依赖于人民，人民的生活离不开食物，而种植农作物是农家的根本。不管你如何辛勤劳作，弄得满身泥土，但耕耘的力量却主要来自牛。一头牛能养活八口之家，为什么岁星却与牛为敌呢？反复拖延已经持续很久了，到处都是伤痕累累，却从未停止过。看看村庄和井邑，望着杏树和蒲草，农事急迫。但是光靠徒手去锄地，力量是不够的，妇女们只能放下耕作相互哭泣。功劳无法与牛相比，但享受帝王的恩宠，需要牛的牺牲用来祭祀。如今，已经死去的人的骨头相互依偎着，告诫贫困的家庭不要卖掉刀子，以保护自身安全。贫穷的家庭只有一头牛作为他们生活的依靠，用它来耕种土地，辛勤劳作。当栏中的牛遭受灾难时，我恨不得能代替牛去生病。年复一年，收成越来越少，农民们为什么一直过着艰辛的生活呢？田地荒芜、饥荒来临，却无法怨恨，拖欠官府的粮食又该怎么办呢？

高乃裕诗中姚安山川新貌

诗中“徒手耰锄力不支，妇子辍耕相对泣”体现了农民辛勤劳作的场景，表达了农民对牛的依赖和对生活的渴望。诗人同情劳动人民的灾荒饥馑，关心民生疾苦，“试看村坊并井邑，望杏瞻蒲农事急。”他对劳动人民悲惨的命运无可奈何：“田荒饥馑都无恨，逋欠官粮奈若何。”全诗以平实的语言述说了农民的心声，表达了农民的辛劳和对丰收的渴望，以及对官府的不满和无奈。作者对农民的悲惨命运，描绘得比较真实、深刻，表达了作者忧国忧民、以民为本，关心民生疾苦的家国情怀，对社会安宁的渴望与对美好生活的向往。

一方水土养育一方人。每个地域都有独特的文化，而生活在各个地域的民族也会受到所在地域文化的影响。作为生于斯、长于斯的姚安少数民族文人，高乃裕的诗歌创作深受姚安地域文化的影响，对姚安这块土地上的自然风光、山水田园、历史古迹及民俗文化多元描述、歌之咏之，而使其创作呈现出鲜明的地域文化特征。高乃裕创作的诗篇虽然仅有 9 首留存收录下来，但可以看出其诗歌的创作题材主要有写景记游、即景抒怀、山水田园、生活杂感等种类，尤其山水游记、田园风光、古寺暮钟是他的主要创作特色。对高乃裕而言，畅游山水是其官场生活的重要补充，钟灵毓秀的自然风光、如诗如画的山水田园、厚重丰富的历史文化，使他无比地依恋、热爱和向往故乡的山水田园生活。他的诗歌，不仅为姚安壮美的山川风光和秀丽的自然风景增色，也提高了姚安大地独有的自然景观和人文景观的文化品位，这是我们研究这些诗歌作品的现实意义。这些诗歌创作，体现了中华优秀传统文化的传承和发展，对于弘扬民族文化精神，促进民族团结有着重要的作用。同时，这些诗歌作品也体现出诗人热爱自然的山山水水、一草一木，对于我们推进生态文明建设，尊重自然、顺应自然、保护自然，牢固树立和践行绿水青山就是金山银山的理念，促进人与自然和谐共生，建设“天更蓝、地更绿、水更清”的美丽姚安也具有积极意义。

（作者：陈杰）

## 参考资料

1.由云龙编纂：民国《姚安县志》，云南人民出版社出版 1988 年版。

2.安尚育：《云南古代彝族文人文学概论》，载《凉山大学学报》2002 年第 1 期。

3.李力著：《彝族文学史》，四川民族出版社 1994 年版。

4.多洛肯著：《清代少数民族文学家族研究》（下卷），社会科学文献出版社 2021 年版。

# 王安廷和他的诗

姚安素有“文献名邦”之称，从古到今，地灵人杰，众多的文人学子在这块土地上写了很多写景寄情的诗，他们当中，王安廷是诗作较为丰富的一个。

王安廷，亦写作王安庭，字桐门，晚清道光年间壬午科姚安籍举人，生卒年代不详。王安廷曾主讲于大成书院，姚安大成书院是清乾隆十七年（1752 年）由知州丁士可倡建，于咸丰七年（1857 年）毁于兵火，王安廷应该是这一时期的人。民国《姚安县志》记述王安廷说“其性情纯雅，才高学博，淹贯经史”。因为学博，王安廷曾在大成书院担任主讲，为三姚地区培养了一批人才。与姚州府学正王垲一道完成了《姚州志》的撰修，为后来光绪年间甘雨先生编写光绪《姚州志》以及民国时期由云龙编写民国《姚安县志》积累了资料，打下了基础。后来王安廷被选为广南教授，死在了任上。在明清两朝，“教授”是在府、州、县儒学中设立的执掌儒学教育的官员。

除在教育和史志方面的贡献外，他尤其在文学创作，特别是诗歌创作上造诣很深，成就比较突出，著有《留云仙馆诗集》传世。所创作的诗文当时三姚人士无不争相揣摩，流传很广。是古代三姚地区的一位比较富有个性特色，成就较高，影响很大的地方性诗人。他的诗歌题材比较广泛，贴近生活，内容丰富，视野开阔。诗歌风格既有白居易诗歌的潇洒自然之味，又有陶渊明田园诗派的恬静清新之趣。有的诗歌深刻地揭露了在封建社会统治阶级的黑暗统治下，古代三姚地区广大劳苦人民的不幸与痛苦，为下层社会的苦难发出了震撼心灵的怒吼和呐喊。在记事抒情之外，王安廷也在诗中以优美的笔调描绘了三姚地区众多名胜古迹的迷人景色和人文风情，吟诵了恬静的农家生活及秀丽的田园风光，为后人了解清代中后期三姚地区的自然社会人文状况提供了丰富素材。通读下来，王安廷的诗主要写了四个方面的内容。

## 感民生之苦

王安廷诗歌的第一个特点是紧扣时代脉搏贴近社会实际，描写下层人民生活状况，把笔触伸到社会的最底层，真实地记录了清中后期由于统治阶级的残酷压迫和剥削以及连年的灾荒，战乱等天灾人祸在三姚地区造成的民不聊生，满目疮痍的悲凉景象，反映了广大人民群众的心声与愿望，并为下层社会的不幸与痛苦发出了震撼心灵的怒吼与呐喊。他的一些诗作可以说是三姚地区难得的“史诗”，与那些仅沉溺于狭窄的个人生活圈子或一己感情所作的言风弄月、轻描淡写、不着边际的诗作相比，有着广阔的社会背景和深远的社会历史价值和思想价值。他的《苦饥叹》和《卖儿叹》就是这方面的代表作。

在《苦饥叹》中，诗人描述“岁苦饥，民流亡。壮者就食轻去乡，惟有老弱无气力，辗转困死道路旁。昨日人自栋川回，云有三人卧山岗。一妇憔甚不能起，二子啼饥呼阿娘。见渠匍匐哀求食，自言三日不充肠。年饥过客无食里，孤峰绝岭悲风凉。经此冻卧已二夕，屡死还苏踬且僵。低声细语气欲绝，不忍其死倾我粮。及渠回时皆已矣，三尸偃仆荆榛里。风惨云愁山谷深，妇死犹然抱二子”。诗人用诗讲述一个悲苦的故事，感叹“哀哉饥年民散失”，只能“我欲诉天天盖高，感叹饥民伸纸笔”。每个家庭添丁加口都是一件喜事，孩子的出生给了父母心灵的慰藉与生活的希望，然而，如有一天生活所迫必须用儿女去换米面充饥，那又是一种怎样的痛楚！王安廷用一首《卖儿叹》，反映了那个时代一个普遍的现象：“卖儿儿哭母心伤，生离死别从此始。吁嗟呼！卖儿钱，街头斗米钱三千，大儿但抵一斗米。小儿五升嗤价悬。携米归来作淡粥，口口食着心头肉。”

《苦饥叹》和《卖儿叹》就像两幅烟云弥漫的悲苦画卷摆在了读者的面前。第一首诗描绘了饥荒年月三姚地区广大劳苦人民饥寒交迫无可奈何的悲惨景象。

岁月饥苦，为了求生广大贫民大量流亡他乡，青壮年都逃荒去了，老弱病残者走不了，当然只有辗转困死道路旁的死路一条。眼前就有一家，走了丈夫的一位衣着破烂憔悴不堪的妇女带着两个瘦弱的孩子已几天没吃东西了，饿瘫在道路旁边，妇女已奄奄一息，两个孩子还在寒风中啼饥号寒。这娘儿三人已冻饿得昏死过去几次又醒过来，可怜兮兮地在悲凉的寒风中发着低微欲断的声音，向路人求食，但路人见了又有什么办法呢？人人都在挨饿受冻，在死亡线上挣扎。最后当路人再次见到这娘儿三人时，三具形象悲惨、带着强烈求生欲望的尸体在寒风凛冽中倒在了路边的荆棘丛中，妇女死了还紧紧地抱着死去的孩子，惨不忍睹。背井离乡的青壮年又怎样呢？至多也不过是“讵知去十不还一”而已。第二首诗刻画了贫苦农民被迫卖儿卖女的情景。把那种饥年贫民只得卖儿卖女的惨不忍睹的生离死别情景描写得入木三分，孩子哭喊着不愿离开父母、父母心如刀绞却无可奈何的情景跃然纸上。作者紧紧抓住了当时社会的苦难生活这个主题，真实记录了清道光年间三姚地区人民的生活，没有做更多的渲染，但却给了读者一种震撼人心、催人泪下的感受。字里行间深深地表现出了对下层社会的深深关切与同情，也正因为如此，诗人才受到了当世和后人的广泛推崇，被誉为“苦号诗人”。

## 描田园之美

王安廷诗歌的第二个特点是歌唱恬静迷人的田园生活。由于诗人出生于农村，对父老乡亲日出而作、日落而息的恬静及农家淳朴的民风十分了解，对农民群众的所思所想所乐和愿望要求有着切身的体会，对他们的艰辛寄以深切的同情。同时，诗人也对农家这种宁静的生活表现出深深的向往。所以他创作的这类题材的田园诗歌深情地歌颂了农村群众的生活，其语言质朴自然，明白如家常之语，但内容真切，感情深厚，真实地表达了广大农民的思想感情。他的这类作品往往取材于日常生活，常用白描的手法描绘淳朴宁静的田园风光，诗风平淡自然而韵味深长，具有浓郁的农家风味，在艺术上有着独特的风格，很有晋代田园诗人陶渊明诗歌的特色。如《田家三首》和《望雨》等。

在《田家三首》中，作者写了“欢然聚邻里，酌酒烹只鸡。情至形自洽，相对忘所思”“日晓荷锄出，月明荷锄归”“昨日霖雨降，水满秧正肥”“开

王安廷笔下的田园新貌

园坐绿荫，儿孙相与俱。落照满林薄，苍然映平芜。归鸟鸣树间，妇子返柴庐”。在《望雨》中，作者却一转诗风，“赤日当空酿炎热，万顷未回龟兆诉……今年苦旱禾欲枯，尤恐秋成粽将缺。”

《田家三首》充满了农家绿萌匝地的瓜果味和泥土味，反映了丰收年景农家欢乐与邻里相聚，酌酒烹鸡，怡然自得的那种欢乐愉悦的情形。描绘了春耕大忙时节，水满秧肥，农家天亮即出，月明才归，邻里互相帮忙抢栽抢种。连老人也参加做饭送饭，孩子在家里看守柴门的春耕大忙场景。还描绘了春耕后农闲时节，瓜果满地，绿树成荫，农家儿孙绕膝，共享天伦之乐的美景。整组诗相互辉映，有情有景，充满了情趣和乐趣。《望雨》则刻画了干旱年百姓为了生产企盼降雨的焦急心情和无可奈何的心境，以及久旱得雨后广大农民欢呼雀跃的场面，表现出作者对农民群众的深切理解与同情。

## 抒爱乡之情

姚安是一块十分神奇美丽的土地，有着悠久的历史，自庄蹻开滇以来便与内地保持了密切的联系。这里有许多秀丽的山川美景、历史文化底蕴深厚的名胜古刹。这样的一方山水对于每一位有才气的诗人作家来说无疑是一笔十分难得的财富，为创作提供了极好的素材。许多文人雅士都有过对这方山水的题咏，留下了许多名篇佳作。王安廷作为这方土地上土生土长的诗人，对这方山水更为了解，也怀有更深厚的感情。情到深处便落于笔端，王安廷写了游万松山白云寺，昙华山觉云寺等诸多古刹的题咏，留下了许多描绘这方山水秀丽景色的山水诗。他的山水诗格调清新，对自然景物的观察描写细致入微，能于诗作中再现大自然的美景。读他的这类山水诗作能激起人们对这方水土的无限热爱和向往之情。这方面的诗作如《万松山白云寺题壁二首》《昙华山觉寺题壁》及《雨后昙华山》等。在诗中，作者写“天风吹我到萝山，岸帻丹梯几度攀”“载酒正逢疏雨后，敲诗同在白云中”“策马披云最上头，丹梯偕我是初游”“坐觉昙华千万丈，气慨与我将勿同”；看到“鸟边夕阳生秋爽，壑底云阴送雨还”“别开胜境枕茏葱，天半层峦一径通”“山撑寒碧开弥近，地接空青气下浮。袖底罡风携峭壁，檐前霜花护危楼”“适来雨过更翻新，峰岭侧横皆嶙峋。空青窅与苍翠合，始见太古真精神”，兴致一来，便是“我醉题诗成绝壁，留将鸿爪翠微间”“喜是山林能款客，深夜清籁起松风”“霞峰万丈红尘小，醉起中宵问斗牛”“我且招手当林隈，山不能来使云来”。

王安廷诗中的姚安民族节日

《万松山白云寺题壁二首》之一描写了游览姚安万松山白云寺的感受。万松山白云寺位于姚安坝子东面的烟萝山上，这里有诸葛武侯祠，诸葛亮征讨南中时指挥作战的点将台以及唐代姚州城遗址等古迹。在这里，宽阔美丽的姚安坝子和弯弯曲曲的蜻蛉河在烟波浩渺中尽收眼底。在这雄壮的群山之中，宽阔的姚安坝子和浩瀚的蜻蛉河也显得如此的渺小，表现出了作者看破红尘，超凡脱俗的思想。第二首描写了诗人与朋友一道在白云寺载酒吟诗的情形，刻画了诗人脱离尘嚣后，寄情山水饮酒赋诗其乐无穷的心态。《昙华山觉云寺题壁》描绘了大姚昙华山觉云寺的险峻与雄奇，全诗气势雄伟，一气呵成。读后给人对昙华山的险峻神秘产生一种向往和激起对祖国大好河山的无限热爱之情。《雨后望昙华山》则通过对雨后昙华山披了新装一般的景色描写，突出了昙华山高、险、奇、秀的自然美景，抒发了作者对大自然的爱恋和向往之情。

王安廷的诗作中还有一类记录了古代三姚地区的一些民族节日活动盛况，其中比较著名的是《火炬行》。火把节是彝族人民的一个重大传统节日，也是三姚地区各族人民的一个重要节日，彝族人民视过火把节为过大年。千百年来，每到火把节这天，人们都要举着火把尽情地唱尽情地跳。《火炬行》记录了清代三姚地区人民过火把节的情景，具有一定的艺术价值，而且对后人了解民族文化的发展也有参考价值。“年年六月二十四，火炬相同循故事。大炬熊熊光烛天，小炬零星互相次。晚来联络照深更，处处欢呼偕幼稚……我闻阿南女，家本叶榆氏。有夫曼阿娜，从军为壮士……抽刀出令焚夫衣，随将烈焰葬芳芷……又闻六诏中，最强阁逻凤。举火松明楼，焚烧五诏众……顷闻老人向我言，只今六月禾生穗。低田犹恐螟螣多，伤我良苗虚种概。年年此日祭田公，夜来燃火炬光红。诸虫投火无遗类，令我田中禾黍丰。”

《火炬行》是历代众多描写火把节的诗作中一首难得的上乘之作。整首诗有叙有议，一气呵成，气势雄伟。既描绘了古代三姚地区彝族人民过火把节时的壮观欢乐场面，也叙述了汉代大理地区的巾帼女杰阿南女为夫报仇葬身烈焰和南诏时期阁逻凤火烧松明楼这两个关于火把节来历的传说故事。最后提出了过火把节无非是五六月间螟虫多，伤害庄稼，大家燃起火把引螟虫扑到火中而达到灭虫目的的独特看法和科学道理。诗作结构严谨，语言朴实流畅，是古代三姚地区留下的一首不可多得的诗作。

（作者：戴国斌）

**参考资料**

1.由云龙编纂：民国《姚安县志》，云南人民出版社 1988 年版。

2.朱和双、曹晓宏：《世德清门韵振铎：姚郡望族甘氏“碑传”集释（上、中、下）》，见姚安县政协编：《文化姚安论坛》，2019 年第 1 期、第 2 期、第 3 期。

3.张佐：《姚安的两个科举家族》，见姚安政协编：《文化姚安论坛》，2019 年第 3 期。

# 重文兴学的姚安甘氏

甘 雨

姚安甘氏，祖籍湖南湘潭，明永乐初年始迁姚安，世居古姚州城的西门之外。甘氏家族在姚安被称为“教育世家”“科举世家”，其名望从甘荣禄、甘荣昌兄弟开始，到甘荣禄的儿子甘雨及甘雨的四个儿子甘孟贤、甘仲贤、甘叔贤、甘季贤时最盛。甘氏一门累叶诗书，博通经史，“世业儒”。自甘雨的父亲甘荣禄（1786—1848 年）开始，甘家世代以教书著述为业，传四代，至解放前夕，约 150 年。除居家授业以外，甘雨及其儿子们先后担任姚安大成书院、栋川书院、德丰书院、凤岫书院

姚安大城中学

山长，时间长达几十年。甘氏族谱中说“清乾嘉以后，为邑中世德清门，坊表一州”，甘孟贤四兄弟和他的儿子都考中举人，在姚安传为佳话，留下了“一门出五举”的清誉。

在姚安，人们最为熟悉是甘雨（1823—1895年），字润之，又字慰农，晚年自称卧云老人，咸丰间贡生，晚年授广西州训导。甘雨出生于书香门第，自幼便好学不倦。他的父亲甘荣禄、叔父甘荣昌，都是“博览群书，隐居教授”的先生。特别是他的父亲甘荣禄，一贯坚持“训士以耻为本，扩充四端为用”。甘雨就是在这样的知识氛围中，耳提面命地接受着家教成长起来的。因多次科考未中，他便放弃了考试，在家协助担任大成书院主讲的父亲甘荣禄批改生员课卷，同时博览群书，深入研究学问，有资料说他“工画山水，有逸致”，从他的经历中可以看出，他不仅博学善教，而且能绘画、懂医术。

甘雨耿直仗义，深得乡人的尊重。清咸丰四年（1854年），姚安地区由于“征敛繁重，民不堪命”，四乡贫苦百姓“数千人不约而同，喧呼入城，拆毁书吏房屋，缚门丁窘辱之”。这次“民变”被平息以后，知州常岳迁怒于曾呈请减免赋役的贡生王式金等30余人，以“纠众抗粮”的罪名，将他们革去功名，送入牢中法办。当时，甘雨正在府城接受乡试前的科试，闻讯后冒着风险，邀约应试生员，上书学政杨式谷，终于使这宗冤案得以昭雪。后来，在他纂修的《姚州志》中，详细记述了这一事件。

由于生逢乱世，甘雨经历了一段颠沛流离的生活。咸丰六年（1856年）七月，姚州回民军攻占了姚州城。为了躲避战乱，甘家举家迁往现在的弥兴大苴。客居大苴期间，由于每天担惊受怕，得不到细致的照护，致使母亲因病去世。兵乱稍稍平息，甘雨便携家返回州城，开始设帐授徒。当时，姚安西部大古者一带夷民不堪压迫，揭竿而起，有司每天派团丁前往防堵，凡捕获夷民，不问情由，一律斩首。寿山村民李秀林乘夜找到甘雨，由甘雨携去见知州普惠，说“枉杀无辜，是激不叛者而使之叛”，使滥杀得到制止。

咸丰九年（1859年），杜文秀的部将率军攻占姚州城，甘雨只得再次携家避难于连厂，寄居在一个学生的家里，一住就是十二年。在这期间，甘雨为了维持一家人的生计，设帐授徒，同时也替附近村民看病治疗，以赚取微薄的收入。

同治九年（1870年），官军收复姚州，一家人回到城里，继续着以前的生活。五年后，甘雨受聘主讲大成书院。在讲学之余，完成了12卷的《姚州志》修撰工作，并将其上报云南省学政审定后呈送云贵总督岑毓英。岑毓英阅后大为赏识，下令刊刻付印。光绪十三年（1887年），已经是64岁高龄的甘雨，获得格外提拔，被选授为广西州（今泸西县）儒学训导。但仅到任三个月，甘雨就因病辞职回乡，再次主讲大成书院，并倡建栋川书院，直到光绪二十一年（公元1895年）病逝，享年73岁。

雨中的姚安栋川小学

甘雨从小就在父亲的指导下深入研习传统儒家思想，他继承家学渊源，养成了自觉遵循《礼记》规范的良好家风。长大些后便“潜心宋明诸儒书，精思力践”，完善了他的教学方法和知识体系，把甘氏一门“教育世家”的荣誉发扬光大，并教育自己的四个儿子，使他们都考中了举人。他博学多才，著述颇多，除《姚州志》外，还有《读书谈》《小儿四言训》《泸江归吟集》《补过斋遗集》等七八种著作传世。

甘雨长子甘孟贤（1853—1916年），字应埙，一字伯壎，同治癸酉（1873年）年举人。民国《姚安县志》记述说他“及诸弟相继登贤书，率以教授四方学者负笈踵至……教授中学及女学，不受束脩。晚年尤深于《易》……其教授则以激发良心为主，以孝、弟、廉、耻为验，近于阳明‘致良知’之说，而以诚动物，则直上溯濂溪心传者也”。甘孟贤对地方公益事业也不遗余力，如备荒、赈粜、修城、浚河、蚕织、养节、教授女学都能尽心尽力。

甘孟贤七岁就随父亲避乱连厂，在连厂的廉泉寺，甘雨设馆教授生徒。在这期间，甘雨时常要外出帮人看病，书馆就由甘孟贤管理。孟贤虽然年少，但在书馆中也能约束馆中的学子，因为他懂得多，做事有章法，那些大孩子也不敢轻视他。在家中时他协助父亲教三个弟弟仲贤、叔贤、季贤读书，还有很好的方法让弟弟们都能听懂他讲的知识。

甘孟贤的文章遵顾亭林“经世致用”的宗旨，内容多数是有关人心世道、乡邦大事者。从艺术上看，文章法度森严。在他的文章体裁中，以人物传记最为优异。他写的书序短小精悍，简练雅洁，能深度理解作者的用心。所写的传、记叙事明畅，条理分明，曲折原委，款款道出，有条不紊，还善用典型事例和一些细节表现人物性格，烘托精神气韵，常能显人物的大节，洞悉人物内心细微变化。而说理论学的文章则是密析物理精微，殚阐书章底蕴。总体来说，甘孟贤不失为姚州文章中的大家。

甘孟贤还擅长写诗。从甘孟贤诗歌的体例上看，五言古诗、七言古诗境界阔大，有壮逸之气，而五言律诗、七言律诗则是优雅闲淡，具清远之致。从内容上看，有感怀时事的，也有咏物写景的。如五言古诗《火霜叹》，是同情民生疾苦，关心百姓丰歉之作。诗前有序说：“春后，夜有温风，晨霜遍野，菽麦遇之辄枯死。俗谓‘火霜’，盖伏阴愆阳所为也。今春有此，作歌寄慨。”诗中对阴阳失调、天气反常，而老百姓深罹其苦表示了深切的同情：“去年遭亢旱，秋稼不登场。今年菽麦熟，赖以充饥肠。如何绝人命，频年罹祸殃。翘首窥天意，无意何茫茫。作此短歌行，歌短叹声长。”如七言律诗“避迹山林不计秋，还家且自爱佳游。再乘羸马穿溪径，来与山僧伴小楼。野草时花盈眼底，碧云流水注心头。宜人最是更深后，几杵疏钟破梦幽”，则优雅娴淡、含蓄隽永。

甘孟贤平生著述甚富，涉及理学、经学、文学、历史学诸领域。有《讲授辑略》《诗经讲义》《地球三字经》《姚阳三先生遗书》《不自是斋日省录》《不自斋文集》《行余吟》《镇南州志略》《经史理学精义释题》等十余种。孟贤去世时 63 岁，是四兄弟中最后离世的。

甘雨的第二个儿子甘仲贤（1855—1908 年），字应篪，光绪二年（1876 年）丙子科举人。甘仲贤在学术上继承了父亲的学识和喜好，也擅长山水画。《民国姚安县志》说他“秉姿优异，敏悟过人”。甘仲贤和父亲一样长期在家照顾父亲教授学生。在新学输入姚安后，他在政教、哲理、格致、天算等学科上都有很丰富的学识。之后他受聘于镇南龙川书院、姚安的德丰书院、风岫书院担任讲席，教出了很多优秀的学生。书院改革后，他受聘到译算学堂教授学生经史、时务、测算等课程。有一段时间他担任了县里的教育主管，总理姚安学务。

甘仲贤碑

甘仲贤“善属文”，他的文章，民国《姚安县志》里收了他的《姚州利弊策》和《观象返求录绪言》两篇。《姚州利弊策》历陈姚州百姓的困苦，梳理了造成困苦的种种原因，最后提出兴利除弊的良策，言语深切愤激，感情溢于言表，是一篇不可多得的文章。《观象返求录绪言》是甘仲贤为自己的学术著作《观象返求录》所作的“绪言”。文章短小精粹，但内容充实，仅寥寥数语，书之本旨精蕴，便了然目前。《观象反求录》是他出任昆明两级师范学堂经学教习时，因授课之需而撰，是民国年间著名的经学著作。1914 年，《共和滇报》曾进行连载。

甘仲贤以卓越的文学才华创作了大量的诗文，这些诗文反映了他对祖国统一和民族和睦的渴望，以及对底层平民的同情。民国《姚安县志》收录了二十多首。收录数量之多，超过了其他诗人。就诗体来看，五言古诗难以读懂，但七言古诗则奇崛豪壮，显其才情，很有唐诗的风范。五言律诗冲淡澄澈，有潇洒自然之趣。七言律诗虽畅达洗练，却含沉郁之思，略带悲壮之调，是众体中之最有特色者。七言绝句数量虽少，但俊爽流丽。从内容看，有忧时悯农的、写景咏物的和吊古伤今的，如《古城烟柳》：“久理蒙氏纷争局，谁问中期卜筑年。空有垂杨飞絮舞，莺花三月夜啼鹃。”

甘仲贤在书院讲学时“思融新旧为一，以效忠于国”，在天文、舆地、算数、医术、书法、绘画、音乐，乃至奇门壬遁，都能看出其中的原理。1908 年，甘仲贤应聘到昆明的学堂讲授经学，却因劳累过度，吐血而亡，时年 53 岁。他是甘氏四子中唯一一个走出姚安任教的，只可惜时间不长。他曾利用主讲镇南龙川书院之机，搜求当地旧志佚闻。历时三年，对州内“风景人物，粗知其概”，以离职在即，仅花一个来月时间，便写成五卷本的《镇南州备采志略》，为甘孟贤后来编纂《镇南州志略》提供了蓝本，打下了基础。仲贤与其父、兄一样，涉猎广博，撰述颇丰，著书十四种。著有《知困斋文集》《诗集》《国粹录》《观象反求录》《爻义实镫（证）录》《滇南书画录》《礼记离句》《镇南州备采志略》等，其他手抄之书甚多。

甘雨第三个儿子甘叔贤（1862—1894年），字豹卿，一字少卿，光绪乙酉（1885年）举人。甘叔贤“性至孝”，以“孝”闻名，在民国《姚安县志》里，甘雨的其他三个儿子都记录在人物志的“乡贤”部分，唯叔贤记录在“孝友”部分。与甘家关系较为亲近的郭燮熙也写了《孝子甘叔贤事略》。有资料记述，说叔贤是“代父死”。当时甘雨病重，叔贤祈祷愿意代父死，不久，叔贤果然去世，而父亲则于第二年去世。在民国《姚安县志》里也有关于叔贤代父死的记载。

甘叔贤和他的父兄一样，以教书为生。他读书务实学，自号“务实子”，著有《务实斋记》《道学源流》《务实斋遗书》等书籍。民国《姚安县志》收录了他的《务实斋前记》《务实斋后记》《邓氏柏园问答》三篇文章和古近体诗三首。甘叔贤因“代父死”，是四兄弟中最早去世的，离世时仅32岁。

甘雨最小的儿子甘季贤（1865—1906年），字幼卿，一字随安，光绪八年（1882年）壬午科举人，甘季贤平生主要从事教育和著述，他除培育人才有所贡献外，还为姚安做了两件好事：一是把家里从事的纺织手工业“推之全邑”；二是书院废除后，他捐银首创高等小学。光绪二十九年（1903年），甘季贤用多年讲学所得的酬金，创立养节堂。后又通过自己筹

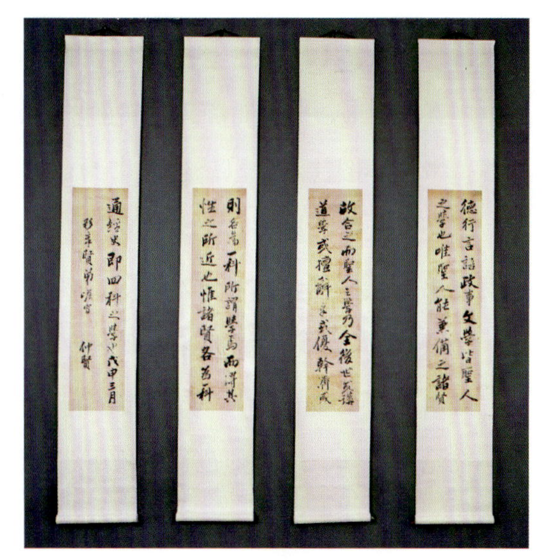

甘仲贤行书四条屏

措和诸多人士的捐赠，通过修建过去的大成学堂，创立高等小学。

民国《姚安县志》说季贤“年十八，举于乡，以亲老隐居授徒侍养。其时，四方数百里闻风来学者，岁恒百余人。……丙午（1906年），学制改，邑中试办中学，聘任讲师”。甘仲贤在《亡弟随安事状》里说“随安以五岁受书，所记诵解悟如神。十岁能属文，下笔数百言立就，气清神王，有古作者风”。从这些资料来看，甘季贤少年聪慧，读书经常考第一。郭燮熙说他“生平沉静寡言，读书处事，识解恒超人一等”。甘季贤虽然是在家授徒，但也是分班教学，而且制定课程教学计划。1884年，他应聘到县内者乐村大萝山寺任教，之后到三元宫栋川书院讲学。1887年，继甘仲贤主讲镇南州龙川书院。袁嘉谷在《卧雪诗话》中说季贤“好研性理，不喜作诗，偶一为之，盎然古味，由才优而学粹也”。不论是居家授徒，还是讲学书院，“但所为教，必端本于孝弟之道，以趋重于躬行”。甘季贤是第一个在姚安提出创办女学的人，但由于各种原因，到他去世女学也没能办起来。1906年，甘季贤英年早逝，在四兄弟中他是第二个去世的，时年42岁。之后，在甘孟贤的操办下，姚安女学也于1907年在养节堂设立。

甘季贤的著述有十九种之多，内容涉及经学、理学、历史、文学等方面。著有《周易旁释》《四书讲义》《随安子日记》《中外辑略》等二十余种书籍。

“一门五举”中的五举还有甘孟贤长子甘德柄（1873—1948年），字子谦，号牧髯，光绪二十三年（1897年）丁酉科举人。民国《姚安县志》说他“颖慧逾恒，五岁受书，十岁能诗文，成童终十三经卷，继读庄、骚、史汉，下笔辄冠群曹。平生不图仕进，以著述教书为业。宣统间，创设甘氏自立小学。民国五年，筹办姚安等四县联合中学”。这里所说的“甘氏自立小学”是指1909年甘德柄兄弟在武庙创办的私立小学，“四县联合中学”也就是今天姚安一中的前身。甘德柄擅写碑铭，邻近各县碑铭传序多出于他的手，此外他还精医术，工诗联，有《金匮要略新释》《古方新编》等医学著作。除了在姚安创办私立小学，他还在昆华中学、广通师范、楚雄中学、姚安中学任过文史教员。在任教的40余年间，甘德柄辛勤舌耕，孜孜不息，诲人不倦，一时桃李盈门，学子遍三迤，学有成就者甚众。

在昆华中学任教期间，甘德柄还有过“实业救国”的尝试，他和文友段世忠、甘德柄等筹资创办了云南丽日火柴有限公司，试制火柴。甘德柄在昆华中学任教时撰《南州胜境图后跋》，在广通任教时还纂修过《广通志稿》，在楚雄中学任教期间主编民国《楚雄县志》。遗著还有《毛诗广义》《尚书粹旨》《牧髯杂文》《牧髯诗抄》等。1948年11月17日病逝于家，地方各界深为悼念惋惜，特筹集资金为他举行葬礼。

甘氏一门的后贤中，有记载的还有甘孟贤的次子甘德光（1876—1919年），后改名甘德辉。他“生而颖异，长读书，强记博闻，经史百家以及医卜算术之学，靡不精习”。1896年调充经正书院高材生，1899年归教于乡，1909年，由云龙在昆明创办《云南日报》，聘甘德辉为总撰述，后从军，升任靖国鄂军第一师参谋长，1919年在靖国鄂军第一师参谋长的任上去世。甘仲贤的次子甘德明，姚安中学校董，曾任姚州视学员，官至梁河设治局局长。甘叔贤的长子甘德纯，曾受聘为个旧殖边分银行行长，就任腾冲县长，会泽县长等职；次子甘德馨在家侍奉母亲。甘季贤独子甘德方（1888—？），“历任邑中及建水、广通中学校教授二十余年，裁成甚众”。

姚安一中——曾经的四县联合中学

甘氏一族自清道光间甘荣禄这一代开始，至重孙甘德柄辈，致力于姚安的教育。近一个世纪内，受其教育而成才者，比比皆是，被誉为“教育世家”。据考证，清嘉庆、道光年间，甘荣禄、甘荣昌始以业儒者闻于乡。而清咸同年间“舌耕”不辍的甘雨、陈廷杰等均出自甘荣禄之门。在清咸同之变结束后，甘雨及其子甘孟贤、甘仲贤、甘叔贤、甘季贤并其孙辈甘德柄、甘德辉、甘德明、甘德方等对姚州及其周边的儒学重建起到了最关键的作用。

“甘氏四子”，即孟贤、仲贤、叔贤、季贤，把教育推向了一个新的高度。甘孟贤在长期的研究和教学过程中，形成了自己独到的见解，辑著了《讲授辑略》等关于教育方面的书籍。甘仲贤的学术研究及教授内容，更多是见于经学及西学方面，并没有与其父兄一样致力于儒家理学。较之其他兄弟的学术及教育成就，甘叔贤是以“孝”闻于世的，从他所留下的著作看，他研究更多的可能是道学。甘季贤的教学内容中，“尤重礼教，尝举经史要义，先儒训言，勖以修身尽伦，迁善改过，口诏而躬示之。”他的学术“以体认天理为本，于时务汲猎通晓，体用妆赅，守旧者逊其通透，趋新者无此沉着”。甘德柄的教育思想凝聚于为广通中学手制的《校训》：宏、毅、诚、明。纵观甘氏在姚安的教育活动，他们“力学笃行，累叶载德，型于家而化于乡”，无论是讲学于家，或主讲书院，或创办女学，或设立自立小学，或筹办中学，经历了从科举制度到现代教育体系的设立，他们的讲学以儒学为主要内容，以伦理道德为核心，使儒学特别是理学在姚安广泛传播，让“滇人无远近皆称之”。

（作者：贾绍鹏）

## 参考资料

1.由云龙编纂：民国《姚安县志》，云南人民出版社 1988 年版。

# 忠贞义士曾希孔

孔子说：杀身成仁；孟子曰：舍生取义。君子最看重名节，具有坚刚不可夺其志的精神，忠肝义胆之豪情，忠义不屈的气节与志向，舍生取义的本色。在社会安定和谐之日，能慷慨好义，刚毅有为，如遇到世事纷争战乱之际，则奋不顾身，临大变而不可夺其节。在漫长的历史长河中，姚安经历了多次事变，从段氏相国高泰祥效忠殒命，到后来的抗战军兴，一大批仁人志士荷戈万里，肝脑涂地，涌现了无数奋不顾身、赴义捐躯之士，令人敬仰、铭记，可谓忠义与日月同辉，精神共河山永存。清咸丰年间为平定祸乱举家甘愿舍生取义，慷慨捐躯的曾希孔就是一位令人肃然起敬，受后人称颂的忠贞义士。

曾希孔，字学诚，号乔松，清朝道光丁酉十七年（1837年）拔贡，庚子（1840年）科举人。拔贡，清代一种选拔人才的制度。清制，初定六年一次，乾隆七年改为每十二年（即逢酉岁）一次，由各省学政选拔文行兼优的生员，贡入京师，称为拔贡生，简称拔贡。因为六年才选一次，所以拔贡很少，整个清朝时期，姚府仅只选了19名，曾希孔是其中之一，可见他在当时无论是学识还是人品都算是顶尖的。

曾希孔幼年时期，家里较为贫困，但他自幼聪慧，刻苦好学，阅读了大量的儒家文化经典，在生活中历练自己，锤炼自己的品行。自己的亲生母亲去世得早，他与继母和睦相处，听从继母的教诲，关爱、孝顺继母，并以孝敬继母为乡邻所称道。青年时期，他心怀志向，慷慨仁义，扶贫济困，乐善好施，其积善之举和行德之事，深得乡民之心，也奠定

姚安弄栋旧城遗址

了他作为一方青年才俊的良好声誉。咸丰年间，他参加会试未被录取，后来，以大挑选授邓川州学正。然而，因杜文秀起义导致通往邓川的道路被阻断，他没能前往邓川赴任。“大挑”是清朝乾隆年间制定下的一种科考制度，为的是让已经有举人身份但又没有官职的人有一个晋升的机会。“学正”为秩正八品官职，是基层官员编制之一，配置于国子监，而从事业务则相当于官学中的老师或行政人员。

云南咸同之乱期间，姚安境内也不平静，战事不断，知州普惠邀他负责办理姚州的防御工作。他考虑到战事一旦发生，社会将动荡不安，人民的生命财产将受到严重威胁，人们将流离失所，家破人亡，便欣然答应知州的提议，挺身而出精心筹备军事物资，积极协助整训队伍，尽心尽力做好姚州各项防御准备工作。咸丰九年（1859 年）十月，杜文秀派遣保文明、偰光美袭击姚州，曾希孔和守城将士们殊死抵抗，英勇搏斗，但因兵力悬殊，寡不敌众，最终失败，姚州城被攻陷，曾希孔全家被抓。保文明、偰光美一心想笼络他为自己所用，想方设法威逼利诱他投降，但他却不为所动，正气凛然，厉声驳斥道：“我恨不食若肉，焉能从若耶？”过了三天，他们再次逼他投降。他与妻子姚氏深情谈话，晓之以理，勉以大义，后相拥而泣，随后，妻子服毒先死，其情其景感人至深，令人动容。宁为公字死，不为私字生。他满怀悲愤之情在墙壁上挥毫题写下“自古皆有死，其次不辱身”的铮铮遗言。保文明等无可奈何，知道他不可屈服，就在当天晚上将他杀害，他的儿子曾体忠、儿媳张氏、孙子曾桐生、曾纯武，仆人张敏事也同时遇害。全家殉难，满门忠烈。

遇害的还有一个是曾希孔的学生，名叫刘兴国，字会图，廪生，博学能文。他听闻老师被捉拿，立即赶往老师关押处，想方设法去看望老师。曾希孔说道："我宜尽忠，尔可去！"刘兴国说："先生能尽忠，兴国岂不能耶？"后来，他也被拘拿，与老师等同时被杀害。

曾希孔有一个兄弟名叫曾师孔，生有一个女儿，她的丈夫姓杨，生有一个儿子名叫曾显扬。在她伯父曾希孔遇难的第二天，天还未亮，她冒着严寒和危险，十分隐蔽地将她伯父的尸首运回，葬在东山曾氏祖坟，与伯父的原配妻子胡氏合墓。

壬子（1912 年）六月十七日，曾希孔的外侄孙子曾显扬上门找到甘孟贤先生，请他为曾希孔撰写墓表。甘孟贤很是敬佩曾希孔，欣然许诺，写下了《曾乔松先生墓表》。在文章中他满怀深情地写道："先生纯忠大节，举祖孙、父子、夫妻、主仆，投凶暴之一烬，无孑遗焉……先生死时，孟贤方七岁。后侍先中书公，得闻先生逸事，心辄慕之。今距先生之死已五十四年，感时抚事，往往念遗徽而出泣。竟得以文表先生墓，而附名于先生之陇，岂非生平之一大幸也哉！按谥法：'危身奉上曰忠，在国逢难曰愍'，而揭诸其墓之原。"这里的"中

姚安军民府古衙

书公”指掌管书写诰敕、制诏、银册、铁券的官员，这里代指甘孟贤的长辈。“遗徽”指死者生前的美好德行，从这些词句中，可见当时的人们对曾希孔的敬慕之情。

曾希孔全家尽忠、舍生取义的壮行义举为后人所称道、敬仰，姚安的文人饱含敬仰、赞美之情，撰写了大量诗歌来歌颂他、悼念他、铭记他。吴绍雍在《吊曾乔松先生首墓》一诗中写道：“殉难三日始获首，面目如生惊敌走。精神不死名不朽，妻先殉节感子妇。父忠子孝仆义守，薛家风烈曾氏有。”张廷用在《曾希孔首墓》中赞叹他的气节是“人生同一死，重轻殊有别。我爱比干心，我慕稽绍血。我羡睢阳齿，为吊常山舌。先生留此首，堪媲古贤哲。潜德有幽光，拈毫为表揭”。

据民国《姚安县志》记载，在城东十里东山麓，有清殉难举人曾希孔墓。

曾希孔深明大义，矢志忠贞，舍生取义，为后人敬仰。他勤奋好学，饱读诗书，文章行世，可谓文能提笔，武能披甲，文武合一，才情出众，文足以明义，武足以益勇，为后人留下了优秀的诗文，他著有《律赋碎锦》一卷，写下了许多描写家乡田园风光、乡村景物、民俗风情和蕴含哲理的优美诗篇。如《游万松山》《白云寺秋日看牡丹有感》等。他采用传统诗歌创作中常见的花、草等景物为点缀，赋予花草情感和性格，并有所寄托，以花抒情，以花言志，自由挥洒，多姿多彩，诗歌朴素清丽，信手拈来，慷慨悲歌，于简朴之中蕴含爽利老到，彰显出英雄的豪情和豪杰气概，读后为之感奋。如：“为看山茶上碧岑，马蹄踏遍白云深”“傲骨亭亭耐晚秋，未开却也擅风流。价高莫怪无人问，富贵须知在后头”。

（作者：何平）

**参考资料**

1.杨成彪主编：《楚雄彝族自治州旧方志全书（姚安卷）》，云南人民出版社 2005 年版。

# 建威将军徐联魁

姚安新兴邑人徐联魁（1835—1895 年），一生戎马，平定内乱、抵御外敌、驻守边防，因军功升任到记名简放提督，一品衔，赏穿黄马褂。在阜和协副将任上亡故后扶柩回姚安，葬于姚安城西万花谷的白花冲。

今天的姚安，徐联魁离我们已经太过遥远，远到连他自己村子的人都已经不再记得他的名字。我只得沿着文献里的踪迹，透过历史的烟尘看一看这个很具传奇色彩的人。

民国《姚安县志》对徐联魁的记载，从文字上看不算太少，只是文字匆匆，读下来很是茫然。从里面的记载上看："徐联魁，字映斗，姚之新兴邑人也，仪容修伟，严重有威。"曾经的"新兴邑"，现在被称为"西大路"，是姚安县城南边的一个村子。我去旧时新兴邑所在的村子寻访"徐联魁"，村子里的人只在记忆中有个"徐大人"，并不知道徐联魁是谁。无论从官方也好，从民间也好，我认为如果在清朝的姚安找出一个能集忠勇智慧于一身的人物，那只能是徐联魁了。在《清史稿》里，我曾多次看到他的名字。在姚安人津津乐道的"一门出五举"中的甘孟贤甘季贤兄弟皆为之作传。

徐联魁于道光乙未（1835 年）出生于姚安县栋川镇蜻蛉社区的西大路村，曾祖徐昆，祖父徐凤仪，父亲徐济。父亲本为郭家儿子，后入赘徐家就改姓了徐。徐联魁在家中排行第二，所以被称为"徐二公"。哥哥徐联第，于乾隆十年甲申被选岁贡；弟弟徐联级，与徐联魁一起投身戎马，后战死疆场。

姚安栋川田园新貌

徐联魁长得高大魁梧，但又严肃帅气。曾先后娶过三任夫人，生了五个孩子，其中两个儿子三个女儿，长子名徐自恒，次子名徐自立，徐联魁死后，长子徐自恒承袭了“云骑尉”世职。在民国《姚安县志》中的“孝友”部分有一条记载：“徐孝喆，字浚卿，清协戎徐联魁冢子。幼失恃，父继娶刘，生子女各一人。父卒，孝喆事刘，恪尽子职，于弟妹友爱尤笃……工书画，入民国，历任邱北、平彝县知事，皆以廉谨称”，这可能是徐自恒在民国以后改名徐孝喆了吧。

徐联魁的哥哥徐联弟因为弟弟的功劳受到了封赠，之后一家人迁到县城东门外的迎曦街居住。弟弟徐联级于同治十三年（1874 年）阵亡于腾越清蒯柳映苍的战役中。去世后只留有一个女儿，由徐联魁抚养成人，后招女婿徐家鹏入赘，现居住于西大路村的徐氏后人属于徐联级的后人。

徐联魁是一位武将，他在同治初进入行武，之后在参与平定云南杜文秀起义的各次战役中逐步树立了自己的军威，屡立战功，也屡获嘉奖。从他的家世来看，徐联魁一家本也是寻常百姓，跟当时中国众多的普通人一样靠着辛苦的劳动来谋衣谋食。他之所以投身行武，是因为当时的战乱。战乱让百姓生活颠沛流离，1861 年，当时 26 岁的徐联魁毅然从军，投身到时任云南布政使岑毓英麾下，在昭通、贵州、维西、中甸一带转战，屡有战功。

岑毓英当时代理云南布政使。徐联魁在岑毓英的军队里，先是跟随岑毓英剿平了昭通镇雄戚维新的叛乱，之后又在岑毓英的带领下平定贵州毕节猪拱箐苗民陶三春、陶新春兄弟的起义。由于徐联魁在多次清剿中英勇善战，屡有战功，被授予了把总职。“把总”是清代的官名，属绿营兵中的低级军官，秩正七品，位次于千总。徐联魁就是从这小小的把总开始，在战场上英勇拼杀，一步步走到了正一品的建威将军。

徐联魁生活的时代，正是云南战乱纷起的时期，乱世带来了灾难，也造就了英雄。1856 年，杜文秀起义，一路势如破竹。1867 年，杜文秀组织 20 余万人东征，围攻昆明。这时，徐联魁在岑毓英的推荐下，到了杨玉科的部队，与杨玉科合师绕道，由四川进入云南，断了起义军的后路，接连攻下了禄劝、武定、元谋。1869 年 4 月，岑毓英调集杨玉科、徐联魁等部救援省城。昆明保卫战是清军平定杜文秀起义系列战争中的一个关键点，昆明保卫战的胜利使杜文秀起义部队由战略进攻转向了战略防御，节节败退。杨玉科、徐联魁乘胜追击，攻下大姚、楚雄、南安、定远等县，徐联魁也随着战功被赏加副将衔并补用千总，之后又任了游击。

姚安振兴馆——昔日的昭宗祠

姚安古镇牌坊

姚州是滇西门户，古为兵家必争之地，战争的各方曾多次在这里展开拉锯战。清文宗咸丰六年（1856 年）秋七月，起义军占据了姚州城，杀死了学正盛续芳等，同年，姚州城被杜文秀起义部队占据。姚州失守后，起义部队势力从此快速壮大。因为姚州东界定远，北接大姚，南联镇南，城池坚固，杜文秀在这里布下重兵，官兵多次攻剿都没能攻破。1869 年官军开始大规模进攻姚州，杨玉科于八月内带领所部兵勇由白塔街、大龙口、东丰村、马房屯四路进剿，连破长屯、黄家屯、校场等处起义军堡垒多座，九月至十二月渐次移营围逼城下。起义军不分昼夜出城与官军死战，并于城墙内建了数十座碉楼，以此来抵抗官军的进攻。虽然杨玉科督兵力攻，但仍然没能攻破姚州城门。之后，徐联魁想出办法，在城南筑起了两座与城墙等高的土阜，用于与城墙碉楼上的起义军对抗并观察城内动向，掌握了城内军事力量的分布情况。徐联魁也因此得了“徐大碉”的称号。官军根据观察到的城内情况调整了进攻方案，同治九年（1870 年）四月初一日，官军用炮轰倒北门城楼一角，游击段瑞梅乘势先登，杨玉科率敢死士八百余人夺据了北城楼。随后，都司蒋宗汉等由东门越墙而入，游击徐联魁等由南门攻进，都司彭子祥等夺取西门城楼。官军进入姚州城后，在城内与起义军展开了长时间的巷战，致使城内尸骸枕藉。起义军的大司旅马金保在南门受伤被擒，大都督契有明带领众将士举火自焚，镇东大将军蓝平贵亦被擒获，其余将士由西南城墙倒塌处逃出，又遇到了部署在城外的官兵，全部被围杀。至此，姚州城在被起义军占领 14 年后被官军收复。

平定姚州的战争是一场艰苦的攻坚战，徐联魁在这一场战斗中勇立战功，从游击升到了参将，并赏加巴图鲁勇号、花翎。

收复姚州以后，徐联魁随杨玉科一路向西，直取大理。一路上，徐联魁带所属部队进剿宾川州，攻克了宾居、牛井等据点，由宾川进取云南县，三天的时间就攻克了宾川、祥云两城。在围攻大理府时，杨玉科率领部队先攻入下关，但遭到杜文秀部队的围攻，因寡不敌众，只得退出了下关。然而姚安籍副将孙毓所带的三营却因撤退不及时被围在了下关，形势很是危急。为营救同乡战友，徐联魁率精兵六百余人用小舟夜渡洱海支援孙毓，在关外杨玉科的策应下，内外夹击夺回了下关，收复了大理府城。

大理是杜文秀义军的总部，是指挥中心。1872年12月27日，清军攻下下关，杜文秀服毒自杀，这意味着杜文秀起义的彻底失败。收复大理之后徐联魁升任总兵，记名提督，赏穿黄马褂。大理收复后，徐联魁奉命往滇西清扫起义部队的残余。他带兵接连攻克了云州、龙江、乌土寨等处，转而进攻腾越、乌索。乌索为腾衙最险要的地，前阻大江，后靠绝壁，徐联魁带领将士利用浮桥乘夜攻破了杜文秀残余部队在乌索的据点，斩杀了柳映仓等。腾越、龙江、乌索、乌土寨等都是今天保山市辖区内的一些地名，杜文秀起义部队中的主要将领李国纶的家就在乌土寨，另一名将领柳映仓的家在乌索，收复乌索、乌土寨，意味着杜文秀部队的残余全部被歼灭。徐联魁由此升任了腾越总镇，很快又任了维西协副将。“总镇”又称总兵，为正二品武职官名。协副将则为清代绿营武官名，秩从二品，位次于总兵，主要负责统理一协军务。

姚安万花谷的百花冲新貌

1877年，徐联魁因父亲亡故辞官回姚安守制，守制结束后于1880年到四川任职。虽然他到四川任职之前就已是身经百战，官到一品，穿黄马褂，戴花翎。但他到四川后却又从参将开始做起，凭着一次又一次的军功升到了阜和协副将。

徐联魁在四川任职期间，1883年12月至1885年4月，由于法国侵略中国和越南，中法之间爆发了局部战争。战争的第一阶段战场在越南北部，第二阶段则扩大到中国东南沿海。徐联魁奉命以越嶲营参将的身份统带广武军右营在曾国荃、丁宝桢的带领下前赴广西军营，由潘鼎新指挥，援助粤西对法作战。这一次参加援越抗法战争，徐联魁部损失尤其惨重，据说他本人在这次的堵御战中被炮击身负重伤。他从姚安带出去跟随他转战疆场的一帮战友也葬身边关，高贵清、孙毓、吴鹤龄、董正春、许荣昌等都在“中法之役俱瘴殁于边”。孙毓于光绪十年招募的姚安籍三百勇士也因瘴气病死在边关。

中法之战后，徐联魁仍返回四川，历任维西协、马边协、阜和协副将。四川的维州协、马边协、阜和协都是地方军事单位。清朝后期整个四川有绿营兵八十营，由提督统治，同时又设置了四个直接隶属于提督统治的副将，分别是都标中营副将、军标中营副将、马边协副将、阜和协副将。设置在今天泸定县化林坪一带的阜和协，是自明代洪武年间便设置的军事单位，其目的是扼守川藏大道的咽喉。因为它对当时边疆稳定所起到的不可小觑的作用，使清代沿袭了明代的安排，并将阜和协纳入绿营编制。清军入关后满兵八旗分为红、黄、蓝、白四色，汉兵则全部用绿色旗帜，绿营也就是清代的汉兵营。当时整个四川有绿营兵八十营，由提督统治，提督下面有四镇和四个直接隶属于提督统治的副将，即都标中营副将、军标中营副将、马边协副将、阜和协副将。

诰授建威将军徐公传志

徐联魁在阜和时主要功劳是平定了瞻对撒拉雍珠的叛乱。瞻对地处今四川省甘孜藏族自治州新龙县一带，纵横数百里，居民全部为藏民，是内地通往西藏的交通要道，战略地位十分重要。光绪十六年（1890年）三月，瞻对藏族首领撒拉雍珠与巴宗喇嘛聚众滋事叛乱。成都将军岐元派时任阜和协副将的徐联魁秘密带兵前去平乱，经过苦战，官军击毙了撒拉雍珠，生擒巴宗喇嘛，解散了他们的队伍，收复了官寨。当徐联魁得知这一次叛乱是因为当地的民族首领强征暴敛引起的时，便命当地在税赋上减了三成，并把这一命令刻在了石头上，表示要永久执行。当地群众欢欣鼓舞，从根本上稳定了当时的局势。徐联魁因此得到清政府的表彰，授督标中军副将，记名提督。

德尔格特属四川省甘孜藏族自治州。很长一段时间内，西宁玉树与德尔格特两地间矛盾不断，你来我往的争斗使人民不得安宁，社会动荡，生产无法发展。平定瞻对叛乱之后，徐联魁被指派到德尔格特去解决与西宁玉树的矛盾。徐联魁到德尔格特后，减少侍从，拒绝了当地首领的贿赂，公平公正地分析判定两地的对错，命令德尔格特不得再侵扰玉树。同时对两地首领及群众晓之以理，动之以情，告诉他们朝廷是为了保两地百姓不受战火摧残，故而不忍心派兵来平定两地的乱局。如果两地再不平息矛盾暴乱，他就率兵用武力来解决两地间的乱局，到那时，两地道领及相关人员命将不保，且军士、群众也会遭难。他要求两地各安本分、各守其土。两地道领认识到了利害关系，也感服徐联魁的处置方式，和平地化解了累积多年的矛盾，整个事件顺利处置完毕。

光绪二十一年（1895年）四月，60岁的徐联魁在阜和协副将的任上因病亡故。在他的灵柩离开阜和回姚安时，数千阜和群众聚集到所经过的道路旁焚香哭送，喇嘛僧人八百多人诵佛经，吹画角送至五里之外。九月六日，徐联魁的灵柩运回姚安后葬于城西万花谷的百花冲徐氏祖坟。下葬后，姚安学者甘孟贤、甘季贤兄弟分别写了《建威将军徐公家传》和《诰授建威将军徐公墓志铭》两篇文章以表敬佩、怀念之情。

1903年，由时任云贵总督丁振铎提请，清政府下旨让徐联魁附祀于大理杨玉科专祠。徐联魁死后，诰授建威将军，晋授荣禄大夫。根据《清朝通典·职官十八》的记载：武职正一品曰建威将军，凡属八旗一品武职，封光禄大夫；凡属绿营一品武职，封荣禄大夫。

徐联魁是一个坚毅、仁厚的人，甘孟贤兄弟在他们的文章里罗列了一系列他的事迹：治军有方，勇猛善战，战场上不居功，体恤民生疾苦，仁厚对待军士和朋友同事、族人，捐资修庙一心向善等等。从1861年26岁从军到1895年60岁归葬姚安，34年的时间里徐联魁只有为父亲守制的三年在姚安。而在这三年的时间里，他捐资修建了多处建筑：姚安城东的昭忠祠、城南的观音寺、城西的古山寺、城南德丰寺旁边的地藏寺以及大姚的羊蹄江大桥等等。他在四川任上时还曾购书想告老回乡时送入书院，培养乡里子弟，可惜愿望没有实现便身故他乡。

如今姚安城西万花谷里的百花冲，已经找不到徐联魁那曾经三碑六柱的墓碑，我们只在荒草掩盖下的一个土丘里扒出一段残破的石碑，以此来辨识上面那些隐约的文字。先前的战功犹如将军的枯骨，已经逐渐消隐于历史的烟尘之中。

（作者：杨海虹）

## 参考资料

1.由云龙编纂：民国《姚安县志》，云南人民出版社1988年版。
2.甘孟贤：《诰授建威将军徐公传志》。
3.彭利侯编纂校录：《云南史料丛刊中的楚雄史料》，2019年。
4.李玉振：《滇事述闻》，见北京中华书局影印本，1986年版。

# “姚阳三先生”之陈廷杰

被姚安贤达人士甘孟贤尊称为“姚阳三先生”的著名人物，除大家较为熟悉的清初云南著名学者、教育家、地方乡贤高奣映和清代姚安著名理学家、教育家饶乙生以外，还有一位就是清代姚安著名学者、教育家、乡贤陈廷杰。

陈廷杰（1824—1904年），字笏斋，咸丰间岁贡，性端重简默。据民国《姚安县志》中记载陈廷杰“幼从贡生甘荣禄学，终身守师法，并与甘雨订总角交，互相切劘，励志行修……播迁之余，多有挟妖妄为降乩以惑世诬民者，为文力辟之，洋洋千余言，识者拟之为昌黎《原道》。以廉退谦让持其身，俭朴敦厚化其家，子孙守其教，门人式其德……晚年主讲大成书院，勤教不倦”。说的是陈廷杰从小跟着甘荣禄学习，与甘雨自小交好，他们在一起相互学习探讨学问。后来陈廷杰也成为了教书先生，在教书之余，听到有人以谣言乩术迷信蛊惑百姓，他都要写一千多字的文章来澄清，还原真实，有学问有知识的人把他的这些文章比喻为“原道”。“原道”即探求道之本，《原道》是唐代文学家韩愈创作的一篇古文，文中观点鲜明，有破有立，引证今古，从历史发展、社会生活等方面，层层剖析，驳斥佛老之非，论述儒学之是，归结到恢复古道、尊崇儒学的宗旨，是唐代古文的杰作。人们把陈廷杰的文章比喻为“原道”，一方面是称赞他的文章写得好，另一方面也表明他求真、求道的品质得到了人们的推崇。

陈廷杰性情稳重，拘谨木讷，落落寡欢，不善交际，为人简朴，严守师道。他自幼聪慧，刻苦好学，童年时期就拜

姚安新貌

道光年间的岁贡、理学家甘荣禄为师。在学习期间，他与甘荣禄之子甘雨订结下了深厚的同窗情谊，两人同为甘荣禄的弟子，相伴相助，亦师亦友，相互学习交流，共同励志求学，相互切磋学问，取长补短，传阅修改文章，砥砺修行品德。由于受到甘氏的良好教育和熏陶熔炼，又得家学渊源，陈廷杰博览经史，饱读诗书，学业精进，学有所成，在清朝咸丰十一年（1861 年）间成为岁贡。“岁贡”是明清时被选中升入国子监就读的生员称谓。元、明、清三代国家设立的最高学府和教育行政管理机构，又称“太学”或“国学”，朝廷会定期不定期从各府、州、县学中选送生员到国子监读书，在这种体制下选拔出来的便称为“岁贡”。一般情况下，各地的府、州、县学“岁贡”一人，在清代，平均州学每三年贡二人。

咸丰六年（1856 年）七月至同治九年（1870 年）四月，姚安战乱纷争长达十余年，社会动荡不安，民众流离失所，死伤众多，田园荒芜无收，祸乱之烈，十分惨重。陈廷杰目睹这一切，满怀悲愤之情写下《哭姚变》，甘雨写下《平姚记》，较为真实地记录下了“咸同兵乱”这一重大历史事件。在这一社会动荡的特殊时期，他固守传统文化的淡泊与坚韧，洁身自好，守正不屈，不慕名利，不为官职所污，他同甘雨约定，各自远走他乡躲避祸乱。陈廷杰辗转流离到大姚，抱道在躬，谨守师法，“抱遗经，传绝学，隐居教授殆十余年”。祸乱期间，经常有一些别有用心、唯恐天下不乱的妖妄之徒散布流言蜚语惑世诬民，搅得人心惶惶。他挺身而出，以笔为武器，撰写《辟宣讲文》以辟谣，正人心而厚风俗，洋洋洒洒数千言，文章观点鲜明，有破有立，引证今古，笔锋犀利，层层批驳，说理透彻，以文名世。

文中写道："今宣讲者，据生死而说因果，以好恶而定是非。崇信其说者，虽极无耻之人，亦以为善而免劫；不信其说者，虽大忠大孝，亦以为恶而遭劫。或信其说而死，则曰升天堂也；或不信其说而生，则曰劫未到也。假鬼神之言，妄加褒贬，不惟宣之于口，而又笔之于书；不惟笔之于书，而又刊印之，传布之，善恶倒置，黑白混淆。彼愚民无知，谁不贪生畏死，势不至殴我滇西之人，昧其忠孝之心，甘心从贼不止。呜呼！举一时之人心，而汩没之，澌灭之，人心其死于此矣……邪说诬民，愚者信之，苟读书明理者，起而辟之，庶几寐者悟而醉者醒耳。乃衣冠黉序之流，亦且甘为异端之领袖，以芜杂之辞，饰其谬妄之说……贾太傅若在，不知若何叹息，若何痛哭，若何流涕也。嗟嗟！杨墨之害，孟子救之；佛老之害，韩子辟之；淫祠之害，狄仁杰、胡颖黜之。杰虽不才，幸读孔孟之书，与闻正道，愿附诸先贤之后，以空言遏绝洪流，虽举世诟病，亦奚恤哉。"

文章中的"贾太傅"即西汉贾谊，曾经担任梁怀王太傅，多次上书批评时政，诋斥异端邪说。"杨墨"是杨朱与墨翟的合称，杨朱"一毛不拔"思想和墨子"天志明鬼"之法被儒家皆视为异端。胡颖是南宋时在广东担任掌管一路军务和民政的经略安抚使，擅长破案，曾经机智灭蛇神。陈廷杰以历史上的这些人物来对以好恶定是非、假鬼神之言妄加褒贬、散布善恶倒置、黑白混淆言论之人的批判，同时也提出了知识分子在正本清源之中应该履行的社会责任。

姚安灞陵桥

高奣映先生也撰写过类似的文章。当时，少数民族崇信巫术，迷信鬼神，凡事都要占卜问卦，祀神祭鬼，他对此深恶痛绝，坚决予以反驳，写下《禁邪巫惑众议》一文，认为："巫之害，甚于盗贼鸩毒矣，其事诞甚，其术愈邪。信之而破人家，信之而诞人意"。甘孟贤先生曾经称赞陈廷杰的《辟宣讲文》说："《原道》之后，此为嗣音不刊之作也（指继承前人的事业，如响应声，正确的、不可修改的言论）。”

民国时期曾任云南省省长、内政部长、考试院副院长的周钟岳在为陈廷杰著作《萃云馆遗文》所写的序言中评价道：“吾得笏斋先生《辟宣讲文》，于丁君凤楼而陈观，掩而叹，憝而有所感于衷。当咸同回乱，滇境骚然，扶乩、降鸾，邪说猖獗。二三人倡而大之，以成其恶，犹神其说，曰：‘是可以知天心扶人事’。乡愚妇孺靡然风从。先生乃挥毫摛素，迎而辟之，刃其恶而诛其心。巨文立教，千古昭垂，阮瞻无鬼之论，宜可以辉映后先矣。今并与自序一首，次为遗文，梓而传之。彼佞佛之家，礼经拜忏；信道之士，呼吸吐纳。以及夫奉上帝，扶仙乩之流，闻先生言，宜恍然悟，求所以用其才性知能者。”

为什么《辟宣讲文》受到如此的重视，这与当时的社会背景有关。民国《姚安县志》记载：“七年（1857 年）春三月，妖道某结夷人金肇盛等，啸聚大古者为乱。”县志里说的妖道为乱正是陈廷杰生活的时代，1857 年，有一自称为“高皇大天尊”的道士在邻近姚安的祥云县大古者建立据点，号称“天营”，招纳夷人为“天兵”。他要周边百姓称他为“仙主”，称他的妻子为“地母”。他在四周山谷中“煽动夷人，言‘汉当灭，夷当兴’……夜则设坛作法，昼则出兵作战”。在这个道士的煽动下，聚集了周边上千名彝族群众在今天的官屯、弥兴等地暴乱，“咸丰七年三月，聚千人围杀三角村汉民三百户，无一存者……”这一事件与当时的杜文秀起义相互交织，加剧了社会动荡。官府多次派兵围剿却因地形不利而失败，致使“夷人益惑之”，民间认为他真的是神仙。

周钟岳在序言中所提到的阮瞻，字千里，素执无鬼论，没有人能辩得过他。传说一天有位客人慕名前来拜访，寒暄之后，谈起名理。客人很有才辩，阮瞻与他谈了很久，谈及鬼神之事，两人展开辩论，最后客人没能辩得过他，就生气地说：“鬼神，古今圣贤所共传，君何得独言无？我便是鬼！”于是变为异形，须臾消灭。现在我们来看这个故事，是否可以理解为：持鬼神之说者，本身就是鬼！

待兵乱平息之后，陈廷杰带领他的弟子回到阔别近十年的姚安，他主讲大成书院，勤教不倦，辛勤耕耘，桃李盈门，人才辈出，其弟子参加科举考试，中榜的就有一百多人。其为人，“不以才智先人，而傲岸者当之辄屈服，不敢自肆”，为学，则以“不欲勿施，有诸无宿”二语自勉、勉人。为此，甘孟贤先生称赞道：“兵燹之余，文教重兴，诗书之士，接踵而起，如先生者可一二数也！”

陈廷杰一生勤于学习，教授学徒，博学能文，传播先进文化，关注民众疾苦，维护乡村和谐，为国家培养人才，以中华传统乡贤、士大夫、仁人志士倡导的人生“三不朽”——立德（创制垂法，博施济众）、立功（拯厄除难，功济于时）、立言（言得其要，理足可传）为孜孜以求的一种精神价值取向和人生最高境界，不断修养自己的道德品行，为民众做实事好事，确立独到的论说言辞。他的品行、心术、学问、事功，为姚安民众所尊仰。

陈廷杰曾著有《萃云馆遗书》一卷，甘孟贤先生在为其编辑整理时撰写序言评价说：“先生为有道之士，余向著先生家传，谓世道人心赖先生维持，今证以先生之言，窃自幸于先生，非无实贡谀也”。周钟岳先生为其作序略，说陈廷杰是“巨文立教，千古昭垂”。石屏的云南文化名人、云南独一无二的全国状元袁嘉谷先生，姚安的由云龙、刘德修先生都为《萃云馆遗书》撰写了序或跋，可见这些文化名人对陈廷杰先生《萃云馆遗书》的赞赏和推重。

为表示对陈廷杰等先生的敬重，甘孟贤撰写了《笏斋先生家传》，还以文观世道人心，选取高奣映的《维风权宜》、饶乙生的《善诱录》及陈廷杰的《萃云馆遗书》，合编为《姚阳三先生文集》。在《笏斋先生家传》中我们知道了陈廷杰小甘雨一岁，他的父亲名叫陈泰，儿子随祖父姓叫刘昀，是岁贡，孙子名叫陈善修，是州学生。陈廷杰学有所成后以教书为业，很多人都想跟他学习。在“咸同兵乱”中，甘雨避难到了州西弥兴，陈廷杰到了大姚，隐居教授学生十余年。陈廷杰于光绪三十年（1904 年）在家中去世，葬香索岭，终年 81 岁。

（作者：何平）

## 参考资料

1.由云龙编纂：民国《姚安县志》，云南人民出版社 1988 年版。

# 宁绍道台马驷良

在离光禄小邑村委会稗子田村的不远处，有一座相比周围稍高一些的墓，墓碑上分三列刻有“卯山酉向兼乙辛，清资政大夫马襄愍公之墓，民国七年十月二十五日”的字样。这就是姚安人所熟知的宁绍道台马驷良的墓。

民国《姚安县志》记载：“马驷良，初名伯良，字星五，一字景楼”。墓碑上的“清资政大夫”并不是指实际的官职。在清朝，“资政大夫”是文官虚职的一种称谓，在品级上为正二品阶，马驷良的墓碑上以其最高品阶来称呼。“襄愍公”，是马驷良死后门人私谥的号。墓碑上的时间“民国七年十月二十五日”是马驷良的卒年。从县志记载的文字信息来推测，马驷良应该生于1838年，到他去世时有80岁。从整块碑来看，中间的“清资政大夫马襄愍公之墓”几个字从书法上看明显优于两侧，朱和双老师猜测中间的可能是赵藩的手笔。

昆明大观楼长联的书写者、晚年自号“石禅老人”的剑川县人赵藩，字界庵，他和马驷良一样在清晚期都因云南的杜文秀起义引发的战乱而避乱于金沙江畔的会川，投入了清军将领杨玉科的麾下从事参谋和文职工作。赵藩一生主攻诗词、书法，其书法兼具柳骨颜意，何风翁神之妙。同样的经历成就了赵藩和马驷良两人的友谊，在马驷良去世时赵藩送有挽联，并为马驷良题写了墓碑。赵藩所写的《挽姚安马星五观察驷良》联“从戎、筮仕、归田，国士应时，出有为，处有守；兴学、培材、睦族，乡人铭德，生也荣，死也哀”，对马驷良给予了极高的评价。在古时，有“国士无双”之说，

马驷良故居

“国士”常用来褒扬“一国之内最有才干的人”，这是业儒者所能够得到的最高荣誉。我们看到，在云南“手眼独出千古”的赵藩毫不吝啬地将这一盛名授予姚安马驷良，这在云南的历史上恐怕是绝无仅有的，在姚安的历史上也没有第二个人能承受得起“国士”的头衔！

民国《姚安县志》对马驷良的履历有一个大致的记述：“回乱初起，避地会川，舌耕自给。”“咸丰六年（1856 年）秋七月，姚州回据城叛”。这时的马驷良十八岁，“洎杨武愍公由川进剿禄劝、武定、元谋、礼聘参赞戎幕”，这里说的是咸丰十一年（1861 年）“杜酋煽云南县夷万余，助抗官军”的事。“杨武愍公”指的是清朝著名爱国将领杨玉科。杨玉科在云南抗法战争中牺牲后，谥武愍，“杜酋”指的是杜文秀。民国《姚安县志》也记载“同治二年，杨武愍公由仁和进攻武定，始入幕参赞戎机”，从事件上来分析，马驷良被杨玉科“礼聘参赞戎幕”的时间是在同治二年（1863 年），这一年，他二十四岁。之后的十余年里，马驷良随杨玉科一起辗转云南各地，直至彻底肃清了杜文秀的起义部队，被赏“吉勒通阿巴图鲁”名号和花翎二品顶戴，以道职分浙江补用。根据戈斌编著的《光绪朝朱批奏摺》一书中收录的《十七日分发浙江补用道马驷良摺》所写的内容，奏折上的时间是“光绪四年（1878 年）十月十七日”，即他

姚安光禄文昌宫

任浙江补用道的时间是1878年10月。这一年马驷良四十岁。补用道，即候补道，是清朝职官的称谓。道台是清朝各省内分守道、分巡道的长官，尊称“观察”，所以很多资料上也把马驷良称为“马观察”。

在浙江的道台任上，马驷良勤勉履职。光绪十一年（1885年），马驷良建言海防有功，于1886年被任命为“宁绍台道兼海关兵务事务”。宁绍台道是清朝一个行政区划的名称，治宁波，辖宁波、绍兴、台州三府和定海直隶厅。

马驷良在浙江工作的情况，朱和双老师在《浙江候补道马驷良宦游新证》一文里做了详细考证。马驷良在浙江多有善政，如办保甲以稽盗匪、设牛痘以惠幼孩、立学程以惩盐私等。任职十个年头后，马驷良“丙戌腊杪请假修墓，丁亥春将次南归”，即光绪十二年（1886年）请假，原因是要回家修墓，到光绪十三年（1887年）将要回云南。这个时间在《西泠话别集》里反复得到印证。

《西泠话别集》应该就是县志里面所提到的《西泠》一书，是马驷良1887年归里省墓，临别时与俞樾、盛康等好友的离别诗汇成的一本诗集。这本诗集有许应鑅、龚嘉俊两人所作的两篇序。咸丰三年（1853年）以会试第十二名赐进士出身的许应鑅与马驷良的相识是“岁乙酉（1885年），余履浙藩任，得晤星五观察，相与叙同寅谊、联知己欢，先后三年，相见洽甚”。咸丰丙辰（1856

年）的进士龚嘉俊，马驷良在浙江时他任杭州知府，两人很是相知。马驷良在“例言”里说明了编辑这本诗集的目的，即“一是集为倚装酬和之作、感临别赠言之雅，谨按送到先后，匆匆付梓”。诗集里所收的75首诗都是和马驷良南行前写的《丙戌腊杪请假修墓，丁亥春将次南归，赋此留别诸同寅》一诗所作的，算是就马驷良的话题与他作别。诗云：

行年虚度到知非，蛰伏无由破壁飞。
元豹讵随岩壑老，白驹惭食稻粱肥。
官闲暂且悬车去，亲殁尤当省墓归。
住久西湖抛不得，临歧惆怅柳依依。
精神戎马半消磨，检点征袍汗血多。
浙水清时思退补，彩云深处有吟窝。
人生穷达皆由命，世路风尘一路佗。
眷念松楸形寤寐，连宵曾梦到烟萝。

宦海茫茫泛小槎，十年漂泊等浮家。
鹤翔知止心常定，鼹饮无多愿敢奢。
矮屋四围绕竹木，薄田几亩足桑麻。
更余闲隙数弓地，好与山农学种茶。

名缰摆脱宦情阑，碌碌无奇负此官。
知命红颜伤命薄，感恩白首报恩难。
书来故里偏多殢，琴到离亭未忍弹。
他日萍踪期再合，相逢握手话平安。

即将回云南时，马驷良“未能决然舍去，爰为诗以志别；从而和之者，自方伯、许公而下，盖数十人焉”。这么多的诗送到手里，“藏诸行箧，将携以归，又虑其久而散佚也，乃付手民，排印成帙”。

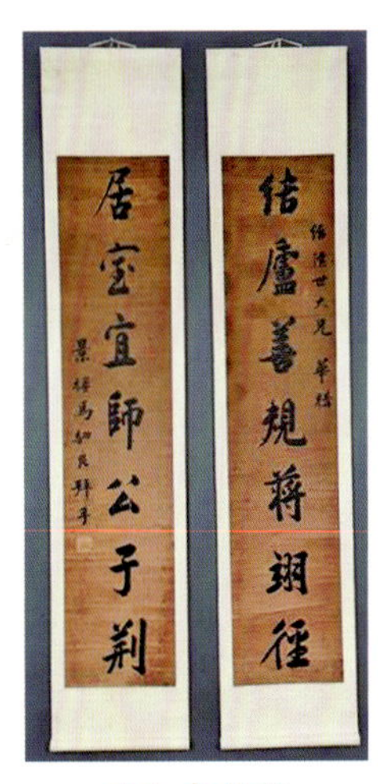

马驷良书联

马驷良书联

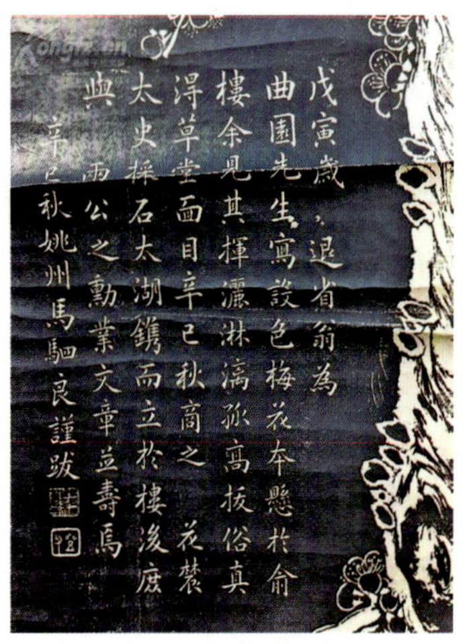

红梅碑马驷良题款

从《西泠话别集》里的诗来看，马驷良在浙江十年，“与平昔贤士大夫之交游往复于中怀”，办保甲、剔盐弊、筹海防、御法人都能“俱见才猷”。一些诗中曾反复提及他曾作有一幅《吴山醉月图》，在当时令人叹服，可惜现在已不知所终。现在我们能见的还有西泠红梅碑。这块碑刻于1881年，碑刻梅花原图为清末湘军将领彭玉麟所绘。梅花四周刻有彭玉麟、俞曲园、徐花农、马驷良四人题跋，对作画缘由和石碑来源有所说明。

这块碑上梅花的绘制者是清朝著名政治家、军事家、书画家，人称雪帅的彭玉麟（1816—1890年），他与曾国藩、左宗棠并称大清三杰，是湘军水师创建者、中国近代海军奠基人。彭玉麟多才多艺，诗书画俱佳，他一生画了上万幅梅花图，特别是他的“墨梅图”，与郑板桥的墨竹齐名，被称为“清代书画二绝”。红梅碑的左上侧有俞樾的四行楷书题跋：“老彭淡墨写臞仙，不画红梅三七年。特为俞楼助春色，燕支多买不论钱。更感多情马少游，湖嵌八尺细雕锼。他年丹研争模拓，会见人间万本留。雪琴侍郎久不作红梅矣，特为俞楼作此本，设色甚妙，星五观察选太湖石刻之，从此模拓遍人间矣。恐后人忘其名红梅，俞樾因题此。”曾任杭州西湖“诂经精舍”掌教（即山长）的俞樾在诗词、音韵、训诂、文字、书法、佛学、传记、小说、戏曲、杂文等方面很有造诣，著有《春在堂全集》五百余卷。马驷良与俞樾交集颇多。在俞樾所著的《右台仙馆笔记》中，曾多次出现“时马星五观察驷良驻兵其地，实亲见之”“同治壬申冬，滇抚岑公督大军环攻之，马星五观察驷良与焉”“此亦马星五观察所说，观察即云南人，所说当不妄”“马星五观察驷良，云南人，为余说如此，盖其所亲见也”等语句。这是马驷良给俞樾讲了一出云南的奇闻逸事，俞樾把这些故事记录下来，同时也记录下所讲之人。从这些记录可以看出，两个人的交往很多。之后，俞樾在《春在堂全书》里的《石印春在堂全书自序》中写道：“云南去中原绝远，马星五观察携一部去，借钞者踵于门”，这一部，也就是当时有钱也难以买到的《春在堂全书》。

马驷良的《西泠梅花碑跋》在红梅碑的左下侧，有七行，为楷书。内容是：“戊寅岁，退省翁为曲园先生写设色梅花，本悬于俞楼。余见其挥洒淋漓，孤高拔俗，真得草堂面目。辛巳秋，商之花农太史，采石太湖，镌而立于楼后，庶与两公之勋业、文章并寿焉。辛巳秋姚州马驷良谨跋。”从这块碑可以看出马驷良在诗、书、音乐等方面的造诣。人以群分，没有相当的功底是进不了那个文化圈子的。

马驷良南归的原因是请假修墓，按他的计划是 1887 年的仲春从浙江启程，这一年他五十岁。虽然是请假，但这么远的路，在当时可能也就相当于辞职了吧。因为在许应鑅为《西泠话别集》的序言里就写到了他今后的生活，“君行矣，将与父老子弟，一弦一诵，咏歌于松萝泉石间，著述等身，传之千载”。从《西泠话别集》里可以看出，当时马驷良“受知于雪琴尚书、俊丞中丞两予荐章”，并且有“叨彦卿宫保拔擢，各大府优待，委任有加”。应该不是一些资料里显示的因“不理民情，丝竹终宵”而罢官。

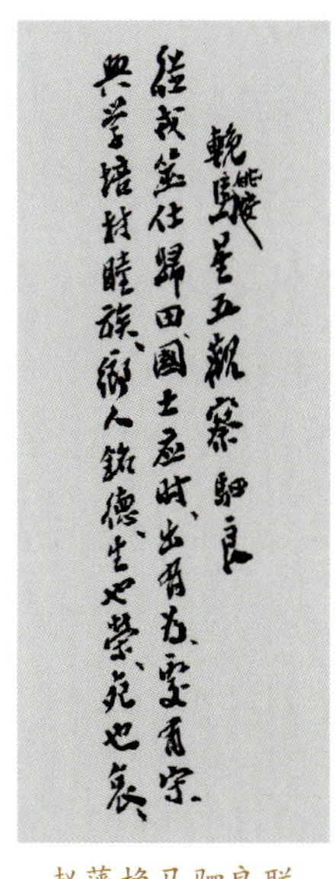
赵藩挽马驷良联

马驷良墓碑

马驷良“起家戎

马”，但擅长书、画、音乐等技艺。县志有记载：“逮光绪初，马驷良由浙东解组归，精乐谱，就光禄社矫正音律，桂香社亦摹习之。自是姚安经会乐曲始归雅正。”马驷良“之音乐尤称独步”“尤工音律，及游京沪间，益增美备，归教乡人，邑中音乐渐归雅正”。洞经音乐是非常古老的传统器乐乐种，起源于宋代的四川省，源于古代中原的道教丝竹乐。道教经书分为三洞，即洞真、洞玄、洞神，所以道教经书称为洞经，演奏唱颂经书中诗赞的音乐，就称为洞经音乐。文昌宫是洞经会活动的大本营，洞经音乐便在这里演奏。马驷良回到姚安后，倡建文昌宫，矫正音律，使得姚安的洞经音乐“始归雅正”。

马驷良十八岁“避地会川”，五十岁“请假修墓”南归，此后到他去世的三十年间，在姚安著书、做事。根据县志的记载，马驷良还著有《景贤录》一卷和《养云草堂诗集》四卷，《养云草堂诗集》四卷分别为“西征”“西湖”“归田”“西泠”，“西泠”应该就是《西泠话别集》。另外在县内他还写了一些碑记，如《弥溪怀安桥碑》《重修龙华山活佛寺碑》等。龙华寺内还挂着他亲笔手书的匾，光禄文昌宫的飞来石上也还有他的亲笔手书。马驷良的长子马思睿“袭父星五公职”，后“殁于所任”；次子马思光精通医术，治病救人；女儿马玉琴知书识礼，在女学躬亲执教，女婿由云龙，历任永昌知府、云南省教育司司长、护国军总司令部秘书长、云南省代省长，解放后任第一、第二届云南省政协副主席，著作有《定庵题跋》《石鼓文江考》等，曾任国史馆纂修并兼姚安县志局长，总纂民国《姚安县志》，为民国志书中的上乘之作。

（作者：杨海虹）

## 参考资料

1.杨成彪主编：《楚雄彝族自治州旧方志全书（姚安卷）》，云南人民出版社 2005 年版。

2.王国平总主编：《西湖文献集成续辑》第十七册《西湖诗词史料》，杭州出版社 2016 年版。

3.朱和双：《浙江候补道马驷良宦游新证》，见《文化姚安论坛》，2017 年第 1 期、第 2 期。

# 艺术家赵鹤清

赵鹤清

在姚安光禄古镇里，有一处“三步两道台”，说的是在这只有三步的范围内，出了两位道台，一位是马家的马驷良，曾任宁绍道台，另一位是赵家的赵子骧，曾任汝阳道台。赵马两家是亲戚，又是邻居，大门相邻，人们便称这里为“三步两道台”。

赵子骧，自幼好学，虽生处乱世，却有穷达之怀。清朝后期，云南爆发了大范围的回民起义，为了躲避战乱，赵子骧一家避居于大姚七街。后来赵子骧从军，在杨玉科的部队里，战事结束被清朝政府任用为南汝光淅兵备道。在任期间，廉政勤政，为了确保治理黄河的工程质量，使之能够更好地造福百姓，赵子骧长时间吃住在工地，大雪天即使生病了也拖着病体坚持工作。光绪十年（1884 年）积劳成疾，病逝于任所。

赵家大院里不仅有道台赵子骧，还有赵子骧的儿子——国学家、艺术家赵鹤清。

赵鹤清（1866—1954 年），字松泉，号廋仙，姚安县光禄镇人，清光绪二十三年（1897 年）举人。赵家避乱于七街时，赵鹤清出生并接受了父母的启蒙教育。赵鹤清后来成为了甘雨的学生，由于勤奋努力，他以优异的成绩夺得州试、府试、院试三个第一名，被姚州以小三元补州学博士第子员。赵子骧病逝河南时，刚满十九岁的赵鹤清独自赶赴河南，处理父亲后事，扶梓回乡。

赵鹤清从小接受艺术的熏陶，爱上了画画。他在父亲的帮助下向云南籍画家马伯瞻学习山水技法，在马伯瞻的指导下对王元照墨迹反复临习。赵鹤清又认识徐少甫、刘旭初两位学有根底的书画家，并且拜他们为师，“朝夕过从”，虚心学习。徐少甫长于写意花卉及鸟兽，其所作的松鹤图落笔豪放，气势犹逸。在徐少甫、刘旭初二人的指导下，赵鹤清的花鸟画技艺提高神速。几年下来，他已获得“北方画派”的精髓和神韵，成为一名优秀的年轻画家。

父亲去世后，年轻的赵鹤清远游江南，投奔时任浙江宁绍道台马驷良。这是赵鹤清第一次游历江南水乡，三个多月的时间里他来往于苏杭等地，不仅饱览苏杭山水，还交往了一些文人学士，大开了艺术眼界。他虚心向山水画大师沈庹铁研求南派绘画的设色技法。继而，又认识张子祥、任阜长两位“海上画派”的重要书画家，使赵鹤清对“南派”绘画艺术有了深入的认识和理解。通过比较南、北两大画派的优劣，赵鹤清得到一种认识，即“北派善魄力易失于枯窘，

赵鹤清故居

赵鹤清的画

滇南名胜图

赵鹤清的画

南派善风韵易失于柔靡”。所以，赵鹤清继承和吸收南北两派各自的长处，又摒弃各自的短处，形成属于自己的独树一帜的“南北画派”画法和画风。

赵鹤清学习书画，无论是在河南或是在苏杭，起点都比较高。他拜师学艺的先生，都有很高的艺术造诣。既学有所宗，又各具自己的风格，是南、北两大艺术流派的代表人物。在老师们的指导下，赵鹤清勤学苦练，博采众长，形成自己的风格。他的绘画，题材广泛，人物、山水、花鸟都有所涉猎，且都具有自己独特的艺术风格。据说，他创作于1902年的墨兔四条屏，曾经在巴拿马万国博览会上获得金奖，国画《一唱雄鸡天下白》在“布拉格之春”国际博览会上获评第五名，画集《滇南名胜图》，较好地展现了云南的风景名胜，人文风情。在他的山水画中，曾多次取材于苍山洱水进行创作，整体上看，1932年创作于杭州西湖的《苍山洱水图》最具艺术水准，也最有代表性。这是一幅诗、书、画、印融为一体的艺术画卷，画面宽阔，气势磅礴又不失山水的秀美。画面之外，还配以张镕西提赞，根源先生的亲笔题画及画家本人的题诗。除山水画以外，花鸟画在赵鹤清绘画创作中所占比重也很大。有名的《百菊图》上共画107朵菊花散布于假山之上，各有各的姿态，各有各的色彩。整个画面由六个条屏组成，而六个条屏分开各自成画，组合在一起，又是一组笔墨相连、画面完整的巨幅画作。在《墨猫》上，作者虽然标注说是“法司马绣谷意”，但完全是自出新意的表达。其他一些花鸟画幅，选材和立意上，既继承了传统花鸟画的笔墨意趣，又充分展示出画家的审美表达，加上娴熟的笔墨技巧，真正形成了既不失于“枯窘”又无“柔靡”之态的艺术风格。

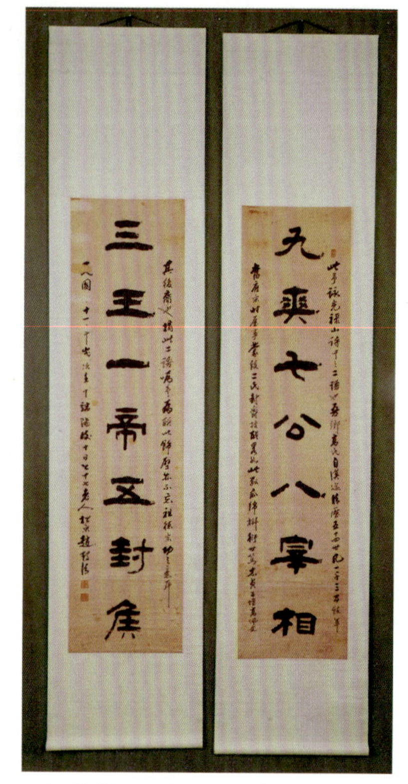

赵鹤清“九爽七公八宰相”对联

为了更好地理解中国传统文化，赵鹤清把文化与绘画、书法融为一体，对传统文化的学习日渐深入，成就了深厚的学识素养。袁嘉谷先生评价他的文学艺术创作是“艺精通妙理”。

在江南期间，他不仅在绘画艺术上，走出了自己的道路，还深切感受了江南山水的灵秀，又学习了苏州园林设计与建造艺术，为日后的昆明园林建设奠定了基础。

从浙江回来后，为了打牢绘画艺术功底，不断开创绘画艺术新面貌，赵鹤清遍访云南的奇山异水，以师法山水的艺术态度，进行了大量的国画写生。为艺术创作进一步夯实基础。事实上，他的众多国画写生，并非简单地描摹山水，而是以真山真水为标本，借助各种艺术处理方式和技巧，在写生的过程中，对写生对象进行适当而又合理的艺术处理，让写生画增强了艺术效果。

1897年（光绪二十三年），31岁的赵鹤清，通过多年的深入学习，所学知识日益丰富，终于在科举道路上迎来了收获期。这一年，在每十二年一次的优秀生员推举过程中，赵鹤清以优异的成绩和德行，通过了州、府、院三级学府的考察与推荐，成为一名无须参加科举考试就能保送到京城国子监读书的拔贡生。然而，赵鹤清却放弃了选拔到京城国子监读书的机会，而是参加云南省举行的乡试，考取了举人。在之后的备考期间，他协助马驷良倡导筹资修复被火毁的龙华寺，并发挥自己的特长，为龙华寺的墙面题诗作画，撰写楹联，为修复后的龙华寺增添了文化艺术气氛。此外，他还尝试举办实业，引进技术创办了宏仁织局，以解决姚安百姓“谋衣皆于谋食”的穿衣难问题。在他离开姚安参加会考之前，他把宏仁织布局交给官府来管理和经营。考中举人五年后，36 岁的赵鹤清到河南参加全国会试，这是清朝举行的最后一次科举考试。因科考不中，赵鹤清与由云龙一起进入京师大学堂接受新式教育，不久便被选派到京城多所中小学堂担任图画课教习。

光绪三十二年（1906 年），赵鹤清被任命为广州番禺知县，五年后因“办理清乡糊涂疲玩”被朝廷革职。

被革去番禺知县的赵鹤清，回到云南省会昆明。在好友由云龙的举荐之下，1912 年赵鹤清出任由省军政府直管的他郎厅（即后来的墨江县）知事，一年后又调任澜沧县知事。之后他历任云南省参议会议员、云南总商会会董、思茅磨黑场知事、大姚白盐场知事等职。赵鹤清关注民间疾苦，且善于利用自身条件，力所能及地为改善民生做一些实际而有用的事情。任职他郎厅虽然只一年，为民办事却不少。他创办了他郎厅历史上第一所女子学堂，并让自己的女儿任女子学堂的教员，以引导更多的女子入学接受教育。任澜沧县知事时，他从县情出发，创办了农事试验场，籍此培训傣族和佤族同胞学习蔬菜种植技术。在白井盐场知事任上，赵鹤清制定和实施了改善白盐井盐区生产生活条件的四条措施，深受广大盐民的欢迎。

赵鹤清“钓久樵多”行书联

赵鹤清隶书联

篆刻和园林设计是赵鹤清的爱好，有《松泉印组》四卷流传于世。1915 年受聘为昆明大观楼公园建设园林设计师，在这里，他“曾叠一石于滇之大观楼。嵌空玲珑，高领霄汉。石上能容一二百人。游历家认为世界之无。世称板桥三绝，松泉则有五矣，不亦足豪乎”。赵鹤清的园林设计受到了昆明政要的好评，七年后他受聘出任昆明市政公所顾问，负责市政和园林规划建设。在他的努力下，昆明的园林设计达到艺术美与自然美、文化气息与园艺观感的有机融合。1924 年赵鹤清出任翠湖公园事务所第一任经理。

1927 年，六十岁的赵鹤清卸任回到姚安光禄老家，准备闲居养老。然而，在那个动乱的年代，什么事都可能发生。因为他担任过盐场知事，在众人的眼里可能会很有钱。在他回到姚安后不久，一股土匪洗劫光禄并绑架了赵鹤清，把他押到了密苴地，要赵家限期交枪交银以赎人。然而，赵鹤清一家却没有大众想象的那般富有，连土匪都没想到他们家竟然拿不出赎金。好在房东同情赵鹤清，悄悄放了他。被救后他便带领家人离开姚安定居昆明。回到昆明的赵鹤清应时任昆明市市长庾恩锡邀请，帮助庾家设计建设私家花园的园林部分。赵鹤清 64 岁时凭着自己一身的才华，告别昆明，远游江南，寄寓南京。7 年后，赵鹤清回到阔别的昆明。虽然年事已高，但在书画诗词方面的创作热情却未减，晚年他创作了

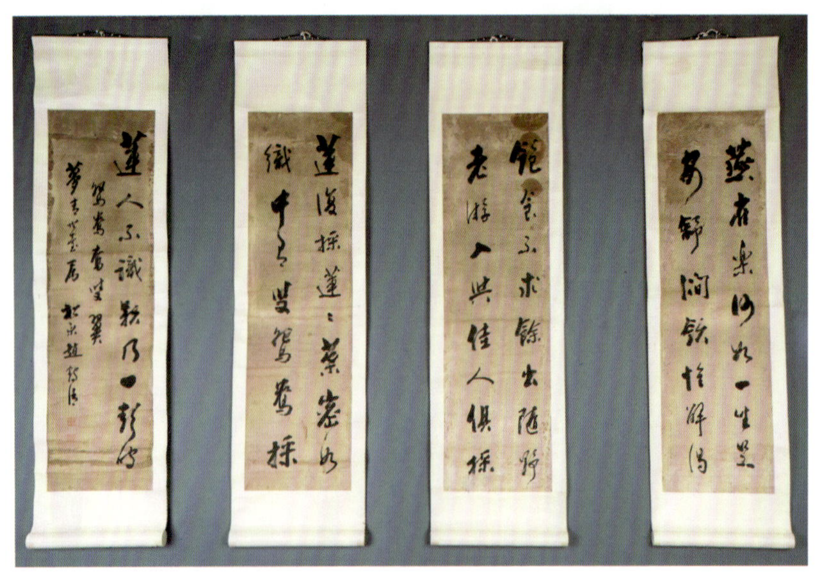

赵鹤清行书四条屏

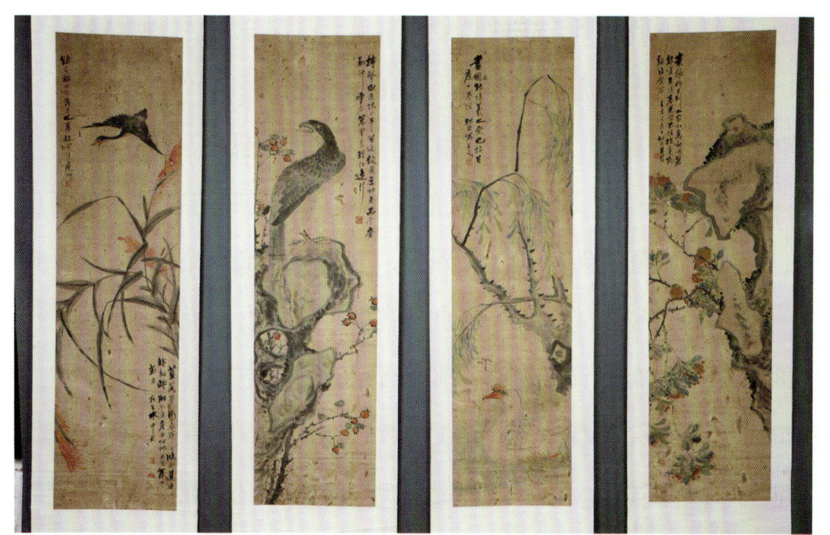

赵鹤清花鸟四条屏

众多的书画诗词精品，解放后，被推选为云南省政协委员。

赵鹤清具有良好的艺术天赋，又对艺术保持着长盛不衰的学习和创作热情。赵鹤清的艺术才华是多方面的，他对国画、书法、诗词、篆刻、园艺等艺术门类，无不精通，是一个多才多艺的艺术家。

在书法艺术方面，赵鹤清是楷、行、草、隶、篆各体皆能，而尤以行草和隶书最有特色，也最具艺术成就。行草书，是赵鹤清写得较多，也是较为顺手的一种书体。他以二王为根基，充分吸收历代书法家的创新笔法，写出自己的笔墨形态，形成自己的书风。《松泉词钞》，无论是词章，或是笔墨书写，都是用心用情地创作，词美，书美，美美与共。行草中堂《世传家在江南岸》也是一幅风格突出的行草书代表作。从整幅书法的艺术效果来看，各种技巧非常娴熟，用笔流畅多变而又老辣苍劲，笔画和结体随势而成，毫无一点做作之气，且在自然书写当中形成墨色干湿浓淡的自然变化，看似一幅不经意间随意写就的作品，但不论是用笔、结体、气韵生发等等，都体现了创作者的精心构思。对联“月从、鸟集”，书写既自然潇洒，又遒劲秀美，是一幅草书笔意非常浓厚的行书作品。赵鹤清的隶书创作，既取法秦篆和汉隶，又吸收清中晚期以来隶书大家在用笔和结构方面的创意，形成一种最具特色的隶书风貌。比如：“课子、成仙”一联，虽标注是“临陈曼生隶法”，但从用笔到结字，都自出胸臆。现在，赵鹤清的书画作品，除一些官方收藏外，民间私藏也有很大一部分。在云南昆明及各地都有他的题联、题诗、题词、题匾等存世。比如：大观楼题匾“烟波世界”，大观楼假山“彩云崖”上的题词、题诗，西山龙门达天阁的题联等等。

从事古典诗词创作，是传统文人的一个标志，赵鹤清在这一方面也颇有建树。他的《江南游草》是一部记游诗集，它记载了诗人江南之游头两年的游踪。诗人运用诗歌这种形式，记录了自己在旅行过程中的所遇、所见、所闻和所感以及当时的社会现实、日本侵华的罪恶行径。诗集中还有一类题画诗，不仅深化了画面的意蕴，还充满着社会或人生的哲理，读来意味隽永。即便是一些记录个人生活的诗篇，也写出了诗人在特定情境中所具有的真情实感和积极健康的情调。从诗歌的表现手法和表现形式上看，诗人以唐宋诗歌为创作规范，然又能结合自身的见闻和感受，运用流利贴切的语言来表达，如出水芙蓉，清新自然。诚如周傅性在《序》中所评：“气息渊深，纯乎天籁，清新俊逸，兼而有之。其豁达处，如香山短句，老妪能解；奔放处，如坡老长行，一些汪洋。意境之佳，几于化亦入画矣。”

正是因为赵鹤清在多方面的艺术成就和贡献，自民国以来，艺术界对赵鹤清评价较高。清朝状元袁嘉谷说：“松泉工于艺，艺精通妙理。心游史千秋，目营地万里。谁移海上琴，英规洛阳纸。”

张文勋先生曾撰文说：“吾滇近代文化名士国学艺术大师赵鹤清先生，姚安光禄古镇人氏，出生于名门世家，自幼饱读诗书，博通经史，翰墨丹青，无一不精。”曹晓宏先生说：“世人常谓钱南园书画名垂滇中，余则谓松泉先生诗词书画文史园艺诸端之成，应不在南园之下。”

民间传说赵鹤清是照鹤和尚的再世，逾古稀之年的赵鹤清也确曾三次到宣威东山寺寻访照鹤的遗迹。赵鹤清住寺期间，多与宣威蒲在廷等名流诗酒唱和，题咏良多。还捐资在寺外开辟了葡萄园，种下葡萄千余株。东山寺的高僧照鹤，不但禅理精深，还兼通儒学，诗词古文清逸可诵，书画精湛，尤擅画葡萄和治印，曾云游滇中各地，姚安也曾留下他的足迹。在姚安光禄古镇，他写下一首《飞来石》，诗中说道：“既来且勿去，留以证三生。”

（作者：朱德宣）

# 乡贤由人龙

由人龙

姚安曾有“高黄马、甘由胡”的零星故事，说的是清末民初姚安城内的几大家族。而这当中的“由”，就是指由云龙、由人龙所在的由氏家族。

在姚安县城的东街、北街，说起由家，几乎无人不晓。不仅是因为人们的记忆里有“由氏五昆仲”“由氏五子”等，还有由家大夫第、由家大院、由家塘子。而在由氏家族里，有我们不能不知的由人龙。

从由氏家族的谱系图来看，今天姚安人最为熟悉的由云龙、由人龙两人均属姚安由氏家族的第十三代，他们的曾祖父是由家第十世祖慧公。在姚安咸同兵乱时，慧公带着全家老小避难到了会理，却没能等到兵乱平定，带着遗憾客死他乡。慧公有两个儿子由渐兴、由渐鹏，慧公去世后由渐兴兄弟两人又带着全家搬到了西昌，住了一段时间后，迫于生计，由渐兴带着一家人再次搬家到雅州清溪县的汉源街，由渐鹏一家则一直住在西昌。由渐兴有三个儿子，他们分别是由从学、由从礼、由从周；由渐鹏有两个儿子，由从善和由从政。我们所熟知的由云龙是由渐鹏的孙子，由从政的儿子，而由人龙则是由渐兴的孙子，由从礼的儿子。

兵乱给人民带来了无尽的灾难，由家不仅慧公不能返回家乡，由渐兴也逝于清溪县，由渐鹏则逝于西昌。光绪十四

由人龙

（1888）年，由从学与二弟由从礼一起领着全家人送老母亲杨太夫人回姚安终养，一家人从此定居于姚安。而他们的三弟由从周因任职辗转他乡，最后一家人迁到苏州吴县定居，著名的翻译家由宝龙便是他的大儿子。由从礼虽然“学行教泽，早登乙科”，却屡次参加科考都没能考中，回到姚安后，他立志教育，相继在姚安的大成书院、大姚的日新书院担任主讲。

由人龙生于1877年，是近现代云南著名历史人物，护国功臣。民国《姚安县志》载：“由人龙，字瑞熙，清季姚州诸生也。少从甘叔贤学，早岁入邑庠，适大府考送留日学生，与选，遂东渡，肄业振武学校。会其父举人从礼卒，奔丧回里，葬毕复往，改入早稻田法科。辛亥革命，黎天才规复南京，与从弟犹龙参赞戎机。”由人龙是姚安教育世家甘氏五举中的甘叔贤的学生，后被选送到日本留学，就读于日本振武学校。日本的振武学校是一所专为中国陆军留学生开办的预科军事学校，又称东京振武学院，创办于1900年，1903年改名振武学校，开办到1914年。振武学校毕业生人才济济，对中国近代历史有着重要影响，蒋介石1910年冬天就是从这所学校学成毕业。从这个时间来看，由人龙被选送留学日本的时间在1903—1914年之间，学习的是军事，他与蒋介石是校友。在学习期间，因为父亲由从礼亡故，由人龙没有修完学业就离开振武学校回了姚安。待父亲丧事办完之后，他再次回到日本，却没有再进振武学校学习军事，而是进入了早稻田大学学习法律。辛亥（1911年），由人龙以优异成绩毕业归国，正值革命爆发，与堂弟由犹龙一起到了黎天才（1865—1927年）的部队参与进攻南京。黎天才是云南省文山丘北县八道哨乡黎家庄人，是一位从农民到将军的爱国将领。由人龙到黎天才的部队时，黎天才任江浙联军第一协司令，由人龙在部队中担任参谋。1912年，部队攻克南京后，黎天才任了江南援鄂军第一师师长，带领部队移师支援武汉，由人龙一直在部队中，成为了辛亥革命的有功者之一。

今天，在栋川镇长寿村村后的山坡上，由人龙的墓仍立在草丛中。这个墓的墓碑是2005年蒋国治老先生受由人龙的长孙由嵘及外孙李芳明的委托重修的。墓碑的碑文上写着："时值清末，国运日艰；列强虎视，瓜分在即。为求救国真理，公毅然东渡扶桑，与唐公继尧同入日本振武学堂习军事。因奔父丧，回乡守制。服满，复东渡入东京早稻田大学习法律。辛亥，以优异成绩毕业。归国时，值革命爆发，公在沪，与堂弟犹龙入黎天才师任参谋，参与了光复上海、南京之役，后移师援鄂。云南重九光复后，应滇督蔡松坡之约回省，任督署军法处长。"资料显示，由人龙之后到了广州，曾担任过北伐将领、抗日名将、广东省政府主席陈铭枢的秘书。蔡锷担任云南都督时期，由人龙回云南任督府军法处长。蔡锷离任后，唐继尧回滇任都督，由人龙继续留任督府军法处长。1914年唐继尧整军经武，设讲武学校，聘请由人龙和王灿任法制讲席，由云龙讲演道德要旨和私德与公德相互之关系，秦光玉演述名将事略。由于由人龙在任期间尽职尽责，获得了大总统授二等嘉禾、三等文虎章。护国军兴，云南地位更显重要，由人龙调任保山县长，之后又升任腾越道道尹兼交涉使。

他任保山县长时，特别重视兴修水利和培养人才，他根据当时的实际，筑湖堰、辟荒滩为良田解决百姓的生活问题；又设中学教育地方百姓子弟，当地的百姓受益很多。民国五年（1916年）十月二十一日，由人龙被任命为腾越道道尹。到任不久，他将废总兵署加以兴修而扩大，将道署移此，且将大门改成西式，在大门外镶砌层次井然的石阶。民国六年（1917年）十二月二十八日，由人龙撰写《迁移腾越道署纪念碑序》以纪其事。任腾越道尹兼交涉使期间，肩负对外交涉重任，极力维护国家主权和中国边民的利益，与英国就中缅两国间的边界及过耕问题进行反复谈判。

由人龙木雕楹联

云南与缅甸、老挝、越南有4000多公里的国界线，过耕是边界地区广泛存在的现象。在清末、民国时期云南与缅甸的边界争端最为尖锐，在已经定界的地段针对界桩位置也常起争执。因常有居滇而耕于缅甸或居于缅甸而耕于滇的群众，矛盾纠纷也此起彼伏，从 1906 年起过耕就被开始当作边界问题或外交问题对待，中英两国也反复就过耕事宜进行磋商。1910 年，滇缅两边对过耕情况进行了清查，并作出了规范，但对执行没能取得一致认可。1916 年，边案会审，双方虽然初步达成了一些共识。但不久，英方就发现有中国边民在禁耕区域作业，要求中国政府处理，让腾越道尹派兵逮捕并处罚。时任道尹的由人龙回复将派兵把守禁种地带，并处罚案犯。1917 年会案，桑顿致函由人龙要求赔偿，并专门会审此案。会审法庭正式开始之前，桑顿与由人龙先磋商了过耕的问题。从一些资料里可以看出，当时由人龙试图庇护该过耕的边民，对英方说他们不知所终，后英方揭穿了有两人依然在寨中，另外一人也在不久前躲到缅甸八莫，最终决断赔偿 100 卢比，并在会案中宣布以作效尤。由人龙坚决反对英方赔偿谷价的要求，他考虑到若认赔，会导致事实上承认该田地归属缅甸。我们可以从由人龙对这次争执与处置情况的记录看出由人龙当时的态度：

“丙冒寨边二十一号至二十二号界桩内，因中缅界线未清中有争田一段，经前张道尹与英员面议，彼此作为闲田，不许争种，以免交涉。昨经卯民新坎、窝敖等种谷三圻，致起交涉，已派员查明、铲种在案。本届迤北道来函，要求罚款及赔偿谷价两事，英领来函又要求会讯此案，先后两函，各异其词。以卯民之谷种卯民之田，即使违议，认罚足矣，赔偿谷价殊属无理。使谷价一经认赔，则田即属缅民之田，以后再难翻议。与英员辩论多时，坚持不认赔谷。至中民违约洒谷如何处罚，中属自有法律，与英人无涉，惟有根据原议作为闲田而已。”

由人龙《山中杂记》

除了与英国方面进行中缅办界的博弈之外，由人龙还详细考察了滇缅边境，写成了专著，只可惜现在不知流落何方。在地方事务中，他还主持修复潞江蒙化铁桥，方便了边防交通；在审判中公正执法，不畏强暴，惩处恶霸为地方除害。当时的英国领事馆翻译韩世任依仗英国人的势力欺压百姓，由人龙凭借自己法科专业所学知识，运用国际法原则向英国领事严正交涉，使英方放弃对韩世任的庇护，韩世任被逮捕治罪，打压了英国领事馆人员的嚣张气焰。

由人龙虽然长期在外地任职，但却没有忘记姚安百姓的疾苦。民国时期的姚安，染织业发展严重滞后，百姓买布难，穿衣难。1918 年前后，由人龙捐了三千大洋用来创办姚安平民织布厂，不分男女招收本地乡民入厂学艺，织染布匹。并筹集善款长期救济贫苦民众，对染病的人给予医治，死亡者为其收埋，穷困流离的人则资助他们返家。

1923 年，由人龙任广通、易门、禄丰、安宁、罗茨五县团务监督，1926 年代表唐继尧赴四川接洽政务，之后在很长的一段时间内，他都在广东、苏杭考察游历。晚年回到姚安，任县参议会议长，在任上，他主持公平，力持正论。抗战期间，姚安需要大量补充兵源，兵役、工役、征实、运输等非常繁多，人民负担极为沉重，由人龙尽力协调减轻百姓的负担。民国年间，姚安相当一部分乡村违禁种植鸦片，由于有地方恶势力包庇，使姚安毒品久禁不绝。作为参议会议长，由人龙坚决主张禁烟，他揭发前任县长段某的违禁罪行，支持继任县长李士厚打击恶势力，大力禁烟，最终使姚安县烟毒基本肃清。1941 年修建川滇公路西段，他对将原定征调三千民工改为六千一事，则据理力争，使当事者不得不照案征送三千民工。

由人龙不仅是一个为政者，还是一个文化人。他协助由云龙编纂了民国《姚安县志》，著有《民治主义与政治常识》《蛮爰会案国防日记》等书籍；曾为龙华寺山门题写了广为流传的“佛生极乐世，山僻大唐年”楹联；写下了很多忧国忧民的诗歌和文章、书籍，“功名尘土空三十，家国艰难更万千。不死得参乡土志，余生遑论古今贤。”“不必深忧苦一官，与君誓守此弹丸。黄淳耀是真男子，我辈无妨举例看。”“我是书生老益愚，性含姜桂恶阿谀。值今国步艰难日，遇虎先伸手捋须。”……现代戏曲理论家、教育家、诗词曲作家吴梅先生与由人龙有深交，曾写有一首《赠由瑞熙》送给他。

由道

由氏家族历来治家严谨，子女多有成才。早期由人龙虽忙于政务，但仍然教子不懈，其子由道就读于东南大学（南京大学前身），攻西洋文学及中国文学，尤长于英国古典文学，毕业后一直在教育界任职。1943 年秋，由道出任昆明市教育局长，在这期间为保护昆明教育界的知识分子作出了很多努力。1946 年，为了替当时公演的话剧《升官图》申辩，辞去了昆明市教育局局长的职务。在这四年中，同事们回忆他“以文人气质，学者风度，朴实正直、平易近人的作风与同事同甘共苦。在昆明市教育局工作了四年有余，限于时代环境，教育文化事业，虽无突出成就，但他尽心竭力，使市立小学教育在稳定中有发展，教师的人格不受侮辱”。解放后，由道受聘于昆明师范学院外语系教英语，之后到了北京担任中国佛教协会赵朴初先生的英文秘书及佛教百科全书编委会英文翻译，1979 年在京病逝，骨灰于 1982 年归葬昆明北郊黑龙潭。由道的夫人赵淑传，就是我们今天熟知的赵祚传烈士的亲妹妹。由人龙次子由迪后来与家庭失去了联系，所以在后来重修的由人龙墓的碑文上并没有由迪，有学者推测是早期参加革命遇难。女儿由莲嫁到了腾冲李姓家。

由人龙晚年回归故里，以教孙子女由嵘、由峻、由岐、由岑读书为乐，亲授《四书》及中国古典文学，每课必要求背诵，讲授中循循善诱，通俗易懂，使听者融会贯通，学而不厌。长孙由嵘，1931 年生于姚安，1954 获中国人民大学法律系法学学士，现为北京大学法律系教授、研究生导师，是北京大学法律史学科点外国法制史研究方向的

由人龙墓——州级文物保护单位

发起人之一，是新中国法学界的元老之一。由峻、由崚都在北京等地工作，与姚安的联系很少，县内已经很少有人认识他们。据蒋国治老先生在《姚城轶事》里记述，由岑当时是中国少年儿童出版社的主编，丈夫是中国青年出版社主编。

由人龙一家

1944 年冬，由人龙因患脑溢血不治逝世于姚安故里，享年 67 岁。1945 年，政府举行了公葬仪式，李一平担任主祭，陈铭枢为其撰写了墓碑碑文，在由人龙墓四周划出了 3 亩公地作为墓地使用。如今，墓已经过重修，蒋国治老先生在碑文中写道："〔由〕瑞熙先生墓早于一九四五年筑就，六十年来，几经盗掘；近年遭盗更频，毁坏成（程）度，自不忍睹。今北京大学教授、我国著名法学家、嫡孙由嵘，〔云南〕省体育职业学院副院长、外孙李方明出资，为其祖重修莹（茔）墓，由君〔嵘〕远在京华，李君〔方明〕又任职省垣，无暇亲临主其事，托法学硕士、副教授米良君与余理其事。余等慨允，并勤为之。"如今由人龙的墓前，原来的碑文已经佚失，但陈铭枢题写的"由瑞熙先生之墓"的碑还在。

（作者：杨海虹）

参考资料

1. 由云龙编纂：民国《姚安县志》，云南人民出版社 1988 年版。
2. 由云龙：《由氏族谱》，现存于楚雄由涛家中。
3. 蒋国治：《由人龙墓碑碑文》，见姚安栋川镇长寿林由人龙墓。

# 剿匪大队长由化龙

民国时期由氏家族当时在姚安可谓是家喻户晓、众所周知。在众多史料上查询到，由氏“五昆仲”指由家五子：由驿龙、由云龙、由人龙、由化龙、由宗龙（“由家五子”指的是由氏家族‘龙’字辈中杰出的五人，并不是亲兄弟），在当时很是出名，他们五个人各有不凡的人生经历，在当地无人不识，无人不敬佩，在那个兵荒马乱的年代，他们为边塞之地云南作出不少贡献，立下了不小功劳。

由化龙是由人龙的二弟，出生在清朝末期，字根云。自小居住在姚安县城北街一座书香气极浓的宅院，该宅院被人称“大夫第”。由化龙在由家排行老三，在民间百姓们亲切地将其称为由三。民国《姚安县志》记载：“由化龙为人豪侠好义，济急扶危。里中横暴以故多惮之。少入讲武学校，光复后，随军援川黔。阶少校，旋充南防国民军第十营管带。护、靖两役，累功，升上校。民国十一年旋里，时匪乱渐滋，公推任总团，兼领乡兵大队。数年间，地方于安靖。”可见由化龙德才兼备，英勇善战，在当时可以算是出类拔萃的青年才俊，他在担任姚安团防队长进山剿匪的经历尤具传奇色彩。

民国时期的云南，因政局不稳，唐继尧复辟，顾品珍战死，继则龙云、胡若愚、张汝骥、李显廷四镇守使联合发动“二六”倒唐政变，唐继尧下台。龙云主持滇政，胡、张不满，又生战事，溃败滇西。龙军追击，于清华洞、云南驿交战，散兵游勇，携带枪械，流落乡里，占山为匪，沿宾川、弥渡、祥云进入一泡江。外来土匪，亦由金沙江、景东一带

姚安地索

云集三姚地区。计有“老英雄”之李湛、“小霸王”廖子华、“二营长”蔡桂林、“么队长”王彦山、“花腰猪”张梁、“张结巴”张占彪，还有董家珍及川匪李济川等，兵匪合一，沆瀣一气。以祥云、姚安、盐丰接壤之密林庄、密苴地、余石朗、八腊么为巢穴，凭借天险，横行乡里，肆行焚掠。匪首“张结巴”曾占据姚安县城数日，强迫地方筹粮备款，献肉奉酒，顺者视为“通家”，拒者格杀勿论。姚西地索、三角一带，为匪徒经常出没之地，马游、弥兴、仁和、光禄、左门、洋派、前场等地，亦屡遭洗劫。土匪烧、杀、抢，多次攻打盐丰、大姚、姚安、牟定等县城，气焰嚣张的“张结巴”攻下大姚县城后，就自封为“县长”，人民担惊受怕，昼则疲于奔命，夜则露宿风餐，无暇务农，田园荒芜，历年无收，生活无着。对于土匪的横行滋扰，地方团队虽多次进剿，均多失利。民国十九年（1930 年）冬，“老英雄”土匪一股，于祥云各苴烧杀，三角团总李天佑带团丁数名，以卵击石，向土匪开枪。招致土匪涌进三角，施行报复，将苏家村、仓房、对锅、中村、上村所有房屋付之一炬，浓烟滚滚，延烧月余。此即民国年间姚安历史上震惊全县的“火烧三角槽子”事件。

当时的姚安，处在水深火热之中，匪情十分复杂，姚安地区匪患不断，土匪活动猖獗，给人民群众带来了极大的危害。时任盐丰盐厂厂长、集“诗、书、画、印、园林五绝于一身”的大才子赵鹤清，也没有幸免被土匪的迫害，土匪在攻打盐丰的时候，就曾将赵鹤清掳走，一直从大姚的石羊抓到了地索弥苴地大村，关在一个比较隐蔽的院子厢房内，土匪传话威胁赵家人要拿足够的银两来才能将赵鹤清赎回，否则便将其杀害。当日，夜间土匪在屋外喝酒，赵鹤清想尽办法，费尽艰辛，才得以从屋内逃脱至村口，又遇到一位放牛的好心人，指点回光禄的路线，那人指引说："过了一泡江从大竹箐方向就是光禄。"土匪发现赵鹤清逃跑，一路追击，又遇到那个为赵鹤清指路的放牛人，赵鹤清躲在桥洞下，放牛人给土匪指了相反方向，土匪从另一个方向追击，赵鹤清才得以从地索大村逃回光禄。

地方政府多次组织剿匪，但因一泡江流域山高箐深林密，地方广大，加之土匪凶残之极，只要归顺土匪的老百姓，土匪视之为"通家"，只要按时拿钱拿粮，土匪可保全其安全，若给官军报信或不归顺土匪者，统统烧、杀，导致官军进山剿匪一直寸步难行，收效甚微。

为了剿灭土匪，稳定社会秩序，作为姚安县团防大队长的由化龙主动请缨，亲自带队进山剿匪。出发当日，在光禄街上，老百姓非常激动，夹道欢送，在路边设置香案祭拜祈福，由化龙骑着高头大马，群众一路送到了龙华寺后山，一名

姚安三角

群众还采来火红马缨花戴在马头上，为士兵们送物品，希望他们能凯旋，还百姓安宁。由化龙作战勇敢，不怕吃苦，冲锋在前，在连续作战，缺粮少水，陷入土匪重围，天气恶劣，敌情复杂的情况下，表现出大无畏的英雄气概，以顽强的战斗意志，排除了重重困难，一直从光禄打到左门、干海子、哔趴、米西大河等地，屡建奇功，匪患也稍得以平息。

在巴腊么小铺子场战斗中，由于土匪长期盘踞在这山地崎岖、沟壑起伏的地段，熟悉地形，使官军遇到很大困难，但由化龙以一种勇往直前、舍生忘死的英雄气概，冲在最前面，不顾一切地追击。在部队返城路上遭遇土匪阻击时，夜色漆黑，敌强我弱，视野以外的地形地貌一无所知，潜伏着的匪徒看到了马头上的马缨花，发现其就是带队的由化龙，于是双方展开了激烈的战斗，由化龙不幸殒命。部下和士兵将尸体抬回，在县里举行了全县公葬仪式，将其葬于万松山。

经过艰苦的剿匪斗争，姚安地区剿匪斗争取得了胜利，姚安人民终于能够安居乐业。由化龙进山剿匪这段历史，是姚安历史上悲壮的一页，被世人给予了高度赞誉。由化龙把自己的生命注入了姚安这片生生不息的热土，为姚安剿匪斗争作出了贡献，他的这种精神将永远激励着后人。

（作者：王娟花）

**参考资料**

1. 由云龙编纂：民国《姚安县志》，云南人民出版社 1988 年版。

# 翻译家由宝龙

由宝龙

在民国年间，活跃着一位年轻的翻译家由稚吾，他在介绍自己时，都说自己是“云南姚安人”，他就是姚安由氏家族由渐兴的孙子，由人龙的堂弟由宝龙。由宝龙笔名由稚吾，生于1911年，其父亲由从周因任职辗转他乡，最后一家人迁到苏州吴县定居。

昆明的南屏电影院档案资料中记载：“由稚吾（1911—1967年），云南省姚安人，汉族，毕业于南京中央大学外国文学系。毕业后曾在上海世界书局任编辑，曾编写出版《活用英文会话》及翻译出版了《世界文学史》《青鸟》《大地》等书，在《小说月报》译文及《时事类篇》等刊物上发表过许多篇译文。1935年至1937年由稚吾先生在南京新都电影院任英文秘书，抗日战争时期回到昆明，先后在云大附中昆明市立中学任英文教员。1939年应聘南屏电影院任英文秘书兼影片翻译。”

由宝龙从小爱读书，我们在一本《儿童世界》的封二上看到一组照片，这组照片中有四个少年，封面主题是“爱读本刊者照片”。在这组照片中的其中一位英俊少年配文为“由宝龙，年十一岁，云南人”。《儿童世界》是由著名作家、文学评论家郑振铎先生主编的中国第一本以少年儿童为读者对象的杂志。1922年1月创刊，由商务印书馆创办。刊登这组照片时由宝龙十一岁，想来可能是 1922 年年底或 1923 年。在那么一个刊物上被选为“爱读本刊者”，不喜爱读书是不可能的。

由宝龙是一个很有天赋的作家。从 1929 年开始，18 岁的由宝龙就开始了他的写作。当年他在《现代小说》上发表了《耿式之的樱桃园》。耿式之也是当时的一个翻译者，他翻译了契诃夫的巅峰之作《樱桃园》，但在当时的译界内并没有被看好，有人认为他在相当多的地方没有吃透原文，导致人物的语言过于牵强，不符合戏剧语言的要求和特征。我们今天找不到《耿式之的樱桃园》这篇文章，想来可能是年轻的由宝龙用小说的形式使耿式之火了一下。之后，他又陆续写了《老爷、老板、先生》《感觉之外的感觉》《快速生活症》《为自己还是为人》《夜的痁疾》等文章，分别发在了《长城》《文学时代》《现代》《小说》等刊物上。《快速生活症》《夜的痁疾》被认为是 20 世纪 30 年代海派都市文学对 20 年代现代文学中疾病主题的承接，它们以尖锐的笔锋揭露了一个病态的社会。1932 年，21 岁的由宝龙就编著出版了《活用英文会话》。这本书 1932 年由世界书局出版后，在之后的几十年里反复再版近十次，我们现在还可以看到 1957 年再版印刷的版本，可见这本书流传之广。

由宝龙是优秀的翻译家。在 1930—1937 年间，他翻译发表了 16 篇译文，如西仑的《金圈》，勒斯珂夫的《一个呆子》，莫泊桑的《莫泊桑论小说》，勃留索夫的《在镜中》《石像》，谢莱的《恩格斯论文学》，波多夫金的《有声电影中的非同时性》等等。他翻译的这些文章中，有小说、文学理论、文化技术理念等等，范围很广。由宝龙把勃留骚夫看作无产诗人的代表，象征派的散文家，“勃留索夫在当时诗坛上的功绩，是发挥了探求新形式的必要的论调。同时在散文中，更发表了他的哲学的理论”。他认为在中国不应忽视勃留索夫和他的诗：“现在中国介绍苏俄新作家的作品正很得劲，虽不敢说是肥肉上的苍蝇，然而也很希望大家把眼睛放宽一些，不要得着了一块肉，便你也来，我也来，他还要挤来才好。就例如比较前一辈的勃留骚夫、梭罗古勃、蒲宁、李未曹夫等人现在便无人过问了。求新当然是好现象，不过较旧的——‘新’的先驱——我们也不当忽略了才是。”1930 年，由宝龙翻译勃留索夫的小说《在镜中》：“自己照着镜子，跟镜中人（自己）较劲。”他认为《在镜中》这篇文章“可作为他这种宇宙观的代表。其中所指示的，便是说我们的世界并不是靠得住的，挂在女人面前的镜子也正是一个能转动的宇宙，她发怒的时候，便可以自由使它如我们所谓的地球一般地转动，玻璃面转过去（反面）与转过来（正面）便相当于我们所谓的日与夜，相当于我们的梦与醒，我们的真实界虚无界。”除了文章，由宝龙还翻译了多部小说、童话集，如美国赛珍珠所著的《大地》、法国勒白仑所著的《青鸟》、英国唯美主义作家王尔德创作的《王尔德童话集》等。

1935年，由宝龙翻译出版了长达49章的美国约翰·麦西所著的《世界文学史》，把世界上的一些文学巨匠如雪莱等的作品介绍到中国。这本书出版后受到当代文学家鲁迅先生的赞赏，1935年鲁迅先生亲笔致信祝贺，从此两人结下了深厚的友谊，在文风上也受到了鲁迅先生的较大影响。这从他在同年所写的《老爷、老板、先生》一文中可以明显看出：“我们从叫花的喊声，可以看出三个不同的社会。苏州的叫花讨钱时总喊着‘老爷，太太，多福多寿，多子多孙’，而且老是做得那么可怜而顺服的样儿；一到上海，却喊了‘老板，小开，开开金龙手，一钱不落处空地’，神气又硬朗了一些；再到南京，喊老爷的叫花少有，喊老板的叫花则简直不见，我们只听见一遍‘先生，先生，升官发财’的声音。从这三种不同的叫法，我们就看出三个地方的社会是多么的不同……那天我胡思乱想：到底要在怎样的社会里，叫花们喊人才不致那样愁苦着脸？当时我也曾想到也许是叫‘同志’的社会，后来略加思索，就明白这不但是不通，简直荒唐！因为如果叫花讨钱喊人‘同志’，他早就不是叫花，那社会里也早没有叫花了。但我们的社会是总有叫花的，要叫花喊人老爷、老板、先生……才好。”1936年10月鲁迅先生因病逝世后，由稚吾甚为悲痛。许广平按鲁迅先生生前交待，把整理影印原笔迹织锦装订的《鲁迅日记》赠送给他一部，他一直精心保存。

除了鲁迅先生之外，由宝龙与当时较有影响的诗人方玮德（1908—1935）也有较好的友情。英年早逝的安徽桐城人方玮德是新月派后期有影响的青年诗人。他还在南京中央大学外文系读书时，就在《新月》《文艺》《诗刊》等刊物发表写诗，受到闻一多、徐志摩的赞赏。大学毕业后，方玮德和由宝龙一样也从事创作和翻译工作，只不过是由宝龙在南京，方玮德在厦门。可惜的是，上正有無數這樣的青年，有的是在暗中摸索，有的是在埋頭苦幹，但是他們終沒有彼此團結，聯在一起做一件共同的工作，所以他們的努力祗是枝枝節節，於大局沒有多大的供獻；並且在大體方面看起來，那些單身匹馬去奮鬥的青年往往是處在被屈服的地位，很多人是『有志莫伸，抱恨而終。』假使這一羣人能聯合起來，站在一條戰線上，爲民族的生存奮鬥，爲大衆的福利奮鬥，他們的勢力是沒有人可以敵擋得住的。寫到這裏，我就想起亡友毛宗豪君的一句話來了。（按——他是在「一二八」給日本人殺死的）他說：『滿天星斗，閃閃傑傑，眞是微乎其微，但是，假使一旦它們能集合起來，變成一顆大星球，它一定能發出比太陽更強烈的光明。』

插圖裏面那幾個向國旗致敬的青年，是保定某中學裏面的學生，他們都是自強的青年，並且他們都有共同的懷抱。就是他們能聯合起來，用一致的步驟來達到他們的目標。從前他們是零碎的小星，但是現在他們已經變成一顆大星球，在學校裏面發出燦爛的光輝。由這一張相片很可以證明中國至少有一小部份的自強青年已經團結起來了，同時也證明作者剛才所講的那一大套，並不是空洞的理論。

## 老爺，老闆，先生

由稚吾

我們從叫化的喊聲，可以看出三個不同的社會。

蘇州的叫化討錢時總喊着「老爺，太太，多福多壽，多子多孫。」而且老是做得那麼可憐而順服的樣兒。一到上海，卻喊了「老闆，小開，開開金龍手，一錢不落虛空地。」神氣又硬耶了一些；再到南京，喊老爺的叫化少有，喊老闆的叫化則簡直不見，我們只聽見一遍「先生，先生，升官發財。」的聲音。從這三種不同的叫法，我們就見出三個地方的社會是多多不同。

你一走到蘇州的十八世紀風的街上，看看玩鳥籠的中年人，慢步上茶館下棋的老年人……你就會相信蘇州是個老爺的社會。蘇州也有許多現代都會的商店和娛樂場所，吸收老爺們從鄉下收租來的錢，但總不能怎麼發展，而老爺們也決不會變成老闆。所以叫化們見人喊老爺是再聰明不過的。

若到了上海，忙得像鬼追着的人羣中，就決定叫你看不到一張蘇州那樣的老爺臉來；所見的是資本主義的掙獰之貌，所聽的是資本主義的喘息，所嗅的是資本主義漸漸蝕腐的怪味兒。這裏只有金錢的角逐，只有着了慌的大老闆小老闆；他們聽見「老闆開開金龍手，一錢不落虛空地。」的叫聲，許會有大量的施與。

南京也有老爺，也有老闆，但那社會卻終不能不讓給「先生」們。如果星期日你在蘇州見不出什麼花樣，在南京就會覺得與黑日子（星期以外的六天）完全不同：這天街路上會增加許多先生和先生的太太（其實叫化們也願稱夫人或女士才好），從機關上空閒出來。如果給人喚聲「老爺」，定會覺得比人罵他一聲「腐化」還難受。

聰明的叫化們能以老爺老闆和先生的不同稱呼來適應社會，但臉上的愁苦則一。那天我胡思亂想：到底要在怎樣的社會裏，叫化們喊人才不致那樣愁苦着臉？當時我也曾想到也許是叫「同志」的社會，後來略加思索，就明白這不但是不通，簡直荒唐！因爲如果叫化討錢喊人「同志」，他早就不是叫化，那社會裏也早沒有叫化了。但我們的社會是總有叫化的，要叫化喊人老爺，老闆，先生……才好。

## 金鈴子

陳普彰

我讀過的書，都還是嶄新的；所有污損的，大概是給人家弄的。

我的書污損了，讀起來就覺得不愜意；恨不得再新買一本。

如今我每閱讀 Differential and Integral 時，就會想起金鈴子的故事。原來這本書給金鈴子咬壞了幾處。

記得去年秋天，我在川港作客。我是一人獨宿着一間屋子，這屋子很潮濕，也極簡單。我的一隻皮箱，就靠牆角落放着。箱子上面便放了一些書，Differential and Integral 也是其中的一本。

Differential and Integral 是買了沒多時，上面有一種異樣的新書氣味。幾天沒有閱讀，書面與書背，不知道給什麼咬壞了幾處。——在幾本中咬得最厲害。

說是老鼠咬的，沒有這們輕微，說是蟑螂咬的，又找不到痕跡。

那裏去發見我的仇人！

十一月天氣涼了。一天早上，我無意中向我放皮箱處的壁角一望：壁上住滿了金鈴子，黃褐色的許多金鈴子：牠們都撑直了脚，鋭曲着背，一動也不動，很均勻的散布在壁間。只有兩根比身體還長的觸角，不時前後左右彈動着。

牠們在壁間足足佔有數方尺的地盤。

哦！我知道了，牠們原來就是咬我書的仇人！

天氣一天涼似一天，牠們也許怕冷，漸漸聚了起來，長觸角也遲緩了彈動。

每天早上，我總看牠們一兩回；自己也不知道是美意還是惡意，我只微微一笑。

我的經驗告訴了我牠們的秘密：

天氣和暖些，牠們的地盤便擴張一些；天氣較冷了，牠們便縮攏了起來；好像寒暑表的準確。同時牠們的同伴，就從這一眼一眼中漸漸希少了。

不到一月的光景，只剩下一隻僵死的金鈴子。

料想牠是報仇之魁。

我拿了 Differential and Integral 送到牠身旁，讓牠再咬。

「索落」一聲，牠跌下了。

自後我常向着牆角端詳。每次要它是末一回，可是每次是末一回的前一個。

金鈴子呀！兩月前，你們每夜在窗外桑叢中拉高了嗓子唱得怪美妙；那時我很喜歡你們的。料想不到會和我惡作劇！

今年八月，我又到了餘東，每閱讀 Differential and Integral 便會憶起這回事。

這或許要我一輩子也不會忘記吧！即使我再買了一本 Differential and Integral。

80

由宝龙作品

1935 年 5 月 9 日，方玮德却因患肺结核病去世。方玮德的离世让由宝龙深感世事沧桑，5 月 22 日，由宝龙在《中央日报》上发表文章悼念方玮德。

由宝龙毕业于南京中央大学外国文学系，曾在上海世界书局任编辑，创办主编过以刊载译文为主的大型文学期刊《文艺时代》。1935 年至 1937 年由稚吾先生在南京新都电影院任英文秘书。南京沦陷后他回到昆明，先后在云大附中、昆明市立中学任英文教员。1939年应聘到当时号称“远东第一影院”的南屏电影院任英文秘书兼影片翻译，负责译介外国影片、和外商公司对接等工作。他翻译影片思路敏捷，译意恰到好处，不失原意，有时还带点幽默。由宝龙在南屏电影院开创了译制片的字幕时代，在外国片放映过程中，随着故事情节的发展，人物的对话及剧情的演变，都被他翻译成中文，出现在银幕两侧的字幕上。观众可从字幕上立即看懂电影。这些字幕译文译意准确，辞藻优美。译文字幕是昆明电影放映史上的一个创新。每当高雅的译文在银幕两侧映出时，观众赞不绝口，久久沉醉于愉快而优美的享受之中。电影的译文便于学生们学习外语，在知识分子中引起了高度的关注，人们赞不绝口，很多大学生都想认识拜会这位翻译先生。

高水平的译文使观赏者剧增。观众能看懂外国电影，影票供不应求。这立即引起外国片商的注意，美英法苏的片商想方设法找渠道进入“南屏”。美国八大公司（米高梅、派拉蒙、福斯、华纳、环球、雷电华、哥伦比亚、联美）都有驻昆代表，他们打着好莱坞的旗号，通过昆明电影界的熟人领路到南屏电影院介绍他们的影片。云南，从此开始了外国电影的引入之路。

1967年，由宝龙在昆明去世，我们现在不知道56岁的他是因为什么原因离世的。他在世的时间虽然不太长，但现在我们在他的文章和作品里，却能看出他对一个“没有叫花”时代的盼望，看到他在中国文化创新、中西方文化交流中所作出的努力。

（作者：杨海虹）

参考资料

1.张勇：《摩登主义：1927—1937上海文化与文学研究》，中国社会科学出版社2015年版。

2.张大明：《中国左翼文学编年史》，社会科学文献出版社2013年版。

3.王春雨：《文化自信与中国外国文学话语建设》，社会科学文献出版社2018年版。

4.张静：《雪莱在中国（1905—1966》，北京大学出版社2022年版。

# 姚安府的科举与进士

西汉元狩年间，韩说、司马相如初开益州，在西南地区“讲学授经”，周边方圆二三百里的人前来学习，开启了云南文化教育的先河。唐咸亨二年（671 年），著名学者、《文选》学奠基人李善，受贺兰敏之事牵连，被流放到姚州，“州人多从其学”。南诏、大理国时期开科取士，当时姚安就有中举的士人，可惜现在已无法找到载明具体人物的文献。元代，姚安路总管高明从中原地区请老师、买书籍，兴办教育，每社设学校 1 所。

## 明清时期姚安的教育

明代，在朝廷的大力推动下，云南的教育得到了极大的发展，姚安府也是当时云南文教较为兴盛的地区之一。明朝天启《滇志》记载，明代云南有社学 162 所、儒学 67 所、书院 47 所，其中姚安府有社学 28 所、儒学 2 所、书院 3 所。明代姚安府各类学校的数量仅次于云南、大理、临安、永昌、鹤庆 5 大府，当时姚安教育和各类学校的概况：一是在乡社间设立学校，即“社学”。这类学校承担基础教育的职责，发挥启蒙教育、教化乡村子民和“教劝农桑”的功能。据高奣映《问愚录》载，明洪武二十七年（1394 年），姚安知府有社学 84 所。据贡生张金《社学记》载，明嘉靖十年（1531 年），知州建社学 28 所。此外，民间还设立很多私塾，最有名的比如郭如磐馆，其创办者郭如磐是李贽的学生，明嘉靖年间的举人，曾任青神知县，致仕后回乡设馆讲学，教授生徒。二是官府建学宫。明永乐元年（1403 年），姚安府、姚

一座姚州城，半部云南史



州共建儒学，具体位置在今姚安县城南街原来粮食局仓库。明嘉靖年间曾经三次扩建学宫，明弘治年间也进行了重建。官府设管理学宫事务的学官，姚安府自明永乐年间开始设教授、府训导两种官职。三是官府兴建书院，作为藏书讲经之所，也为学子们提供继续深造和准备应试科举的平台。明正德八年（1513 年），知府黄澍在姚城西南隅建栋川书院。明万历十三年（1585 年），云南布政使司右参政分守洱海道李材在姚城东关建南中书院。明万历年间，知府李贽把德丰寺改建为三台书院，并在此讲学。

清代，姚安教育在明朝的基础上得到了进一步发展，但是也终结了古代教育制度。清代各类学校的概况：一是社学的废止和义学的兴起。清初，官府令各乡设社学一所，后因无法普及而废止。清康熙三十年（1691 年），开始设立义学，知府丁炜在府城文昌宫建第一所义学堂。清康熙四十八年（1709 年），知州陆元楷在旧学署建一所义学。清雍正年间，先后建仁和三元宫、马游坪、旧城百老庵、代苴玉龙寺、莲花池法乐寺等 7 所义学。至清光绪末年，撤销义学，姚安有文字记载的义学共计 10 所。二是民间私塾不断增多，如清康熙年间高奣映辞官，归隐结璘山，设馆讲学；清康熙年间贡生饶乙生，厌弃科举，设塾教授生徒；甘氏一门，自清道光年间甘荣禄、甘荣昌开始，至重孙辈甘德柄，四世设塾讲学，门徒甚多。三是数次扩建、重建府州儒学。清乾隆三十五年（1770 年），裁撤姚安府，姚州归属楚雄府管辖，随后姚安府学改为州学。自清康熙年间，至光绪末年，儒学宫经历了数十次重建和扩建，至民国初仍保留殿庑、堂斋、号舍、坊表、卧牌、泮池，规模宏大，富丽壮观，县教育局、民众教育馆、县参议会、县志局均设其内。四是书院的数量达到空前规模，如清康熙二年（1663年），知府倪巽生创建凤麟书院；清乾隆三十五年（1770年），乡人夏诏新捐创建鳌峰书院；清道光年间，乡人集资赎回德丰寺产，改建为德丰书院；清光绪年间，马驷良在光禄创办凤岫书院。

明、清两个朝代，姚安曾经设书院8座、社学近100所、义学10余馆，私塾数百馆。在这500余年间，参加科举考试上万人，科举中举数百人。明朝永乐年初，姚安开始举行童试，共计录取文武生20名。据旧志记载，云南最初乡试地点在应天府（今南京），考生赶考路程遥远、舟车劳顿，极为不便。鉴于此，明永乐六年（1408年），云南监察御史陈敬要求朝廷准许云南每三年开科取士一次。明永乐九年（1411年），姚安生员李瑄、张复在云南参加乡试中举，杨诚在应天府参加乡试中举。明宣德八年（1433年），姚安举人刘莹进京参加会试，殿试中进士，是姚安有文献记录的第一个进士。明清两代，姚安共有进士9人，其中，明朝4人、清朝5人；文武举人93人，其中，明朝32人、清朝61人；贡生441人，其中拔贡19人（清朝），恩贡37人（明朝12人、清朝25人），岁贡368人（明朝195人、清朝173人），例贡12人，恩荫1人（清），难荫4人（清）。

## 明清时期姚安进士

随着教育、文化的发展，明清两代云南科举考试达到了最高峰。明清时期，云南考取进士962人，其中，姚安有文献记载的进士9人，占云南进士总数的0.94%。进士是科举考试的最高功名，姚安历史上的进士是历史文化人物的重要组成部分。虽然由于建置变更、辖区变化、人口流动等原因，文献记载的姚安进士人物难免有诸多错漏之处，但总体来看，明清时期整个姚安府考取进士的人非常少。本文根据清光绪《姚州志》记载，列举明清时期姚安考取的进士刘莹、杨道东、偰维贤、陶珽、樊仲绣、甘美、李天骏、饶有亮、胡寿荣。可以说，他们的生平事迹反映了明清时期姚安教育、文化发展水平。

刘莹，姚安人，明宣德七年（1432年）壬子科举人，明宣德八年（1433

年）癸丑科进士，三甲 23 名，官至山西道监察御史。明朝的监察御史隶属于都察院，为正七品官员，主管纠察内外官吏、巡抚州县狱讼、祭祀及监诸军出使等事。监察御史职虽低，但地位尊崇，属于钦差。现在无法考证刘莹是姚安府哪里的人。刘莹有两个弟弟刘玺和刘钧，两人都考中了举人，都官至知县。

杨道东，字载吾，明嘉靖四十二年（1563 年）甲子科举人，明嘉靖四十四年（1565 年）乙丑科进士。杨道东“天性孝顺友，好义乐施”，在他比较贫困的时候，见到衣不蔽体的人就脱下自己衣服送给人家，自己却穿着破衣烂鞋。无论寒冬或酷暑，杨道东都手不离卷，熟读儒家经典，才华横溢，学识渊博。非常可惜的是，杨道东虽然考中了进士，却没有做官，最后去世于京城。杨道东在姚安被“祀为乡贤”，其弟杨道行，岁贡，官至休宁县丞。

偰维贤，姚安所人，明隆庆元年（1567 年）丁卯科举人，隆庆二年（1568 年）戊辰科进士，三甲 306 名，官至长沙府推官，成都府通判。明朝的推官由吏部铨选，为正七品，掌理刑名、赞计典 。在明朝，府的数量大致为一百五十多个，每府设推官一员，则在一定时期的推官也有一百五十多名。其人选存在进士、举贡、杂流三途并用的现象，但其主要来源则是进士和举贡。偰维贤非常聪明，在他任推官期间他断案如神，在明代还是颇有名气。传说有一次，有一个老百姓前来告状，控告哥哥藏匿了祖父和父亲的家产，没有平分而是独自享用。弟弟请求官府做主，要求哥哥拿出祖父和父亲留下来的遗产，两兄弟一起平分。偰维贤感觉这个弟弟说得不像假话，但是偰维贤也知道，就算现在把哥哥叫过来询问，哥哥一定不会承认藏匿家产。之后偰维贤用计谋帮助弟弟获得该有的遗产，哥哥则被偰维贤加以重刑，受到了应有的惩罚。

偰氏是元朝时从西域高昌回鹘迁入中土的色目人家族，因其祖先曾居住在偰辇杰河（今色楞格河）流域，故以偰为姓。这一家族曾兴盛于元代，元初家族成员以色目人身份受到统治者的重用，元代中期又有多人考中进士，家族以“三节六桂”著称。姚安偰氏始迁祖偰士忠，“江南溧阳人，明学士，偰斯之裔，官于姚，有惠政，因卜居焉。”偰氏到姚安后虽然受姚安环境影响融入当地文化，但家族的读书传统被很好地继承了下来。明清时期取得功名的族人不少，有文献记录的有 14 人。偰维贤的父亲偰云曾以贡士出身任郫县教谕，平时言谈举止十分谨慎，其子高中进士后闭门谢客，不接受亲戚和邻居的祝贺，不与官府过多往来，享年 90 岁。

偰氏家族有文献记录的人当中基本都有过文学创作，但现在有存世作品的只有偰应东、偰启祐（佑）、偰文倬 3 人。偰应东是明季贡生，著有《妙峰山志》《四书颂》《开啸集》等。偰文倬字天章，乾隆三十三年（1768 年）岁贡，善吟咏，著有《醒心诗集》《写心集》。偰启祐（佑）作有《赠马注》。明清时期云南偰氏成员共存诗 6 首。偰应东流传下来的作品是《题善住楼》一诗，偰文倬的存诗有《夏日游白云寺与僧夜话》《缅酋逆命，明制宪奉命遣将三路进征，为缅所乘，舆衬过普，为诗悼之》《初夏游慧龙寺得龙字》《慧龙庵地号梅溪得梅字》四首。偰文倬所留不多的诗中体现了他的家国情怀，《缅酋逆命，明制宪奉命遣将三路进征，为缅所乘，舆衬过普，为诗悼之》就是这样："滇西缅匪抗王师，檄调官兵昼夜驰。只道将军齐馘贼，那堪明府尽舆尸。干戈扰攘烽难靖，夫马频支力已疲。即欲鬻田无售主，四民奔命到何时"。甘孟贤评价这首诗时说"所谓天章先生诗，关心民间疾苦者，即此可见"。

历史风云

陶珽，生于明万历元年（1573 年），姚安所人，陶希皋长子。万历十九年（1591 年）辛卯科举人，次年会试落第后，于 20 岁时到鸡足山读书。明万历二十四年（1596 年），陶珽与其弟陶珙合修《姚安府志》《姚州志》。明万历三十二年（1604 年），任容城教谕。万历三十六年（1608 年），任歙县教谕。万历三十八年（1610 年），北上京城参加会试，会试第 279 名，殿试二甲 48 名。初授刑部四川司主事，二任福建司员外郎，三任山西司郎中，四任大名府知府，五任陇右道副使，再转辽东兵备道，最后改任武昌兵备道。明崇祯十年（1637 年），陶珽致仕归滇。陶珽一生，除了为官以外，大部分精力用于著书立说。曾与“泰州学派”“公安派”中的袁宏道、袁中道、陈继儒等人交游，关系密切。陶珽在继明初文学家陶宗仪《说郛》之后，编纂并刊印《续说郛》。陶珽与其弟陶珙、彻庸一起从江南请回了《径山藏》，藏于姚州妙峰山德云寺。20世纪50年代《径山藏》收藏于龙华寺，1979年调省图书馆，现为保存较为完好的刻本。

樊仲绣，清雍正七年（1729年）己酉科举人，清雍正八年（1730年）庚戌科进士，三甲267名。起初掌管贵州贵山书院，后署任贵州龙泉知县。署任龙泉知县期间，苗族起义，樊仲绣练兵700人，造船渡江，击杀起义军3000余人。经略张广泗认为其胆识过人，补授余庆知县。由于战乱和洪涝灾害，当地大量人口流亡，樊仲绣悉心安抚，请求上级官府下拨赈济款物，同时还拿出自己的薪俸帮助流民，人民得以安居乐业。考取功名之前，樊仲绣曾师从清康熙辛卯（1711年）科举人、光山知县蔡友松，他的传世作品有《提举刘公捐修白井街道德政碑》。

甘美，清乾隆三年（1738年）甲午科举人，清乾隆四年（1739年）乙未科进士，三甲137名。任四川浦江知县，署任青神知县，后调任铜梁县知县。为政清慎肃明，爱民礼士。因体谅人民劳役过重，向上反映民情，违背上级意图，被撤职回京。其弟甘茂，清乾隆甲午科举人，官至师宗县教谕。兄弟二人曾师从蔡友松。

李天骏，清乾隆九年（1744）甲子科举人，清乾隆十年（1745年）乙丑科进士，三甲145名。性格儒雅，清净和平，博学多才。曾署任什邡、汶川、温江等知县，都有善政。去任时，当地民众立碑刻录其政绩和爱民事迹。

文峰高拱

饶有亮，姚安人，清乾隆十二年（1747年）丁卯科举人，乾隆十三年（1748年）戊辰科进士，三甲177名。官至广南府教授、昭通府教授。乾隆二十六年（1761年），以昭通府教授，敕授文林郎。其祖父饶乙生，清康熙年间岁贡，博通经史，读性理书有得，厌弃科举，居家奉亲，教授生徒，甚有声望。其父饶宗贤，清乾隆年间岁贡，居家孝友，苦志力学，善诱生徒，所得修金周济贫困的乡亲。饶宗贤著有诗文千首，颇有诗人风致。

姚安县城的文昌宫

胡寿荣（1859—1899年），字滚臣，原籍姚安土官庄人，后移居姚城。清光绪八年（1882年）壬午科举人，光绪十八年（1892年）壬辰科第二甲73名进士。胡寿荣为官在清朝末年，正是吏治腐败，民不聊生，康有为、梁启超倡导维新变法的时期。时在京城任礼部仪制司主事的胡寿荣毅然投入到了维新变法的运动中。光绪二十一年（1895年），康有为在京策动各省举人1300人，联名上疏光绪帝，反对签订《马关条约》，提出“拒和、迁都、变法”的主张。当年5月2日，胡寿荣参加了“松筠庵会议”，并在“上疏”上签字。光绪二十三年（1897年）11月，又参加了“保国会”活动。光绪二十四年（1898年）6月11日，光绪帝下诏“明定国是”，在政治、经济、教育等方面采取一系列措施。此举触怒了慈禧太后，她发动政变，囚禁光绪帝，著名的“戊戌六君子”遭到杀害，其余在“上疏”上签字的举人均在通缉之列，胡寿荣弃官回到姚安。归里之后，深得家乡父老的尊敬和当地官府的重用，他主持改建大成书院，并在书院担任主讲。胡寿荣还倡议修建文昌宫，其书法手迹至今仍保存在文昌宫。朝廷命令地方官吏将胡寿荣缉拿归案，家乡父老竭尽全力予以保护，两次买通官员，以“人未归家，去向不明”“该员嗜赌，连赌三日，暴病身亡”等理由搪塞上官。但是终究不能长期掩饰，不久后又发来第三次缉捕文书，措辞严厉，地方官员受到严厉谴责。乡亲父老虽设法营救，但官府严逼，事不可缓。为了不拖累乡亲，胡寿荣吞金自尽，年仅39岁。

## 明清时期姚安举人及其他科举人物

据民国《姚安县志》记载，明清时期姚安有文武举人 93 人，其中，文举人 85 人、武举人 8 人；明朝 32 人，清朝 61 人（其中武举人 8 人）。明清时期，姚安文举人占云南总数 8513 人的 0.99%，其中，明朝文举人占云南录取举人总数 2756 人的 1.16%，清朝文举人占云南录取举人总数 5757 人的 0.9%。姚安举人占云南录取举人比例变化的原因是建置、辖区的变动。若按当时人口总数的计算，录取举人比例在云南处于中等偏上的水平。500 余年的姚安科举人物中，比较有名的如明万历（1573 年）癸酉科举人、永宁知州陶希皋；清康熙辛卯（1711 年）科举人、光山知县蔡友松；清康熙年间岁贡、澄江府教授黄开商；清雍正年间岁贡、永宁兵备道夏诏新；清道光二年（1822 年）壬午科举人、广南府教授王安庭等。

明代，姚安刘氏、李氏、陶氏是有名的科举家族，其中陶氏父子被称为“陶门四贤”，他们的成就对姚安教育、文化等方面产生了深远的影响。陶氏祖籍浙江台州黄岩，官籍姚安府，父亲陶希皋是万历（1573 年）癸酉科举人，明万历元年（1573 年）考中举人，被举荐为石阡府推官，后升任永宁知州。由于过于正直，忤逆上级，陶希皋辞官回乡，教授儿子读书，乐于帮助家族中困难的人，为家乡人诉讼提供帮助，帮助地方修建学宫。陶希皋长子陶珽是万历三十八年（1610 年）进士；次子陶珙，明天启元年（1621 年）辛酉科举人，先后任太平县教谕、南京国子监助教，转工部主事、迁郎中，最后升任宝庆知府；三子陶璟，崇祯十二年（1639 年）己卯科举人。

明宣德八年（1433 年）癸卯科进士刘莹，是姚安有文献记载的第一个考取进士，其弟刘玺是明正统八年（1443 年）辛酉科解元，官至知县；其弟刘钧是明成化十九年（1483 年）癸卯科举人，官至知县。明成化元年（1465 年）乙酉科举人李霖，其弟李云是明成化四年（1468 年）戊子科举人，官至知县。

清代，姚安王氏、甘氏是出名的科举家族。王氏家族的王安庭是清道光二年（1822 年）壬午科举人，其弟王芝庭是道光十一年（1831 年）辛卯科举人。甘氏家族的甘荣禄，清道光十五年（1835 年）岁贡，博览群书，隐居教授，致力于研究理学。其弟甘荣昌是清道光十三年（1833年）岁贡，官至河西州（今通海）训导。甘荣禄的儿子甘雨从小受父亲影响，潜心研读宋明诸儒书籍，精思力践。甘荣昌之子甘保是清咸丰四年（1854年）岁贡，甘藩是清光绪五年（1879年）岁贡。甘雨的四个儿子甘孟贤、甘仲贤、甘叔贤、甘季贤，以及甘孟贤的儿子甘德柄均为举人，即今姚安人常说的“一门五举人”。

云南著名的历史文化名人赵鹤清、由云龙都是清光绪二十三年（1897年）丁酉科举人。赵鹤清（1866—1954年），姚安光禄人，青年时期拜师学习书画技法，远赴江南游学，广交文化名流。光绪二十九年（1903年）入京候选，被派为八旗高等学堂美术教习。辛亥革命以后，曾任他郎厅（今墨江）长官、澜沧县事、白盐井场知事等职，曾经参加昆明大观园园林建设工作，其画作《滇南名胜图》蜚声艺坛。由云龙（1876—1961年），光绪三十四年（1908年）参与创办《云南日报》。辛亥革命时，被推为滇西军政府协理，后任永昌知府、兼保山县知事。不久，调任军都督府秘书长，后又任教育司长、政务厅长、秘书长等职。护国运动时期，任护国军都督府秘书厅厅长。唐继尧出征四川时，由云龙代理云南省长兼政务厅长。抗日战争爆发后，出任云南省第二届临时参议会议长。抗战胜利后任国史馆纂修，编纂《姚安县志》。1950年，被选为云南省人民代表、中国人民政治协商会议云南省委员会副主席，被任命为云南省文史研究馆筹备委员会主任委员。

（作者：李万福）

## 参考资料

1.杨成彪主编：《楚雄彝族自治州旧方志全书（姚安卷）》，云南人民出版社2005年版。

2.由云龙等编纂：民国《姚安县志》，云南人民出版社1988年版。

3.姚安县志编纂委员会编纂：《姚安县志》，云南人民出版社1996年版。

4.刘明坤：《明清云南科举研究》，人民出版社2018年版。

5.蓝红彩：《云南科举名人小传》，云南人民出版社2021年版。

# 抗日将领张与仁

张与仁

在姚安人的心目中，有一个“张师长”，它就是现在栋川镇马草地村张家大院的主人、抗日将领张与仁。

张与仁（1892—1959年），字友曾，出生于姚安马草地村的一个农民家庭，其父亲名叫张廷筑，共生有九个子女，其中儿子三人，张与仁为长，张敬仁、张秀仁为弟。

张与仁从小就比较聪慧，先后在本乡读私塾、县立高小、省立模范中学读书学习。他目睹当时国势日危，常发“天下兴亡，匹夫有责”的感慨，随后便弃文从武。1917年秋，考送保定军官学校第六期学习步科，1919年毕业，并被派到第二师第十团见习，从这以后，他先后在云南、广东军队中担任排长、连长、营长。

1922年冬，经廖仲恺先生介绍，张与仁在福建加入国民党。第二年，担任滇军总司令部参谋，一年后又担任滇军总司令部干部学校技术科主任教官。1925年夏天，张与仁进入黄浦军官学校，先后担任第二期第一队队长，第三期大队长。因训练成绩比较优秀，被提升为四期军事政治学校步兵军官预备团第二团团长。在这一段时间里，他与叶剑英、廖仲恺、何香凝交往频繁，相处较好，并有书画相赠。1926年冬天，他奉命率领黄埔军校四期毕业的各科学生到南昌国民革命军总司令部报到，毕业生被分配到新编一师和二师，张与仁被任命为第一师师长，驻扎在江西赣州。和他同驻江西的还有时任第二师师长的叶剑英，他带兵驻扎在吉安。

1927年，蒋介石发动“四一二”反革命政变叛变革命，在南京成立国民政府，宁汉分离对峙。张与仁的第一师因为共产党员较多，被蒋介石下命令解散，他遂投奔当时担任江西省主席兼第五路军总指挥的朱培德，被任命为金汉鼎部第九军参谋长。1928年冬，蒋介石借整编军队的时机，极力排除异己，朱培德所属部队的第三、第九两个军被编为第七和第十二两个师，张与仁调任为金汉鼎部第十二师参谋长、第三十五旅旅长，驻防海州。

1930年秋天，张与仁被调往军事参议院。他在部队中重情义，善待将士，深得士兵爱戴。当他离开海州旅部经过新安镇的时候，驻防的六十九团全体官兵列队到车站与他送别。因为将士们不满张与仁调离，又对克扣军饷的师长金汉鼎积怨较深，送别的场面失控。士兵们质问：“张与仁是一个好旅长，为什么要调他走？”同时，群情激奋，高呼：“拥护张旅长，打倒金汉鼎！”事态进一步失控。时任参谋总长的朱培德迫于压力，只好把金汉鼎调走，安排曾万钟担任十二师师长。并写信安慰张与仁，命令他离开部队赶赴南京等候任用。

张与仁奉命到南京经过长时间的等待后决定返回云南。他抵达上海时正值十九路军抗击日本军队，便参加了十九路军，担任六十一师干部教导队主任，回驻南京，主要负责训练新兵，需要时以补充前线。1932年5月，上海停战，

张与仁故居

十九路军调往福建，六十一师驻扎在泉州，张与仁的干部教导队也随着师部驻泉州城内。1933 年他被任命为“中央陆军军官学校特别训练班”副主任，奉命离开十九路军回到南京。蒋介石视察时看到张与仁以身作则，吃苦耐劳，在认真负责地训练学员，便称赞说：“张与仁真是个铁牛！”于是他便得了个响当当的“张铁牛”的称号。

1935 年 5 月，张与仁的父亲去世，他得知消息后请假回乡奔丧，途经昆明，与当时担任云南省主席的龙云见面。会谈后，龙云报经蒋介石同意，挽留他在云南做事，他欣然接受。第二年，蒋介石委任他担任“中央陆军军官学校昆明分校”少将副主任。

张与仁在父亲去世回乡奔丧时，看到村子里的道路坑坑洼洼，高低不平，十分难走，他决定出资、出料，并负责外地工匠艺人的酬劳、吃住，发动村民出工，整修村庄道路。张乐仁、张巡仁当时就用自家的马帮，带领村民到村外的山上备石料，到外村的窑厂买大城砖，并与村民一起施工。道路的中间使用大城砖铺砌，路两边铺石头。经过精心组织施工，一条东至张百桥、南到夹坝沟、西接高家坟、北达本村宗祠，宽 2 米，全长大约 2.5 公里的村庄道路整修一新，平坦好走。同时，还修建了小石桥等村内的桥梁，极大地方便了村里乡亲的出行，受到村民的交口称赞。

1938 年，抗日战争进入相持阶段。云南整编组建第六十军出发抗日。他被龙云聘为“云南总动员委员会”委员及滇黔绥靖公署补充第三、四、五、六大队训练主任，主要负责训练中、下级军官及士兵。第二年，张与仁被任命为新编第十二师师长，率师从云南出发，途经贵阳、晃县、安江、宝庆、衡阳，在攸县点验后，经过醴陵达到江西万载整训。

1941 年 3 月，由于在多次战斗中指挥

张与仁捐建的马草地小学

有方，作战英勇，张与仁晋升中将，并担任新编第三军副军长兼新十二师师长。12 月，南昌的日军三十四师团师团长大贺茂为了策应第三次长沙会战，在其所属联队中抽调兵力，编成四个大队，进犯张与仁的新三军守备阵地。战斗从 12 月 25 日开始，到第二年的 1 月 6 日结束，新十二师多次反复与敌人展开激战，伤亡惨重，最终击溃了敌人。战斗结束之后，张与仁把牺牲的 676 位烈士葬于高安县龙潭乡老虎山，并亲自为他们立碑纪念，以彰其功。张与仁在赣北坚持抗战，直到日寇投降。1947 年，他作为姚安选区的国大代表，到南京参加会议。

1945 年，张与仁携家眷回乡过年。在和父老乡亲的闲谈中得知本村教育基础条件较差，村里的小孩要走几里路到其他村读小学，读高小则要到姚安县城。他便和村中的贤人长辈商议，由他捐资筹建创办一所小学，他的提议得到了村民们的一致赞同和积极响应。小学的校址选择在相邻的启明村委会东侧大约一百米处，学校主体建筑工程所需工料、建筑工人的工资报酬、生活费由他家负责，村里学校租田的一部分收入，补充作为建设学校的资金，村民们出义务工做些挑土筑墙的工作。学校占地面积为 1184 平方米，梁架为抬梁式，单檐硬山顶，土木结构，坐西朝东，由正堂、南、北耳房、南、北厢房组成。1946 年，校舍装修完毕，成立完小，学生达到 6 个班近 200 人，教师达 8 人，张与仁的夫人徐如云应聘担任校长。

时至今日，张与仁校舍已经有 75 年的历史，其旧址保存较为完好，是研究我县历史文化名人、爱国民主人士张与仁情系桑梓，关心重视发展家乡教育事业，热爱家乡思想的重要文物遗迹。2010 年，被县人民政府公布为县级文物保护单位。

1949年春，张与仁携家眷返乡，当时，正值中共地下党组织领导人民武装与反动统治进行斗争，他积极支持共产党领导的人民武装，并以武器弹药资助游击队，安排自己的卫士参加游击队。

据马草地村的老人们讲，张与仁步入军界以后，曾经回姚安老家探亲三次，每次回来都轻车简从，穿着简朴，不穿毛呢大衣军服，进村之前不坐轿子、不骑马，距离村子两里之外就步行走着进村，对村里的人彬彬有礼，依着辈分一一称呼，十分亲切。遇见小孩，问是谁家的，几岁了？问长问短，问这问那，和蔼可亲，没有一点当军官的样子。他还邀请帮助他家干活的长工在一起吃饭，问寒问暖，唠唠家常，说些感谢的话，其乐融融。

张与仁为人正直，言而有信，仗义有情，厉行勤俭，厌恶钻营，深受时人尊重。1950年2月24日，云南解放，他欢欣鼓舞。然而，一年后，姚安发生“滇西反共救国军”错案，他被诬陷为首领被捕入狱，在牢狱里度过了漫长的5年才得以平反。释放后他被聘为云南省文史研究馆馆员。1959年张与仁因病逝于昆明，终年67岁。2017年7月，是中国人民抗日战争胜利70周年，张与仁的后辈收到了由中共中央、国务院、中央军委颁发的“中国人民抗日战争胜利70周年纪念章”。

张与仁去世后，他的亲友们为了缅怀他，写了很多的诗歌和挽联，如《忆祖父张与仁公》《姚安古今随唱九首》《清明祭祖》等，正像诗中所写的那样，张与仁“两伐一战不居功，黄埔厉兵育群雄。昭昭士心军人魂，留得身后百世名”“投笔从戎为主义，秉性不移品自奇”“抗战军兴国艰危，同仇敌忾挽沦亡……抗日将军张与仁，率师赣北作远征；八年鏖战杀敌苦，迎来胜利返家门”。

（作者：何平）

**参考资料**

1.由云龙等编纂：民国《姚安县志》，云南人民出版社1988年版。

商娀生

在新中国成立以前，在一般的县志里面，女性的名字基本只在“烈女”部分才可看到，在这部分里记载着的女性要么贞烈，要么贤淑。然而，在民国《姚安县志》的“选举”部分，我竟然意外地看到了一条民国年间的记载：“商娀生，云南女子师范及英国伦敦拜佛大学毕业。”说起商娀生，这是一个连姚安人都不为熟知的名字。

商娀生（1901—1985 年），字子玉，出生于清末年间栋川镇商家村的一个书香家庭。解放前，给一个女孩子取名商娀生（娀（sōng），其本义为有娀，古氏族名，也是古国名），可见她的父辈是非常具有文化底蕴的。商娀生的父亲商延年是 1901 年的举人，曾留学日本宏文学校，与保山林春华译编《物理新编》，毕业回国后先到云南教书育人，后任滇督军署法曹，“寻知摩刍县事”，“摩刍县”就是现在的双柏县。商延年精于诗文、书画，特别擅长指画。退休后商延年一家就定居在昆明。他的指画生动有致，别具一格，很受欢迎，很多人都上门来找他求画。娀生幼年随父亲到昆明等地上学，五四运动前夕，她考入昆明女子师范学校，并在校外随英国商人哈丁学习英语。当时封建意识很浓，男女授受不亲，女子参加社会活动是会遭到舆论和非难的。

商娀生的家——姚安栋川商家村

五四运动爆发后，昆明学生积极响应。首先由省一中、成德中学、省师、工校等组织云南学生后援会，定期在省体育场集中，有5000多人走上街头游行。商娀生、丁月秋、陆晶清等先驱女性，不顾封建礼教束缚，勇敢地走在了队伍的前列，她们向平民宣传，致电声援北京学生，向政府提出收复主权、惩办卖国贼的要求。会后各校学生推选代表，组成全省学生代表会，商娀生就是女师推选出的代表之一。当时由于封建礼教的束缚，加之云南地处边疆，开化较晚，昆明参加运动的学生以男性居多，女性特少，而商娀生、丁月秋、陆晶清等女性则是运动中最为活跃的分子，她们频繁参加社会活动。她们在上街示威、请愿、讲演、演文明戏、查抄日货，在三市街烧毁日本洋行货物等学生运动中，常常冲在前面，有些人对她们的行动十分惊诧，指指点点，说三道四，女师校长还扬言要把她们三人开除。娀生的父亲当时在昆明执教，比较开明，理解和支持女儿的行为。他对女儿说："若开除你，我就送你到北京去读书。"迫于当时的形势，女师校长最终没敢下令开除她们。商娀生、丁月秋、陆晶清等人还利用课余时间，在咸宁巷借了一间房子，办贫民夜校，招收贫穷的工人、市民及其子女免费入学，义务教课。

五四运动后，一些新书报刊如《新青年》《少年中国学会月刊》《每周评论》等相继传入昆明，把新思想传播到云南，使云南青年在思想上受到很大影响。省一中一部分接受了进步思想的学生，于1920年初发起组织成立了社会主义研究团体——大同学会，因系秘密团体，以英文字母"TTA"为代号。成员有21人，商娀生、丁月秋、陆晶清3人秘密加入了大同学会（云南最早的革命团体）。在其组织的领导支持下，她们与进步男生一起上街示威游行，登台演说，宣传反帝反封建和争取民主自由、妇女解放等政治主张，被誉为“五四”时期昆明学生运动的“女中三杰”。

五四运动后，一个大军阀看中了商娀生，想把她纳为小妾，商娀生坚决不从。为防暗算，在父亲的支持和她的英文老师帮助下，1920年秋，商娀生随哈丁到了英国苏格兰首府爱丁堡，先学医，后改学社会科学。

1923年，商娀生学成归国，先在北京，后回云南在东陆大学（今云大）教授英语。1930年，云南又一军阀通过龙云夫人顾映秋向商娀生求婚，商娀生不为权势所诱，断然拒绝。军阀恼羞成怒，强行逼婚，商娀生只得逃往上海，在务本中学任英文教师。1937年“卢沟桥事变”发生，商娀生回到云南，受富滇新银行行长缪云台先生之聘，到富滇银行工作，给缪先生当英文秘书。

1943年，42岁的商娀生与海军元老萨镇冰的独子萨福钧结婚，随即迁居重庆。萨福均是中国铁路工程专家，曾任粤汉铁路、川汉铁路、云南个碧铁路总工程师、铁道部参事兼管理司司长、铁道部工务司司长、交通部技监等职，对中国铁路建设作出了贡献。萨福钧的父亲萨镇冰曾任北洋海军康济舰管带，在中日甲午之战中他看到了贫弱的国家遭受外敌的欺辱，心痛如刀绞。甲午战争后，为国事奔走，追寻富国强兵之法。儿子出生后，为了让他学习外国先进技术以报效祖国，他把萨福均送往海外留学。萨福均大学毕业后，应詹天佑的邀约，回国跟着詹天佑参加了京张绥铁路的后期建设。

抗日战争胜利后，国民党中央政府迁回南京，商娀生随其夫一道，亦迁居南京。南京解放前夕，商娀生不愿跟国民党去台湾，只身离开南京回到了昆明。不久，萨福钧也以看病为名绕道香港，来到昆明。云南解放后，萨福钧受政府之聘，到西南铁道部工作，主持修筑成渝铁路的技术工作，商娀生随之移居重庆。后萨福钧调铁道部工作，商又迁居北京。为让丈夫专心致志地从事铁路建设，从1950年6月成渝铁路全线开工，商娀生毅然放弃工作，专门打理家庭事务，赡养老人，抚养萨福均前妻所生的三个孩子。1952年6月13日，全程505公里的“超级工程”——成渝铁路，仅用两年时间就竣工了。毛主席为此题词：“庆贺成渝铁路通车，继续努力修筑天成路。”成渝铁路竣工后，萨福均积劳成疾，1955年在北京病逝，葬于八宝山革命烈士公墓。萨福均病逝后，商娀生被安排在铁道部科研情报研究所从事外文资料翻译工作。

1965 年商娀生退休，1974 年回昆明定居。这时她已是七旬老人，不久后她双目失明。商娀生在昆明定居后，从 1977 年开始在家义务为前来求教的大学讲师、医生、部队技术员、机关干部教授英语，分文不取。她教学生靠口授耳听，学生可以选任何教材。她说："我老了，只能为'四化'出这一小点力"。她坚决不准学生送任何东西酬谢，需请学生代买的物品一定付钱，学生如有不从，所买物品她就拒收。

商娀生一生活得很低调，为人谦逊。她从不向人讲自己过去的历史，有人请她讲讲"五四"运动的情况，她说："那时很年轻，几个女学生上街游行、讲演，不懂得多少革命道理，只知道要爱国、要自由、要民主。"双目失明后，有人对她说："你这么个人物，应该找政府好好照顾你。"她说："我有工资，有妹妹，有侄儿侄女，有学生。国外的子女也经常寄钱来，大家都很关心我，侨办和民政局也常来看我，我何必还要再给政府增添麻烦呢。"

商娀生年轻时生逢乱世，在国内外辗转流离，42 岁时找到自己的爱人结婚，未生育子女。萨福钧前妻生的三个子女对她很好，但他们都在美国，多次来信请她去美国居住，她不去。当子女知道她双目失明后，又多次寄来路费，要她去美国定居治病，她仍然不去。有人问她为何不去，她说："我爱新中国。我懂五国文字，到过十多个国家，相比之下，还是咱们中国好。"

1985 年 12 月 28 日，商娀生病逝于昆明，终年 84 岁。亲属遵照她的遗嘱，没有登报，没有发讣告，也没有开追悼会，她悄悄地离开了人间。

（作者：刘卉菊）

### 参考资料

1.由云龙等纂：民国《姚安县志》，云南人民出版社 1988 年版。

2.楚雄彝族自治州地方志办公室主编：《楚雄人物》，云南大学出版社 1991 年版。

3.政协楚雄彝族自治州委员会教科文卫文史资料委员会、楚雄州妇女联合会编：《彝州妇女百年》。

# 抗日英烈黄人钦

黄人钦

“慷慨悲歌气压山，新婚燕尔别乡关。可怜竟作河边骨，应向深闺梦里还”，这是赵鹤清写的《吊黄（人钦）烈士》诗中的一首。诗中所写的黄烈士黄人钦是抗日战争中的英雄烈士，29岁时他在随部队血战台儿庄的战斗中身中数枪，生命就此定格，长眠于他乡。

黄人钦（1909—1938年），字仰予，出生在今天县城南边栋川镇蜻蛉社区的黄家屯村。其父亲黄庆云是清代儒学生员，生有三个儿子一个女儿，黄人钦是家中最小的儿子。

黄家一门是书香门第，从黄开商开始，到夏诏新、夏运新兄弟，再到黄人钦的父亲黄庆云，都能以学而仕，出仕致学，县内有“开商善经，诏新善政”的记载。黄庆云热心家乡水利和公益事业，在姚安倡导修浚大石湖、文昌宫、兴办栽桑养蚕实业，历任民国姚安县财政局、建设局长。赵鹤清先生曾经为他题诗说他“只将忠厚承先德，还有诗书启后人”，由云龙先生也曾为他撰写了《黄瑞图先生生圹表》。

黄氏一族以诗书启后人，黄庆云继承了这一家训，对子女的教育颇为严格，家中子女都能在晚清、民国的乱世中，胸怀修身齐家治国平天下的壮志。黄人钦三兄弟中，大哥黄人镜投身戎马，二哥黄人铭留居乡里照顾父母。黄人钦在县立高小毕业后，考入省立中学。他敬慕岳飞精忠报国的为人，常吟“男儿有志出乡关，不灭倭寇誓不还”之句。中学毕业后，不顾家庭劝阻，考入云南军官候补生队及九十八师军事队学习。时值国家民族多难之秋，日本帝国主义强占东北三省。他深感国家危亡，民族受辱，毕业后加入滇军，先后任排长、连长等职。

1937 年 7 月，“抗日战争”爆发，时任云南省主席龙云按照南京军事会议的决定，先后组建滇军第 60 军和第 58 军，开赴抗日前线。黄人钦被编入 60 军 183 师 541 旅 1082 团并担任上尉连长。此前，他已经聘定邻村商文炳先生之女商幼兰为妻，他们在学生时期就彼此相爱相恋，私许托付终身，双方家长也对他们的结合表示赞许。黄人钦出征在即，父母经商量后决定在黄人钦出征之前，为他们举办婚礼，结婚之后再赴沙场。为让父母及妻子放心，他欣然从命。

1937 年 10 月 4 日，在国军第 60 军 183 师 541 旅 1082 团营地，举行了一场别开生面的婚礼，新郎官是上尉连长黄人钦，新娘子是昆明女子中学毕业的学生商幼兰，婚礼上军中袍泽和亲友们纷纷对这对才子佳人献上祝福。10 月 10 日，也就是两人结婚的第六天，滇军第 60 军在云南昆明巫家坝举行抗日宣誓会，离开云南北上抗日。因黄人钦才刚结婚，他可以随后一批出发。黄人钦是受父亲的家国教育长大的，他深知没有国就没有家的道理，丝毫没有犹豫便随部队一起走上了出滇抗日的道路。

黄人钦家乡姚安县黄家屯村

出发前，新婚的妻子哭成了泪人儿，她希望夫君能留下来多陪自己几天。黄人钦面对心爱的妻子，仅能双手牵得紧紧，低头安抚妻子说：“幼兰，保家卫国是国军的职责，我身为军人自当投身沙场，为了中国千千万万个新婚家庭的幸福，只能暂时先牺牲我们的小幸福。”夜未合眼的商幼兰只得眼含泪水双手捧着一只手帕递给黄人钦，说道：“夫君这一分别，不知何时再能相见，这是我连夜亲手缝制的手帕，上面绣有你最喜欢的梅花，你带上它，想我的时候就看看这手帕。”黄人钦见到妻子赠与的手帕，纵有万般不舍，可是国难当头，他不得不告别妻子北上抗日。这一幕，像极了清末的革命先烈林觉民在广州起义前夕，与妻子诀别的场景。黄人钦出发前吻了一下妻子，告诉她：别为自己担心。因为他贴身带着她亲手缝制的手帕，日寇的子弹一定打不着自己。

10 月 10 日，黄人钦跟随部队从昆明出发，沿着滇黔公路向湖南进发，步行 50 多天，行程近 4000 余里，达到长沙，他白天行军，晚上不顾旅途劳累，有空就经常给家人写信，反复谈及“誓灭倭奴，为国雪耻”之志，慷慨激昂之情溢于言表，一心报国之志跃然纸上。他的信纸短情长，是烽火家书，向父亲明志向，向妻子诉柔情（可谓抗日战争的《与妻书》），和挚友忆往昔，与兄弟论纷飞的战火、焦灼的局势，他一一记录了下来：“滇军此次出来，很得人民欢迎。一因纪律严明，除过去一切恶心，二因在历史上有过护国靖国光荣的一页，一般人民都热切的希望我们到前方杀敌致果。际此国家危亡之秋，正当男儿奋身报国之时。想父母教育子女，欲望效忠国家也。十一月二十七日于常德。”“我们一天一天的远离了风景优美，气候宜人的乡土，而踏上了迢远蜿蜒山路崎岖的远征北上了，从此一天一天的将进入冰天雪地的境地，进追倭奴了。今后我们的责任一天一天的加重了，官兵个个都存着不灭倭奴，决不生还的决心。”“兵凶战危，古有明训。但是决不能减我杀敌的壮志，因为国家亡了，我们的生命、财产，一切一切的随着灭亡了，活着，当亡国奴有什么意思呢，并其个人的命运是逃不出一个‘数’字的，所谓‘生死有命，富贵在天’，我们要想透这些，就用不着悲观了。自昨天得到上海失利的噩耗，心里感到无限悲愤，‘男儿立志出山关，不灭倭奴誓不还’！就是我今后的决心。”“我们军人，只晓得和倭奴拼命，才是我们中国的出路。我们应拿我们的热血，去保卫国家领土，拿我们的头颅，去换取民族的生存。处在这最后关头，想到前线同胞，在冰天雪地中浴血苦战，流离失所的难民，敌人铁蹄下被蹂躏着的亡国同胞，有人心者，恨不得即刻奔赴前线，和鬼子见个高下，铲除这新仇旧恨。”“近来噩耗频传，谓我军阵线颇为失利，但此绝非前方将士抗战不力，实由物资落后不堪其负耳。战争初期，失败乃预料中事，如能长期抗战到底，不屈不挠，将来最后胜利舍我谁属。此次本军出征暴日受命之日，即下最大决心，誓必为国家全领土，为民族争生存，此志不遂绝不生还，成功成仁。铁血丹救国，此其时也！”……

黄人钦的这些信件，有的是写给妻子商幼兰的，有的是写给父母兄弟好友的。在这些信中，虽对家人深情款款，但更多的则是家国遭受外敌践踏的壮士情怀。通过家书，黄人钦在那奔波跋涉的夜晚，把战争记录下来，也把温情记录下来，他对国家和民族的爱、对新婚妻子的爱、对父亲的孝、对友人的情，何其悲壮，何其震撼人心。在战火纷飞的年代奉献青春，保卫国家，而他的家国情怀、他的感人故事，也存留在这些纸短情长的家书当中，成为青春生命的见证。遗憾的是，这些信件并没能寄出，一直留在他的身上，直到他在战场上牺牲。

在部队，黄人钦每谈到国家危难和民族存亡之时，常常感慨激昂，声泪俱下，摩拳擦掌，不能自已，恨不得与日寇即刻拼个你死我活。六十军驻扎湖北信阳时，部队长官找他谈话说：“为培养部队指挥人才，拟派你到重庆受训，以资深造。”可是他却坚决谢绝：“眼下祖国狼烟四起，战火遍地，此时此刻，我已无心静坐课堂安然受训。大丈夫即战死沙场，马革裹尸，亦在所不辞！请另选干才前往深造，让我报效祖国之志得以实现！”长官见他杀敌心切，批准了他的请求。

1938 年 3 月上旬至 4 月中旬，日本侵略者调集数十万大军，对河北台儿庄地区进行疯狂的进攻，4 月 14 日，黄人钦所在的 60 军奉命由湖北驻地火速驰援台儿庄，他“捐躯赴国难，视死忽如归”，每战都奋不顾身，冲杀在前，撤退在后，深得战友们钦佩。4 月 23 日，部队在凤凰桥、五窑路与日寇遭遇，他英勇顽强，临危不惧，率领队伍奋勇冲杀，与敌人展开殊死搏斗，血战终日，击溃日军，夺回阵地。对面的日军装备精良，不仅有大炮，还有坦克，由于缺乏打坦克的武器，战士们只能用手榴弹炸，可是几乎没什么效果，在坦克的掩护下，日军

今日姚安

步兵很快就上来了。为此他们不得不组织敢死队，士兵们背着炸药包，爬着过去和日军坦克同归于尽，不少士兵就这样牺牲了，在日军攻上阵地之时，黄人钦带着战士们进行肉搏战。多次杀退日军的进攻，当日军再次攻上阵地，黄人钦冲上去和日军拼刺刀，不幸的是黄连长身中数弹，当场倒地，壮烈殉国，时年 29 岁，离开新婚妻子仅 6 个月，两人就天人永隔。

黄人钦和战友的牺牲换来了台儿庄的大捷，战斗结束后，战友们在收殓黄人钦遗体的时候，从他的衣袋中发现了一块绣着梅花的手帕和一封书信，洁白的手帕早已被黄人钦的鲜血染红，手帕里包裹的这封书信也已经染上了血迹。虽然长官给将士们说不要写书信了，写了也寄不出去了。但是这是开战的前一夜，黄人钦还是决定给新婚妻子写一封信，也是他的最后一封家书，这封抗日战争中的“与妻书”这样写道：“倭寇深入国土，民族危在旦夕，身为军人，义当报国。万一不幸，希汝改嫁，切勿自误。”这封信是劝新婚娇妻改嫁，他在内心深处对新婚妻子有太多太多亏欠，他知道新婚才六天，就离开家门只身抗日，他又何尝不想与妻子“执子之手，与子偕老”呢！无奈家国破碎，面对日军铁骑，只能以身殉国，黄人钦连长对妻子纵有万般不舍，明知道眼前战斗凶多吉少，只能手握颤抖着的笔，哽咽写下绝笔遗言，让妻子知道他有多深爱妻子，渴望得到妻子的谅解。他也为他离开人世做出决断，他冷静地要求他深爱的妻子改嫁，不愿意她孤苦无依守活寡，所以用了“切勿自误”，字句如此冷酷无情，黄连长一定是希望妻子不要受到世俗伦理的牵绊，也要阻断外人的流言蜚语，他没有能力照顾妻子，他只希望能在天国能看到人世间的妻子走出失去丈夫的痛苦，得到下一段幸福。想必写完绝笔信的黄人钦连长，一定会泣不成声。这短短数十字饱含着一个年轻人对国家民族的爱，对新婚妻子的爱。何其悲壮，何其震撼人心。

黄人钦最后的家书目前收藏云南省博物馆，这短短数十字，字里行间诉说着一位从云南长大的孩子，为了国家民族的兴亡，割舍儿女私情，挺身而出，义无反顾，付出自己的青春和生命的悲壮故事。军人马革裹尸战死沙场是一种荣耀，但中华民族有这样的脊梁，是日本侵略者始终不能战胜我们中华民族的原因。得知黄人钦壮烈牺牲，妻子商幼兰悲痛欲绝，从云南省昆华女中肄业的她，留在家中细心照顾黄人钦的父亲黄庆云。

黄人钦牺牲后，所在部队将他的血衣和遗书寄回了黄人钦的家乡云南姚安，乡亲们在其祖坟地里，为黄人钦建了一座衣冠冢，以示悼念。他的英勇事迹、信件遗书内容广为传颂。他的父亲将当时的新闻媒体关于他的报道及黄人钦家书整理为《黄人钦遗札》，时任云南陆军讲武堂校长龙云为其题词“可歌可泣”四字，以示表彰。国民政府为褒奖其忠勇，追赠其少校之衔，追认为烈士。时人以诗词称颂，视为国殇。近代云南著名书画家赵鹤清先生曾经写过两首《吊黄（人钦）烈士》，还有一首是：“男儿有志出乡关，不灭倭奴誓不还。二语至今成恶谶，台庄东望泪斑斓。”

（作者：刘卉菊）

## 参考资料


1.由云龙编纂：民国《姚安县志》，云南人民出版社 1988 年版。

2.楚雄彝族自治州地方云办公室编：《楚雄人物》，云南大学出版社 1991 年版。

# 禁烟县长李士厚

李士厚

姚安史称“梇栋县”，从汉武帝元封二年（前109年）置县至新中国成立时，已有两千多年的历史。在这漫长的历史长河中，出现过很多县一级的主官，他们或称“知县”，或称“县长”。在滚滚向前的历史长河中，这些知县、县长大多数却早已淹没在了历史的风尘之中，在姚安没留下一丝痕迹。仅有一小部分“或以廉能著，或以吏治称，或以功绩显”而留在了史册里，记在了人们的心上。如明代万历年间的李贽和民国末期的李士厚两位先生在治姚期间清正廉洁、克己奉公、政绩卓著，一生著作等身，成为了姚安历史上著名的名宦。曾有邑人作诗评价说：“贽厚二公政绩著，品行学养皆精良。”李贽作为中国古代著名的思想家和文学家，其事迹早已载入了中国思想文化史册。但李士厚先生的事迹及学术成就，除学术界少数人外，后人知道的却不是很多。

李士厚（1909—1985年），字如坤，载庵，晚年定居昆明后自号昆明髯翁。祖籍为陇西固原（现宁夏回族自治区固原市）。父亲李华昌，字石帆，为前清明经进士，以诗、书、画教谕乡里。李士厚先生早年就读于东陆大学（今云南大学），毕业后曾执教于云南省立第一中学并任教导主任、省立女子师范学校、昆华工校，任过公立回族民德中学校长，参与创办了私立护国中学。后受云南通志馆馆长周钟岳先生之聘，任该馆助理编辑、并从事历史研究。又任《云南日报》编辑；再后调任省政府秘书，任秘书科长，省回族救军协会常务理事等。抗日战争爆发，滇境沦为抗战前沿，又先后出任安宁、姚安、宣威等县县长，1948 年调任云南省政府人事室主任，1949 年参加卢汉将军领导的云南和平起义。

新中国成立后，李士厚受聘为云南省文史馆馆员。“文化大革命”期间受到冲击，“文化大革命”结束后，他组织在昆老诗人创办了“金碧诗社”，并任社长，继承和发扬中国传统诗词；同时，编写教材为云南大学中文系研究生讲授中国文字学；1983 年被任命为云南省人民政府参事室参事，1985 年 3 月因病在昆明去世。

李士厚先生的一生大致可分为三个阶段，早期投身教育、中期为官从政，后期主要是从事学术研究，但不论在哪个阶段都建树颇丰。

1937 年抗日战争全面爆发，国难当头。为适应当时抗战形势对人才的需要，云南省政府大力选用知识分子担任地方行政长官，李士厚先生就是在这样的时代背景下到地方任职的。由于他青年时期在东陆大学受到当时民主思想的影响，又坚守中国传统读书人的立身处世之道，深知抗战关系国家危亡，责任重大。故在地方任职期间，一直以老师周钟岳先生书写给他的对联“惟用法律自绳己，岂必局促为人讥”为座右铭，一改封建社会官员的陈规陋习，轻车简从，克己奉公，兴利除弊，确保地方良好秩序，全力支持了当时的抗日战争。

民国三十二年（1943 年）三月，李士厚从安宁县长的任上调往姚安，出任姚安县县长。当时的他正值而立之年，年华才茂，处事果断，治政清严。不仅对僚属严格要求，本人亦身体力行。地方史料记载评价说：“黎明即起，危坐公堂，手批目诵，案无留牍”“上赴事机、下顾民力、地方荫受其福”。在姚安执政期间，主要做了以下几方面的工作。

一是继续肃清烟毒、打击地霸权绅。他的前任姚安县长段裔贤在任时，整日抽大烟打麻将，尸位素餐，还与县政府秘书刘茂伦、团防大队长陈光州、县参议会参议长黄绣章等人相互勾结，狼狈为奸，听任刘茂伦等实权人物摆布，纵民种植大烟从中渔利。卫立煌将军率中国远征军赴缅作战途经姚安普淜一带时，只见满山遍野皆为烟毒，卫将军愤怒地将此事上报至云南省政府。省政府主席龙云盛怒之下，将包庇种植大烟中饱私囊的段裔贤撤职，并押解昆明，公审后判处死刑，执行枪决。李士厚上任的首要任务是衔命禁烟，接任姚安县县长后，他全力肃清烟毒，以雷霆行动一夜间将权绅刘茂伦、陈光州、黄绣章等人逮捕，押解昆明，交省府严办。同时，对那些种植大烟地区的乡镇长亦一一缉拿归案，分别判处刑罚，还将以烟毒牟利、恶贯满盈的地霸权绅一一绳之以法，这一行动刹住了种烟之风，极大地推动了姚安禁烟清毒工作的开展。

二是清剿匪患，绥靖地方。姚安曾经是一个匪患十分猖獗的地区，影响云南多年的三姚匪患，主要区域就在姚安西北部山区与祥云、大姚几县交界渔泡江流域的普淜、大河口、葡萄、三角、地索以及祥云的东山、大姚的石羊、八腊么一带，高峰时盘踞这一地区的土匪多达数万人。省、县各级各方投入了大量的人力物力，历经十多年的努力才基本将匪患清剿平息。李士厚到姚安任县长时，大股土匪虽已基本肃清，但零星流窜者亦复不少。致商旅裹足，经济停滞、民众依然不能安生。面对此情，李士厚一面清乡查缉，一面布告安民。如有抢劫事件发生而隐匿不报者，一切损失后果由所属乡镇长负责赔偿。1944 年夏，姚安西山区九转弯一带有祥云商人被抢，经查清情况后，李士厚责令由洋派镇镇长私人当场赔清。

当时普淜区子鲊左乡有个亦民亦匪的地头蛇叫罗有清，生性剽悍、力大过人，年轻时喜游猎，据说他跑得比狗还快，枪法也特别好。罗有清爪牙很多，长期独霸一方，违禁种烟、鱼肉百姓、糟蹋妇女，民怨极大。但因其势力太大，又远离县城，历任县长都奈何他不得。李士厚经过调查，和县参议长由人龙商量后决定合力铲除此霸。但罗有清声称自已 “服管不服调”，十分傲慢，人又阴险狡猾，县里无从下手。在深思熟虑谋划好计策后，李士厚便亲自深入虎穴。以委任罗有清为县团防大队副大队长为名，亲自前往与普淜区相邻的大河口乡鹿子村，派罗有清的亲信去请其前来该村会谈受委。罗有清来到后，两人屏退左右，在该村小庙的楼上会见。罗有清身带武器，防备甚严，两人同行同坐，难得下手。直到会见结束，两人起身下楼时，李士厚假称回座位取礼帽，借机退步反身抽枪，趁罗有清下楼梯之际，连发数枪亲手将其击毙，为民除了一霸。从此以后，各

（乡）镇加强防范，匪患渐息，人民过上了安居乐业的生活。

三是废除门摊户派、杜绝贪污行为。李士厚上任伊始，即奉上峰命令，废除门摊户派，但只有大体要求，并无详细实施方案，具体办法由各县自行筹划。他经与县政会议议决，全县统收统支按各民户所有房屋多少和质量好坏、按季抽收房捐，既便民省费，也杜绝了贪污中饱，取得了一定成效，曾受到省府表扬，并通报各县借鉴推行。

四是不畏强暴，照章办事。抗日战争时期，在全国“军事第一”的口号之下，国民党各种部队在战场上虽抗战不力，但在地方上却飞扬跋扈，欺压地方的事情时有发生。当时，姚安县奉令征调壮丁补充184师，部队派来的接兵官一名，借机枉法，苛求不遂，就擅将文峰乡乡长商映玺捆绑殴打致伤。当时的县长兼理司法，并兼军法审判。李士厚闻讯后，立即派县警将接兵官逮捕到署，组织法庭审讯，迫使该师承认错误，处分了这个募兵官，并道歉赔偿，为基层伸张了正义。之后，来姚安募兵的军官不敢再飞扬跋扈，言行上大为收敛。

五是清理积谷，惩治蛀虫。民国年间的政策是农民在完成耕地税和征实、征购任务后，再按土地多少交一部分积谷，由乡镇统一保管，遇上灾荒年景和青黄不接缺粮之际，再借粮给缺粮户用以度荒，并收取一定的利息。这种积谷制度起到了储粮备荒的作用，但一些贪官污吏也借此中饱私囊。许多地区的积谷实际被乡镇保长土豪劣绅所把持或侵吞，农民不但得不到实惠，反而增加了负担。李士厚到姚安上任了解后，他下决心根治此弊，整顿乡保甲组织，撤换贪赃枉法的乡镇长，惩办把持粮仓的土豪劣绅。委派县政督导员到各乡镇清查。督导员冯耀祖等人到前场镇督查时，地霸卢星南、金文华等百般阻挠，反对清查。李士厚便下令将其拘留，还正告他们：“若继续捣乱，则判刑收监，甚至杀头”，迫使卢、金二人把所吞蚀积谷如数交出归仓。在全县清查中，各乡镇保甲长纷纷退赔了贪污中饱的积谷。同时，撤换了一批贪赃枉法之徒，使农民真正得到了积谷的实惠。

六是整顿机关作风，严守清廉本色。当时的官场，作风腐败，工作涣散，不少人晚上吹赌嫖窑，白天卧床不起，或在烟榻卧床办公；又相互勾结，请客送礼，吃喝吹拍，官官相护成风。李士厚到任后，他以身作则，带头转变作风，严肃机关纪律，集中县政府内各科室人员在大厅办公，并严格规定机关工作人员的上下班时间，不得迟到早退。一次财政科长任履祥、秘书唐保庚、田赋处财粮科长何永茂等人迟到五分钟，李士厚便让他们在办公大厅门口站了半小时，并令他们向全体公务人员检讨，检讨完才让入室办公。同时他还严守清廉本色，不仅全部拒收礼物礼金，而且不论是公宴还是私宴，他也一概谢绝，并严禁自己家属与当地士绅官员家属来往。

姚安农田新貌

七是兴建“志公堂”，改善机关工作条件。针对当时姚安县政府机关办公用房狭窄破旧，房屋严重不足的实际，他便利用积谷清理归仓后，民积政管，提成使用的政策所得的部分提成和各乡镇长违禁种烟的罚没款等作为资金来源，组织建盖了县政府办公大楼及工作人员食宿等工作用房。工程完工后，因龙云的字是“志舟”，为纪念龙云，便将政府办公大楼命名为“志公堂”；这些办公用房一直使用到了20世纪80年代，在相当长一段时期内改善了姚安县政府的办公条件。

八是整修大石淜，疏浚河道。大石淜位于姚安坝子南端，始建于明代，是新中国成立前姚安最主要的水利工程，承担着姚安坝子大部分农田的灌溉任务。但到民国时期，因年久失修，蓄水能力大幅下降。李士厚便多方筹措资金重新修筑了石堤，组织发动群众投工投劳开展了淜内清理淤积、淜外疏浚河道等工程，大大提高了大石淜水利工程的利用效率。

九是加强基础设施建设，推进社会事业发展。治姚期间，他组织改建了南城门，小南门桥，修建了抗战忠烈祠，对于团队、县训、保甲、警察、教育、医院、慈善诸务亦整饬改善充实；还成立了县银行，创办姚安石印简报等，推进了社会事业发展。

十是破除迷信，培树社会新风。当时的姚安，许多群众还愚昧无知，封建迷信思想较为盛行。在县城东门外有“东岳庙”，城内有“城隍庙”，庙内供有东岳大帝、城隍等塑像，民间的迷信非常盛行，庙内常年香火缭绕。李士厚认为，这些神鬼麻醉人民，毒害群众，有碍社会进步，必须彻底摧毁。他把县常备中队、政警队和警察局的全部武装力量集中起来，作了周密策划部署，于1943年春天的一个夜晚，乘人不备，兵分两路，把东岳庙、城隍庙里的神鬼塑像全部捣毁。人们得知后，十分惊讶，都说他有魄力，敢作敢为。他还利用所创办的石印简报等大力宣传和传播科学、民主思想，培树社会新风，促进了姚安的文明进步。

李士厚在姚安三年多的时间里所采取的一系列施政措施，符合社会发展进步要求、符合大多数人民群众的利益期望，受到了广大人民群众的好评。民国三十三年（1944年）九月，李士厚离任，姚安民众自发夹道相送，地方士绅以“革故鼎新”匾额相赠。

李士厚先生的一生，除在各地从政都颇有政声外，最主要的成就还在于创作和学术。他的创作和学术生涯活动起步较早，并且一生勤于学习，善于思考，公余之暇，潜心史学、雅好诗词。他对文史、诗词、书法、绘画、篆刻及中国文字学等都有较深入的研究，特别是对郑和的研究比较深入细致。主要著作有《云南通志族姓考》《滇考》《庄蹻开滇考》《老子道德经释义》《中国文字概说》《说文部首浅释》《云南大事记提要》《郑和家谱考释》《郑和家世资料》《影印原本郑和家谱校注》《郑和新传》《载庵诗文选》《江南游草》等。1985年3月15日，李士厚先生在昆明病逝，学界用他名字中的两字开头撰联哀挽“士为郑和死，厚缘文章生”，对其一生在学术上的贡献作了高度概括和评价。

（作者：戴国斌）

## 参考资料

1.姚安县志编纂委员会编：《姚安县志》，云南人民出版社1996年版。

2.鲁甸县志编纂委员会编：《鲁甸县志》，云南人民出版社1995年版。

3.李士厚：《郑和新传》，晨光出版社2005年版。

4.刘熹：《李士厚治姚二三事》，引自中国人民政治协商会议姚安县委员会编：《姚安县文史资料选辑（第四辑）》。

5.徐木安：《李士厚任姚安县长时做的几件事》，转引自中国人民政治协商会议姚安县委员会编：《姚安县文史资料选辑（第四辑）》。

6.楚雄州地方志办公室编：《楚雄人物》，云南大学出版社1991年版。

# 姚安抗日『八百烈士』

抗日战争，是中华民族历史上最伟大的卫国战争。十四年抗战，姚安虽处后方，但姚安人民竭诚努力，为国家和人民作出了应有的贡献。

在抗战时期，姚安兵役频繁。据民国《姚安县志》记载："二十三年（1934 年），奉令取消募兵制，实行征兵法，成立征兵事务所。二十六年（1937 年），抗战军兴，军役频繁。"之后，抗战形势日趋紧张，为补充滇军兵源的征兵在姚安成为常态。民国二十八年（1939 年），县政府增设了兵役科，不久后改为军事科，主要负责办理征兵事宜、调查适合服兵役青壮年男子情况。据相关资料记载，到 1943 年调查，全县符合服兵役的青壮年男子只剩下 429 人。据统计，自民国二十三年（1934 年）至民国三十四年（1945 年）的 12 年间，姚安县共征兵六十次，合计 5408 名。所征兵员，除少数留滇绥靖公署、地方保安处，大部编入五十八军和补充六十军。民国《姚安县志》里说"此五千四百零八名，自系国内外前线流血抗战，保卫国家之健儿也"。

十四年抗战中，五千多的姚安子弟走向了战场，他们中的绝大部分血洒疆场。他们之中，有中校团副邱泰、中校大队长刘叔良，少校营副商维忠、少校连长胡开明，上尉连长黄人钦、金凤韶、徐炜、黄汉彪、任彪，上尉李丕贵、杨石生，中尉排长高文灿、孙绳祖，中尉陈以华、何增祥、张国权、武连龙、武现龙，少尉排长张正芳、胡渐丰、张允荣、庞永贵、张成学、夏龙腾、 徐德先、肖子才、向中敬，少尉陈鹤年、刘承宗、贺兆凤、聂文彦、林玉如、田春露，准尉

培养了大批志士的姚安——今日姚安一中

聂文通以及761名士兵。

姚安子弟为国为民，万里跋涉，前仆后继，奋勇喋血，不少将士葬身中原，为国捐躯。据民国《姚安县志》记载：姚安籍官兵，先后于鲁南台儿庄、东庄、辛庄、禹王山、江西高安、山西中条山等地阵亡764人，失踪下落不明者31人，计795人，被姚安人民称为“八百壮士”。他们不负家乡父老的众望，为国出力，时人称赞：“八百壮士，国耻同雪，气壮山河，光辉简册。”

抗日战争时期，姚安县设栋川镇、启明乡、烟萝乡、前场镇、文龙乡、文峰乡、岭源乡、弥兴镇、连水乡、普淜镇、嵇肃乡、龙岗镇、洋派镇、锁北乡、光禄镇、怀远乡等16个乡镇，全县在1938年4月23日至7月28日三个月内为国捐躯的烈士216人，抗战以来其他时段各乡镇为国捐躯的烈士548人，阵亡年月地点及所在乡镇等均难考证的姚安籍烈士31人。

民国《姚安县志》中《抗战阵亡忠烈官兵第一表》记载：云南陆军第六十军一八二、一八三、一八四各师，从民国二十七年四月二十三日起，至七月二十八日，在近百天的时间内，先后阵亡于鲁南台儿庄、东庄、辛庄、禹王山、丹城集、火石埠、蒲旺戴庄、胡山、北戴庄、枣庄、杨庄、后堡、陈瓦房、李家圩、小李庄、邢家楼、小庄、五圣堂、赵家口、叶家山、黄庄、山头村、李家坪、房庄、古梁王城等地官兵 216 人，其中上尉连长 2 人，中尉排长 1 人，少尉排长 8 人，士兵 205 人。

民国《姚安县志》中《抗战阵亡忠烈官兵第二表》记载：抗战以来姚安县民国时的十六个乡镇在全国各地为国捐躯的烈士 548 人，他们中有中校团副、中校大队长、上尉连长、中尉、少尉、准尉、士兵。这些烈士先后阵亡于腾冲、上海、江西、河北、湖北、湖南、河南、山西、贵州等地，他们大部分隶属云南陆军五十八军、六十军官兵、有少数是游击大队、后勤部、税警总团、独立旅、十二师、远征军的官兵。

以上抗战阵亡官兵共为 764 人，前后由民国姚安县政府奉令进行造册抚恤。还有 31 人属抗战阵亡士兵，阵亡年月地点及所在乡镇等均难考证，没有找到家属进行抚恤。

抗日战争时期，在中华大地这片热土上，面对穷凶极恶的日本侵略者，姚安县五千多子弟英勇顽强地奋勇抵抗，八百壮士为国捐躯，在中国抗战史上留下了浓墨重彩的一页。姚安子弟，血洒疆场，感天动地，英风烈气，浩气长存！下面简要叙述抗日战争中姚安“八百壮士”中的几个英雄人物的故事。

张与仁，号友曾，姚安县马草地人。1939 年秋，云南组建五十八军出征抗日，姚安籍将军张与仁被任命为该军新编十二师师长。于 11 月率师由云南出发，开赴江西万载整训。1940 年 7 月，新十二师由万载调湖北，驻平江南江桥整训。1941 年 3 月，新十二师由湖北调赣北，划归新编第三军建制，张与仁晋升中将，任新三军副军长兼新十二师师长，同年 12 月，南昌方面的日军三十四师团师团长大贺茂向新三军守备的阵地进犯，自 12 月 25 日战斗开始至 1942 年 1 月 6 日战斗结束，新十二师虽死伤甚重，终将敌击溃。战后收集牺牲 676 人遗骸，葬于高安县之龙潭乡老虎山，张与仁为之立碑纪念。张与仁在赣北坚持抗战，直至日寇投降。

黄人钦，字仰予，1909 年农历十月十二日生于姚安县仁和区晴岭乡黄家屯村。县立高等小学毕业后，考入云南军官候补生队及九十八师军士队学习。1937 年 7 月，抗日战争爆发。云南组建陆军第六十军，开赴抗日前线。黄人钦被编入六十军一八三师五四一旅一〇八二团，任上尉连长。1938 年 4 月 14 日，六十军奉命急驰台儿庄参战。4 月 23 日，黄人钦所在师团，在凤凰桥、五窑路与敌遭遇，黄人钦率队奋勇冲杀，与敌肉搏。在战斗接近尾声时，黄人钦不幸身中数弹，壮烈牺牲，为中华民族的抗日战争献出了年轻的生命，年仅 29 岁。国民革命军为褒其忠勇，颁发命令追授黄人钦少校军衔。

邱泰，姚安县栋川镇人，公元 1886 年农历腊月 14 日出生。自幼聪敏、勤奋好学，读私塾时，即能诗能文，并能书写一手好魏碑。19 岁时，正值军阀混战，血气方刚的邱泰便毅然告别父母，远离家乡，投笔从戎，到昆明考入云南讲武堂步兵科。毕业后，加入国民革命军，历任连长、中校营长。1927 年随军出省参加北伐，屡立战功。1942 年秋，邱泰所在部队由大理调防大姚，后来终因积劳成疾与世长辞，终年五十七岁。姚安各界人士得知不幸消息，无限悲痛，为邱泰举行了肃穆隆重的公祭，追认他为烈士。

中国的抗日战争，维护了中国的领土完整和民族独立。中国抗日战争的胜利，迫使日本进行了长时间的消耗战，减轻了对其他地区盟军的压力，从而为盟国的胜利创造了有利条件。14 年的漫长抗战，中国人民付出了巨大牺牲。姚安虽然偏居西南一隅，但姚安子弟也同全国人民一起，为了国家民族的兴亡，在危难之际义无反顾挺身而出，用青春和生命谱写爱国诗篇。没能上战场的姚安人民，也在后方修筑滇缅公路、滇缅铁路、西祥公路，以难以想象的艰难和韧性支援了全国的抗战。正如由人龙先生在诗中所说："姚邑原非战斗场，绸缪未雨细筹量。壮丁集后知方训，纵有奸顽何处藏。"在民族和国家危难之际，姚安人民从未缺席。

（作者：凌世钦）

**参考资料**

1. 由云龙等编纂：民国《姚安县志》，云南人民出版社 1988 年版。

# 后记

历史因人而变得精彩，文化因人而存在。姚安历史悠久，厚重多元的文化滋养、孕育和接纳了众多对姚安经济社会发展稳定做出较大贡献，对历史文化传承发展产生深远影响的治姚贤宦、军旅志士，也培育了姚安人有口皆碑的乡贤望族。他们或生于斯长于斯，或从外地到姚，倾注心血，情系姚安各项事业；或旅居姚安，行踪所及，遗留墨迹，使得姚安文章之风大盛……在漫长的历史长河中，他们教化育人、造福民生，其事迹传颂乡野，为后人所敬仰，历代志书皆有记载。

经过一代代姚安人的筚路蓝缕、薪火相传，才有了今天的姚安。记得来路，不忘初心，是我们这一代人的使命担当。

为系统研究、有效利用前人留给我们的文化遗产，总结前人在历史上“立志、立言、立德、立功”的成功经验和优良传统，姚安县党外知识分子联谊会组织编写出版了《三姚人物》（第一辑）。

历史名人要有现实意义才能活在当下。本书从民国《姚安县志》里选取了部分历史人物，进行了细致地考证，努力以一种客观的形式呈现。所选取的人物不以功计，不以名显，主要考虑的是文献资料收集的难易程度和人物的精神、文化取向。今天，我们宣传历史名人，不能停留在斯土有斯人的空洞炫耀，而要扬弃传承、转化创新，不断赋予时代内涵，不断呈现当代表达，让历史名人及其文化真正走出历史、走出书斋、走进社会。

《三姚人物》（第一辑）共收录14位作者的32篇文章，

大部分反映历史人物的个人精神，也有小部分反映的是集体形象。本书内容的编排大致按人物的时间顺序，因有些历史人物的生卒不祥，排序时也可能有误。参与本书编写的各位作者查阅史料、虚心学习，既关注人物的生平、家世、事迹，也关注人物的学术成就、精神价值。本书绝大部分文章都由县内作者完成。云南省语言学会副会长、滇中国学院院长、楚雄师范学院地方民族文化研究院院长曹晓宏教授为本书写了序言，对于我们是极大的鼓励。

本书编辑过程中，事务性工作由徐丽香、罗建萍两位同志承担，由何平、李万福两位同志通读全部文章并作了初步的审核修改，刘卉菊、罗建萍两位同志对文稿进行了细致的校对，最后由杨海虹同志负责篇目设置、润色提炼，审定统稿。

本书的出版，得到了县委统战部、县委宣传部、县党史办和县博物馆、县美术摄影家协会的大力支持，县委统战部帮助协调了出版资金，县委宣传部、县委统战部、县委党史研究室、县民族宗教事务局对全书进行了审读，保证了书籍的质量，县博物馆、县美术摄影家协会为本书提供了大量图片资料。

编辑出版《三姚人物》（第一辑）是一项承前启后，探寻古典、激发当代的基础性工作，本书的出版仅仅只是个开头，希望今后有更多的专家、学者和文史工作爱好者能够参与其中，能有更多的研究成果和作品面世，为姚安的文化建设发挥积极的作用。

由于编撰者水平有限，书中难免有错漏和失误之处，敬请文史专家、学者和广大读者批评指正。

姚安县党外知识分子联谊会
2024 年 4 月